Katie Jay Adams
Zum Glück gibt's Wunder

Das Buch

Die junge Ärztin Saskia hat gelernt, dass Wunder eine Seltenheit sind. Deswegen sorgt sie dafür, dass ihr Leben stets in geregelten Bahnen verläuft. Sie hat einen tollen Job in Aussicht, wohnt in einer aufregenden Millionenstadt und Henry III. wird ihr bald einen Antrag machen. Fehlt nur noch der Aquamarinring, den ihre Mutter ihr zum Schutz vor den Stürmen des Lebens hinterlassen hat.

Doch als Saskia ihren Vater an der Ostsee besucht und auch gleich besagten Ring mitnehmen möchte, ist der Schmuck verschwunden. Das ist wohl kein besonders gutes Omen!

Außerdem versucht ihr Bruder, sie als Landärztin zu gewinnen, und beim Wiedersehen mit Ex-Mann Nick fliegen zuerst die Fetzen – und dann die Funken. Bis Henry sich ankündigt. Allerdings scheint er, kaum angekommen, seine eigenen Pläne an der See zu verfolgen.

Ist eine neue Liebe immer stärker als alte Gefühle? Oder kann zwischen Sonnenstrahlen, Seegras und Wellenrauschen vielleicht doch noch ein Wunder geschehen?

Die Autorin

Katie Jay Adams ist Buchautorin, Wirtschaftswissenschaftlerin und Sozialpsychologin. Zusammen mit ihren Kindern und ihrem Mann genießt sie das Leben auf dem Land. Seit Jahren zieht sie mit ihren Büchern, in denen sie emotionale Geschichten mit Tiefe und Leichtigkeit erzählt, unzählige Leserinnen und Leser in ihren Bann. Sie ist BILD-#1- und Kindle-#1-Bestsellerautorin.

Die Ideen zu ihren Romanen findet sie meist in den kleinen Wundern des Alltags und auf ihren Reisen, am liebsten ans Meer. Sonne, Strand und eine Tasse Kaffee machen sie glücklich.

KATIE JAY ADAMS

Zum Glück gibt's Wunder

MEER FÜR DICH

ROMAN

 Montlake

Deutsche Erstveröffentlichung bei
Montlake, Amazon Media EU S.à r.l.
38, avenue John F. Kennedy, L-1855 Luxembourg
März 2025
Copyright © der deutschsprachigen Ausgabe 2025
By Katie Jay Adams
All rights reserved.

Umschlaggestaltung: bürosüd° München, www.buerosued.de
Umschlagmotiv: © maritime_m © bokmok © helgafo © MattanaT
© Darya Kozlovskikh © Nora Hachio / Shutterstock
Entwicklungslektorat: Marketa Görgen
Lektorat und Korrektorat: Media-Agentur Gaby Hoffmann,
www.profi-lektorat.com
Gedruckt durch:
Amazon Distribution GmbH, Amazonstraße 1, 04347 Leipzig /
CPI Druckdienstleistungen GmbH, Ferdinand-Jühlke-Straße 7, 99095
Erfurt /
CPI books GmbH, Birkstraße 10, 25917 Leck /
Libri Plureos GmbH, Friedensallee 273, 22763 Hamburg

Verantwortliche Person für Produktsicherheit in der EU:
Amazon Publishing, Amazon Media EU S.à r.l.
38, avenue John F. Kennedy, L-1855 Luxembourg
amazonpublishing-gpsr@amazon.com

ISBN 978-2-49671-540-8
e-ISBN 978-2-49671-541-5

www.montlake.de

Für meinen Sohn.
Verliere nie deine Träume
aus den Augen.
Alles ist möglich, weil
du so bist, wie du bist –
wunderbar.
Ich liebe dich!

Da es sehr förderlich für die Gesundheit ist,
habe ich beschlossen, glücklich zu sein.
(Voltaire)

Prolog

Es gibt viele Gründe, auf ein Wunder zu hoffen. Ich hoffe auch auf eins, und der heutige Winterabend könnte sich hervorragend für ein kleines Wunder eignen.

Puh, ganz schön still hier am Strand! Wie eine Dampfwolke verliert sich mein Atem in der kalten Luft. Ich ziehe den Teddymantel enger um meinen Körper. Es ist gerade noch hell genug, um die dunkle Trennlinie zwischen Wasseroberfläche und Horizont ausmachen zu können. Schicken eigentlich viele Leute ihre Wünsche ins Universum, so wie ich? Ich weiß es nicht. Jedenfalls funktioniert es nicht besonders gut. Oder das Wunder, auf das ich warte, ist zu klein, um da oben gehört zu werden. Andere Menschen wünschen sich sicher so was wie Gesundheit, Geld oder Glück. Das Lösen von Eheproblemen klingt dagegen fast schon albern.

Wenn er mir nur mal richtig zuhören würde. Seit Wochen bemühe ich mich, an ihn heranzukommen, ihn irgendwie zu erreichen. Vergebens.

Suchend blicke ich mich um, aber außer meterhohem Seegras und dichtem Schilf kann ich nichts entdecken. Wo steckt er bloß? Eigentlich begibt sich zu dieser Jahreszeit niemand freiwillig hierher. Und trotzdem weiß ich, dass er an keinen anderen Ort der Welt lieber gehen würde. Ich passiere die Strandkörbe, die mit morschen Holzleisten und dicken Planen vor Frost und Schnee geschützt sind. Der Wind lässt die Plastikplanen laut flattern. Was tue ich hier eigentlich?

Die meisten meiner Freundinnen kuscheln sich jetzt mit ihrem Partner aufs Sofa, schauen eine Serie und warten bei Kerzenschein und Plätzchenduft auf die kommenden Weihnachtstage. Ich finde so etwas schön und hätte das auch gern.

Als Kind war mir der Advent heilig. Nicht nur, weil Dad sich dann Zeit für uns genommen hat, sondern vor allem, weil ich sehr lange an das Christkind geglaubt habe. Heute weiß ich natürlich, dass Rudolf, das Rentier, nur eine Geschichte ist und kein Zauberwesen heimlich Geschenke unter den Weihnachtsbäumen verteilt.

Autsch! Ich muss echt aufpassen, damit ich nicht dauernd mit den dicken Stiefeln im Sand umknicke. Ein Zipfel meines Arztkittels lugt unter dem schweren Mantel hervor. Verdammt, ich hab mal wieder vergessen, den Kittel auszuziehen – zu lange gearbeitet. Komischerweise fällt es mir in der Weihnachtszeit leicht, eine Extraschicht in der Klinik einzulegen. Ich weiß, dass wir damit anderen helfen, und das ist mir wichtig. Nick sieht das genauso.

Dachte ich zumindest. Bis heute.

Ich atme auf, als ich endlich vom Sand auf den Holzsteg in Richtung Meer wechseln kann. Wahnsinn, wie dicht der Nebel über der Wasseroberfläche hängt. Die Sonne verschwindet immer mehr hinter den Wolkenbergen, was mich nervös macht. Mit den Augen suche ich wieder und wieder den Strand ab. Was, wenn er allen Wetterwarnungen zum Trotz doch aufs Meer hinaus ist? Angst breitet sich in mir aus.

Ich versuche, nicht daran zu denken und mich abzulenken, indem ich mir die Gesichter, die ich heute gesehen habe, vorstelle: die Familien, die am Bett ihrer Lieben wachen, meine Kolleginnen und Kollegen, die mit mir gemeinsam alles daransetzen, Krankheiten zu lindern. Der Beruf gibt und nimmt uns Ärzten viel: Glücksgefühle wie die nach einer gelungenen Operation wechseln sich mit Gefühlen der Hilflosigkeit ab, wenn man nichts mehr für die Patienten tun kann.

Hilflos fühle ich mich auch, wenn ich an unsere Ehe denke. Das Wort beschreibt es ganz gut.

Es wird stetig dunkler am Himmel. Ich nehme schnell das Handy aus der Manteltasche, um ihn noch einmal anzurufen. Aber sein Telefon ist nach wie vor aus. Er entzieht sich mir und den anderen.

Plötzlich formt sich in der Ferne vor mir eine Gestalt aus dem Grau – wie eine Fata Morgana. O mein Gott, ist er das? »Nick! Endlich!«

»Sassi? Was machst du hier?«

Der Surfer mit der dunklen Stimme, dessen Neoprenanzug von Feuchtigkeit und Salzwasser durchtränkt trieft, ist mein Ehemann. Er hat das Brett unter den Arm geklemmt und Wasser tropft von seiner Neoprenhaube, als er näher tritt. Sein Gesicht ist von der kalten Luft gerötet, die Hände zittern. Ich hätte Nick auch erkannt, wenn er mich nicht beim Kosenamen gerufen hätte. Seine Silhouette mit den kräftigen Schultern und dem breiten Kreuz verrät, wie oft er surft.

Er zieht die Kapuze des Neoprenanzugs zurück und schenkt mir ein schwaches Lächeln, die mir wohlbekannte Mischung aus Erschöpfung und Adrenalin. »Ich wusste nicht, dass du rauskommen würdest. War alles okay in der Klinik?«

Fragt er mich das gerade ernsthaft? Obwohl ich mit ihm verheiratet bin, bewirkt seine unbekümmerte Frage, dass ich mich noch einsamer fühle, als ich mich davor gefühlt habe. Ich betrachte seine blassen Hände und das nasse Haar, das strähnig an seiner Stirn klebt. Surfen im Winter ist anspruchsvoller als im Sommer, die Wasser- und Lufttemperatur sind konstant niedrig und man braucht neben vernünftiger Ausrüstung vor allem Erfahrung, um nicht zu erfrieren. »Nick, wir leben nicht in der Karibik.«

»Leider«, seufzt er, und seine Miene bekommt einen zerknirschten Touch, weil er wohl merkt, dass ich immer noch wütend auf ihn bin.

»Du hast uns heute bei einem Notfall alleingelassen … das war nicht witzig!«

»War auch nicht als Witz gedacht. Ich wusste, dass ihr das genauso gut ohne mich hinbekommt«, antwortet er matt. Er weiß, dass es nicht okay war – ich wünsche mir zumindest, dass er das weiß. Wieder so ein Wunsch.

»Und wenn wir es nicht hinbekommen hätten?« Ich ziehe den Mantel enger um meinen Körper, doch es ist nicht das Wetter, das mich frösteln lässt. »War das Mädchen dir egal?«

»Das kannst du so nicht sagen«, will er die Diskussion beenden und bewegt sich an mir vorbei in Richtung Surferbude. Keine Entschuldigung, keine Umarmung, kein Kuss, nichts. »Komm mit, es ist kalt hier draußen.«

»Ich musste die Operation mit Professor Meier und mit einem anderen Assistenzarzt statt mit dir durchführen.« Ich versuche, mit ihm Schritt zu halten, während ich rede. Er braucht eine warme Dusche. Wenigstens die gibt es im Schuppen und sogar einen Ofen zum Aufwärmen. »Es war superkompliziert«, spreche ich weiter. »Wir hätten dich bei dem Kind dringend gebraucht!«

Rums! Ich weiß, dass ihn das nicht kaltlässt. Er bleibt stehen und kaut auf seiner Unterlippe, die leicht bläulich verfärbt ist. »Sorry.«

»Sorry?« Mehr fällt ihm dazu nicht ein? Das ist weder eine Erklärung noch ein Einsehen. Er geht weiter, ich auch. »Du kannst dich nicht einfach so davonstehlen und uns mit der ganzen Verantwortung sitzen lassen, Nick«, werfe ich ihm vor.

Die Furchen auf seiner Stirn bedeuten mir, dass sich mal wieder ein existenzieller Streit zwischen uns anbahnt. Schweigend hält mein Mann mir die Tür zum Schuppen auf und verschwindet in den Duschräumen, bevor ich noch etwas sagen kann. Die Wärme der Surferbude umhüllt mich. Einer aus der Clique wirft ein Holzscheit ins Feuer, ein anderer drückt mir eine Tasse Yogi-Tee in die Hand. Niemand von ihnen war heute auf dem Wasser, niemand außer Nick. Ich trinke einen Schluck und setze mich auf den breiten Fenstersims, um auf ihn zu warten. Mal wieder.

Nachdenklich starre ich in den Tee und puste über die Tasse. Ich kann das nicht mehr! Die Erkenntnis kommt nicht schlagartig – ich denke schon lange darüber nach, wie es mit uns weitergehen soll. Wochen- und monatelang habe ich hin- und herüberlegt, viel über die Liebe gelesen, gegoogelt, versucht, mit ihm zu sprechen, eine Paartherapie vorgeschlagen – doch er hat mich nicht gehört. Wie wichtig bin ich ihm, wenn er mir nicht mal zuhört? Ich gebe auf, ich kann nicht mehr!

»Hey, alles gut?« Trocken und angezogen kommt mein Mann mit einer Decke zu mir und setzt sich neben mich. Er breitet den Fleecestoff über unseren Beinen aus und will mich in den Arm nehmen, doch es fällt mir schwer, seine Umarmung zuzulassen. Früher war das nicht so. Ich habe es geliebt und war immer stolz darauf, mit ihm zusammen sein zu dürfen.

Einer seiner Surferkumpels klopft ihm im Vorbeigehen anerkennend auf den Oberschenkel, als wäre es besonders cool von Nick gewesen, heute rauszugehen. Ich finde das nicht. Im Gegenteil. Meiner Meinung nach ist da nichts Respekteinflößendes dabei, wenn man sein Leben aufs Spiel setzt. Wir haben so viele Motorrad-, Auto- und Surfunfälle in der Klinik gesehen. Warum tut er das?

»Das Mädchen«, murmelt er, anstatt meine ablehnende Haltung zu kommentieren. »Wie geht es ihr? Wie war die OP?«

»Lotta«, antworte ich mit fester Stimme. »Sie heißt Lotta und ist acht Jahre alt. Sie hat blonde lange Haare und große blaue Augen.« Ich möchte, dass er ein Bild von ihr im Kopf hat. Gleichzeitig frage ich mich, warum ich ihm und mir das antue. »Ihre Eltern waren total durch den Wind. Verständlicherweise.« Nick reagiert nicht. Er ist angehender Chirurg, er kennt solche Situationen. Still wartet er auf meine finale Antwort. »Es geht ihr besser«, füge ich hinzu.

»Gut.«

»Es war trotzdem egoistisch und unreif von dir. Ich bin sauer auf dich und die anderen sind es auch.«

»Sollen sie.«

»Professor Meier will dich rausschmeißen! Das ist ein echter Kündigungsgrund. Du könntest dein praktisches Jahr nicht zu Ende bringen. Dein ganzes Studium wäre umsonst gewesen!« Ich würde meinen Mann am liebsten schütteln, damit er endlich aufwacht. Es geht hier auch um unsere Zukunft. Wir wollten so viel zusammen erreichen: ein Haus bauen, Kinder bekommen. Oder will nur ich das? So gleichgültig wie jetzt habe ich ihn nie zuvor erlebt – und ich kenne ihn schon mein ganzes Leben lang. Wir kommen immerhin beide aus Büdnitz. »Meier findet so schnell keinen Ersatz für dich. Nur deshalb entlässt er dich noch nicht. Ich mache mir Sorgen, Nick. Ich höre gar nicht mehr damit auf, mir ständig Sorgen zu machen. Um dich, um uns, um alles. Tag und Nacht.« Ich muss schlucken, weil ich so viel geredet habe – vielleicht auch, weil ich versuche, nicht zu weinen.

»Es tut mir leid, Prinzessin. Ich verstehe, was du sagst, und ich werde morgen früh direkt nach Lotta sehen und kontaktiere die Eltern, okay? Und ich übernehme morgen alle deine Operationstermine. Versprochen«, bietet er an und streicht mir über die Wange. Er druckst herum, räuspert sich ein paarmal und sagt dann etwas, das mir augenblicklich den Boden unter den Füßen wegzieht. »Aber danach werde ich kündigen. Meier braucht mich nicht zu entlassen. Ich gehe freiwillig.«

Seine Gesichtszüge werden weicher, so wie immer, wenn wir uns streiten. Ich kenne den Ablauf unserer Auseinandersetzungen zur Genüge: Er tut, was er will, dann wird ihm die Tragweite seines Tuns bewusst. Er entschuldigt sich, ich gebe nach und wir haben Sex. Letzteres nicht mehr so oft.

»Ich kündige in der Klinik«, wiederholt er, als hätte ich ihn nicht schon beim ersten Mal verstanden.

»Was …« Mir bleibt der Mund offen stehen. Wir haben nie über so was gesprochen. Ich erkenne ihn einfach nicht wieder. »Was denkst du dir dabei?«

»Ich kann das nicht mehr!«, sagt er, obwohl das eigentlich mein Satz gewesen wäre.

Ich rücke von ihm ab und bin sprachlos.

»Dieses ständige In-der-Klinik-Sein: der Geruch nach Antiseptikum, die Geräusche der Beatmungsgeräte. Ich bin dafür nicht mehr gemacht. Im Moment.«

Ich bringe immer noch keinen Ton heraus.

Mit dem Fuß, der in einem Flip-Flop steckt, zieht Nick einen Kreis auf dem Steinboden. »Ich werde natürlich für uns sorgen, Saskia, nur eben anders als geplant. Und du arbeitest ja auch. Das geht schon irgendwie.«

Hastig springe ich auf, der Yogi-Tee schwappt über den Tassenrand. Mit einem dumpfen Geräusch stelle ich ihn auf dem

Fußboden ab. »Nein, Nick! Das geht nicht irgendwie!« Gott sei Dank, mein Sprachzentrum hat sich wieder eingeschaltet. Ich habe genug von seinen ständigen Stimmungsschwankungen, den unsinnigen Ideen, überhaupt von ihm. »Ich habe wirklich versucht, dich zu verstehen. Vor allem, nachdem deine Oma bei diesem tragischen Unfall … Nick, ich habe alles versucht! Aber du hast dich verändert. Ich schaffe das nicht. Und ich *will* das so mit uns auch nicht mehr!« Das »will« kommt lauter als beabsichtigt und die anderen drehen sich nach uns um.

Nick fasst sich an die Stirn, als hätte er starke Kopfschmerzen bekommen, und ich bemerke in diesem Moment, dass er unseren Ehering wieder einmal nicht trägt. Den Ring, den ich selbst niemals freiwillig abnehmen würde. Natürlich behält er beim Surfen keinen Schmuck an, außer ein paar Stoffarmbändern, aber es hat mich schon immer verletzt, dass er den Ring auch sonst häufig ablegt. Er sagt, das Gewicht störe ihn. Als wäre unsere Verbindung für ihn nur lästiger Ballast.

»Wir sind seit Ewigkeiten zusammen. Das meinst du doch nicht ernst.« Er folgt meinem Blick und verbirgt seine ringlose Hand unter der anderen.

»Wir haben uns verändert.« Der Satz kommt einstudiert über meine Lippen, wie in einem Film. Vielleicht, weil ich ihm das gedanklich schon hundert Mal gesagt habe. Innerlich zerbricht mein Herz in tausend Teile, aber das zeige ich ihm nicht. »Ich glaube, wir sind nicht mehr das, was wir einmal waren.«

Eine Pause entsteht, weil er offenbar überfordert ist. Mir geht es genauso, weshalb ich mich von ihm wegbewege – bereit bin, zu verschwinden. So wie er es heute im Arztzimmer getan hat. Genauso abrupt, genauso hart.

»Warte, Saskia.« Nick fasst sanft nach meinem Handgelenk, doch ich entziehe es ihm.

»Nein, Nick, wirklich nicht.« Manchmal ist der Moment einer Trennung einfach da und man weiß es. Bei mir ist dieser Moment jetzt. »Ich will nicht mehr.«

»Aber wir kennen uns doch schon ewig. *Du und ich*. Das haben wir mit achtzehn in den Fels beim Hohen See geritzt. Weißt du noch?« Nick schüttelt verzweifelt den Kopf.

Ich atme tief ein und aus, fasse mir in die langen blonden Haare, die er immer so gerne in Strähnen um seinen Zeigefinger gewickelt hat. »Vielleicht gibt es das nicht mehr, Nick. Vielleicht endet unser ›Du und ich‹ hier.«

»Vielleicht aber auch nicht«, höre ich ihn sagen, bevor ich endgültig die Tür der Surferbude aufziehe. »Saskia?«, ruft er noch einmal. Ich antworte ihm nicht.

***

Wenige Wochen darauf bin ich abgereist, zuerst nach Hamburg und dann nach London. Meiner Meinung nach für immer.

Nur meine Mutter hat geglaubt, dass ich eines Tages wieder zurückkomme. Ich war auch manchmal in Büdnitz – doch nie für lange: zum Geburtstag, zu Weihnachten oder zu Besuch. Außerdem hat sie mich stets wieder weggeschickt. »Geh helfen, Schätzchen. Du wirst woanders benötigt«, hat sie gesagt, obwohl sie mich genauso gebraucht hätte. »Und wenn du irgendwann richtig nach Hause kommen willst, wirst du finden, was du suchst. Dieser Ring wird dich beschützen.« Dabei hat sie auf den Schmuck an ihrem Ringfinger gedeutet. »Du weißt ja, den hat mir deine Grandma vererbt und bald bekommst du ihn. Aquamarin schützt vor Stürmen und Erdbeben. Damit sind auch die im Leben gemeint, Schätzchen.«

Vielleicht hätte ich den Aquamarinring für meine Ehe schon viel früher gebraucht, wer weiß. Noch einmal würde ich jedenfalls nicht ohne dieses Familienerbstück, das meiner Mom so sehr am Herzen gelegen hat, in den Hafen der Ehe einlaufen.

Oder ist das alles Quatsch? Ich bin eigentlich nicht besonders abergläubisch.

Nur ein klitzekleines bisschen.

Kapitel 1

BÜDNITZ

EINIGE JAHRE SPÄTER, HOCHSOMMER

»Wo ist nur dieser Ring mit dem blauen Stein?«

Das sage ich natürlich nicht laut, aber ich habe alles abgesucht und ihn nicht gefunden. Nicht, dass ich ihn dringend brauchen würde. Im Gegenteil: Mein Leben könnte nicht besser laufen. Ich wohne in London, bin nur auf der Durchreise in Büdnitz, inzwischen von Nick geschieden und habe einen festen Freund (wir wollen beide irgendwann Familie). Keine Stürme oder Erdbeben in Sicht. Aber der Ring ist ein Erinnerungsstück und er gehörte meiner Mom, deshalb sollte er doch irgendwo zu finden sein.

»Saskia Sanddorn, was tust du da?« Dad beäugt skeptisch, wie ich zum gefühlt hundertsten Mal durch den Inhalt der Küchenschublade gehe. Die Schubladen im Schlafzimmer, die Kartons auf dem Dachboden, Moms alte Schmuckschatullen – das alles habe ich schon durchsucht. »Immer noch der Ring?«, fragt er, als wäre das nicht offensichtlich. »Ich hab dir doch gesagt, niemand weiß, wo er ist. Es war deiner Mutter zwar wichtig, dass du ihn bekommst, aber nach ihrem Tod ist er verschwunden. Es tut mir wirklich sehr leid, Schätzchen.« Meine Eltern haben mich, seit ich denken kann, »Schätzchen« genannt. Ob das mit Anfang dreißig angemessen ist, bezweifle ich. Aber es erinnert mich an Mom, deshalb habe ich es lieb gewonnen, dass Dad mich so nennt.

Ich trotte ins Esszimmer und setze mich wieder an den Tisch, direkt neben meinen Bruder Tobias, der heute auch hier ist, statt in seiner eigenen Wohnung zu Abend zu essen. Ich glaube, er genießt es ebenso wie ich, dass wir drei noch mal für kurze Zeit zusammen sind.

Trotzdem ist es beruhigend, dass sonst noch niemand in Büdnitz Notiz von mir genommen hat. Ich bin nämlich schon seit zwei Tagen bei Dad in der Villa, um mit ihm und Tobi über die Zukunft von Moms Hausarztpraxis zu sprechen. Doktor Martens, Moms Kompagnon, hatte die Praxis nach ihrem Tod allein weitergeführt, ist aber nun in den Ruhestand getreten. Weil ich sowieso gerade mit meinem Freund Henry in Deutschland war, genauer gesagt in Köln, hat Dad mich gebeten, deshalb vorbeizukommen.

Henry hat geschäftlich in der Domstadt zu tun: Als Journalist hat er Termine mit einer großen deutschen Boulevardzeitung. Er trägt einen alten britischen Adelstitel in seinem Nachnamen – Henry III. de Beauchamps –, was wir anderen Leuten gegenüber aber meistens verschweigen, um unnötiges Gerede zu vermeiden. Mein Bruder zieht mich manchmal damit auf und behauptet, dass ich bald Prinzessin werde. Das ist natürlich Unsinn, obwohl die Beauchamps neben einer Supermarktkette auch Inhaber eines Designerlabels und Besitzer diverser Hotels, Häuser und Wohnungen sind.

Wie dem auch sei, statt bei Henry zu sein, bin ich jetzt an der Ostsee, was er so euphorisch unterstützt hat, als wäre es seine Idee gewesen. Ich rümpfe die Nase, als Tobi vier abgezählte Spaghetti auf die Gabel rollt. Lange her, dass er mir zuletzt mit seiner Pingeligkeit auf den Geist gegangen ist. Er grinst wohl wissend und ich muss lachen. Zwischen uns hat sich nichts geändert, trotz der Distanz. Er hat mir auch direkt verziehen, dass ich letztes Jahr nicht zu seiner Hochzeit mit Merle gekommen bin, wobei die Ehe wegen ihrer Intrigenspinnerei eh nicht lange gehalten hat.

»Hier. Nimm dir noch Nudeln.« Ganz großer Bruder schiebt er mir die Schüssel rüber, als wäre ich kurz vor dem Verhungern. Dabei hatte ich schon einen riesigen Teller Spaghetti. Unser Dad macht ungelogen die beste Sauce bolognese der Welt. Wenn man ihn sieht, würde man aber niemals denken, dass er lieber in der Küche als im Gerichtssaal steht. Dad ist Anwalt und mit seinen fast siebzig Jahren immer noch mit Hingabe in seinem Job aktiv.

»Später. Nimm du dir.« Ich schiebe die Schüssel wieder in Tobis Richtung, der sofort zugreift.

»Wie lange willst du dich eigentlich noch bei Dad verstecken?«, fragt er mit vollem Mund. »Ist doch albern, dass du Nick nicht begegnen möchtest.« Wir sind beide über dreißig, aber wenn wir zu Hause am Esstisch unserer Eltern sitzen, sind wir gefühlt wieder zwölf Jahre alt.

Mom ist nicht mehr da, doch Dad ist uns geblieben – in seiner ganzen mürrischen Art. »Hört auf zu plappern und esst lieber, Kinder. Besonders du, Saskia. Du bist so dünn geworden, seit du in London in der High Society verkehrst.«

»Danke. Bodyshaming nennt man so was, Dad.«

»Papperlapapp, Shaming. Heutzutage darf man gar nichts mehr sagen, ohne verklagt zu werden.« Er setzt sich zu uns und gestikuliert in der Luft herum. »Zu meiner Zeit ...«, beginnt er.

»Mehr Klagen dürften dir als Anwalt doch gelegen kommen«, unterbreche ich ihn, obwohl es eher seine Angewohnheit ist, Leute nicht ausreden zu lassen.

»Du hast jedenfalls viel abgenommen, Schätzchen. Das ist ungesund.«

»Liegt sicher an Henry, dem III. Ich dachte ja zuerst, du hättest dir einen Hund zugelegt, als du uns von deinem neuen Begleiter erzählt hast«, meint Tobi grinsend. »Außerdem wollte er nicht mit dir zu meiner Hochzeit kommen. Fand ich nicht cool von ihm.«

»Das stimmt nicht. Henry wäre sehr gerne gekommen. Aber ich hatte Dienst im St. Michael's Hospital.«

»Konnte man den nicht verschieben?« Jetzt schmollt er doch ein bisschen deswegen.

»Das hätte sich nicht gelohnt, ihr seid wieder getrennt. Willkommen im Club der Geschiedenen. Und das als Standesbeamter. Tststs.«

Wir ziehen uns gerne gegenseitig auf. Tobi schneidet eine Grimasse. In Bezug auf die Sanddorn'sche Schlagfertigkeit habe ich nichts eingebüßt, seit ich weg bin. Auch wenn das letzte halbe Jahr in London nicht das glorreichste für mich war. Da war dieser Todesfall der jungen Patientin, der mir sehr zugesetzt hat. Wir konnten nichts mehr für sie tun und ich habe lange mit unserer Seelsorgerin darüber gesprochen. Dann die neue Wohnung, die Henry und ich fast nicht bekommen hätten. Ich wollte es ganz klassisch auf dem Londoner Wohnungsmarkt versuchen, doch letztendlich hat der Vermieter es sich nur wegen Henrys Titel noch mal anders überlegt – da muss man ehrlich sein.

Ich nehme mir ein Stück von dem knusprigen Baguette, das Dad immer zur Bolognese reicht, und tunke es in die restliche

Soße. Ein Gedicht. »Henry ist bald fertig in Köln. In fünf Tagen sind wir wieder weg. Wir müssen noch so viel für den Umzug vorbereiten.«

»Schon?« Dad runzelt die buschigen Brauen. »Dein Freund ist doch gerade erst bei diesem Käseblatt in Köln angekommen.« Es gefällt ihm nicht, dass ich nicht länger bleibe.

Ich zucke mit den Schultern. »Mit Journalismus kenne ich mich nicht aus, aber in Großbritannien wird die Klatschpresse total gefeiert. Henry schreibt sogar manchmal Artikel für die Sun«, erzähle ich.

»Über sich selbst und seine royalen Freunde?« Tobi wirft mir einen Luftkuss zu. Geschwisterliebe. Ich strecke ihm die Zunge heraus. »Aber du kannst nicht so schnell abreisen. Es hat sich noch niemand wegen Moms Praxis beworben, und wir brauchen einen Landarzt in Büdnitz. Mom wollte immer, dass die Versorgung vor Ort erhalten bleibt. Wir müssen uns darum kümmern und eine Lösung finden. Und das gemeinsam.«

»Ja, das wäre ihr Wunsch gewesen«, stimmt Dad ihm zu und schiebt mit der Gabel die Spaghettireste auf seinem Teller zusammen. Gekrümmt sitzt er in seiner grünen Wollweste da, und mir fallen die Altersflecken auf seinem Handrücken und die tiefen Fältchen um seinen Mund auf. Seit Mom gestorben ist, liegen zudem dunkle Schatten unter seinen Augen, die jetzt noch deutlicher ausgeprägt sind.

»Warum übernimmst du die Praxis nicht?«, fragt mein Bruder mal wieder.

Ich werfe ihm gleich die Nudeln an den Kopf. Er weiß ganz genau, dass ich nicht hierher zurückkommen möchte.

»Schön wär's schon, Schätzchen«, sinniert nun auch Dad. »Und Henry kann doch ebenso gut hier arbeiten«, bietet er an, obwohl wir beide wissen, wie wenig er meinen Freund mag und dass das keine Option ist.

»Ja, Henry kann für den Büdnitzer Kurier spannende Artikel schreiben«, fügt Tobi ironisch hinzu und betupft sich die Mundwinkel mit einer Serviette. »Wir finden hier sicher auch ein paar Promis für ihn. Hat nicht der Dackel von Heusers neulich den Wettbewerb als klügster deutscher Hund gewonnen? Das ist doch schon was.«

»Merci, Blödmann«, kontere ich. »Ich übernehme die Praxis immer noch nicht. Tut mir leid, Dad. Aber das medizinische Versorgungszentrum in Moerz hat doch ein Angebot abgegeben. Sie würden die Patienten mit Kusshand nehmen, und das wäre aus meiner Sicht sowieso die beste Lösung.«

»Das MVZ will hier niemand«, tadelt Dad und erhebt sich, um seinen Teller geräuschvoll in der Spüle abzustellen. »Du warst immer so froh am Meer, Schätzchen.«

»Vergiss es bitte, ich mache es nicht«, entgegne ich erneut. Wir sind alle fertig mit dem Essen.

»Ich kann es nicht machen. Ich bin Standesbeamter und kein Arzt.« Tobi stellt sein und mein Geschirr ebenfalls in der Spüle ab und wischt anschließend mit dem Lappen über den Tisch. Das haben wir uns so angewöhnt. Wir räumen auf, wenn wir bei Dad sind. »So, es ist Samstagabend, und im Gegensatz zu dir möchte ich nicht durchgehend drin sitzen und versauern. Außerdem muss ich meine Bude in Ordnung bringen. Wer weiß, wer mich heute Nacht begleitet.«

Ich mache leise Würgegeräusche. »Du bist so schräg geworden, seit du nicht mehr mit Merle zusammen bist. Wenn Henry mich nicht überredet hätte, würde ich jetzt mit ihm im Brauhaus sitzen und nicht mit dir über das Nachtleben an der Ostsee philosophieren. Das mit der Praxis hätte man auch am Telefon regeln können.«

»Danke, Henry, dass du sie live und in Farbe zu uns geschickt hast.« Mein Bruder fasst sich theatralisch an die Brust.

»Er hat so ein gutes Herz, dein Beauchamps. Also, bis morgen. Und geh mal vor die Tür.«

Ich verdrehe die Augen.

Nachdem ich durch die Küche gefegt habe und Dad sich vor den Fernseher verabschiedet hat, klaube ich mir eine seiner dunkelgrünen Wollwesten von der Garderobe und ziehe sie über mein Sommerkleid.

Ich gehe spazieren – und das nicht, weil mein Bruder mich geärgert hat, sondern weil ich beim Blick in den Flurspiegel tatsächlich blass aussehe, was nicht an der Weste liegt. Meine Armbanduhr zeigt 21.04 Uhr und ich wähle einen Weg, auf dem ich voraussichtlich niemandem begegnen werde – den abgelegenen Strandgang Richtung Norden. Beim Spazierengehen konnte ich schon immer am besten nachdenken, eventuell habe ich sogar einen Geistesblitz wegen der Praxis oder wo ich Moms Ring finden könnte.

Ich atme tief ein und stelle fest, dass die Strecke nach wie vor ein Traum ist. Der geteerte Weg oberhalb der Ostsee führt mich durch kleine Waldstücke bis zu dem sandigen Dünenpfad. Nicht mehr lange und ich kann das Meer sehen.

»Hey, du! Da kannst du nicht entlanglaufen. Ab der nächsten Düne ist der Strand gesperrt«, ruft jemand hinter mir, und Gänsehaut kriecht über meinen Körper. Wie angewurzelt bleibe ich stehen. Es scheinen mehrere Männer zu sein und ich glaube, die Stimmen zu kennen, die miteinander diskutieren und lachen. Der Tonus und was sie sagen – sind das nicht Nicks ehemalige Bandkollegen?

»Danke für den Tipp.« Sicherheitshalber drehe ich mich nicht um, weshalb sie nur meine Bobfrisur, die Wollweste und die großen Creolen-Ohrringe von hinten im Licht der Abendsonne ausmachen können.

»Geh zum Südstrand. Da gibt's sogar eine kleine Bar«, ruft einer.

Nord, Ost, Süd und West – ich mag dich so und halt dich fest. Warum fällt mir ausgerechnet jetzt dieser alberne Kinderspruch ein, den Nick und ich uns im Grundschulalter füreinander ausgedacht haben?

»Du kannst mit uns kommen, wenn du magst«, bietet ein anderer an.

»Nein, danke«, erwidere ich knapp.

»Geh trotzdem bitte nicht mehr weit raus. Es liegt allerhand Bauschutt da vorn rum. Nicht, dass du dich verletzt. Mach's gut.«

Ich erschaudere und muss nicht zweimal überlegen, wer da gerade gesprochen hat. Die dunkle Klangfarbe seiner Stimme würde ich aus tausend anderen heraushören. Sie klingt noch genauso, wie ich sie in Erinnerung habe. Mir wird flau. Ich schiebe es auf die ungewohnte Meeresbrise.

Früher hat Nick oft live gesungen und ich habe es geliebt, bei seinen Bandauftritten dabei zu sein, besonders bei den sommerlichen Strandkonzerten. Bis sich die Band aufgelöst hat, weil Nick nicht mal mehr aufs Singen Lust hatte.

Als ich mich umdrehe, sind die Männer schon weit weg. Überraschenderweise trägt niemand von ihnen ein Surfbrett unter dem Arm. Nick erkenne ich an seinem breiten Kreuz und der leuchtend roten Aufschrift »Ahoi-Klause« auf dem Rücken seines Shirts. Kurz will ich ihnen hinterherrufen, presse dann aber nur stumm die Lippen aufeinander und blinzle gegen die orangerote Abendsonne an. Ich muss nicht mit ihm reden, niemand zwingt mich. Er würde mir nur wieder Vorwürfe machen. Nach unserer Trennung hat er behauptet, ich würde das Grundstück, ein Erbstück meiner Tante, nach der Scheidung mit viel Gewinn hinter seinem Rücken veräußern wollen – was ich nicht getan habe. Ich hatte zwar kurz mit dem Angebot

26

eines reichen Investors gespielt – aber nur, weil ich niemals hierher zurückkommen wollte. Nicht, um Nick böswillig zu hintergehen. Egal, in ein paar Tagen ist der ganze Spuk vorbei und ich bin wieder in England.

Außerdem hat Tobi mir erzählt, dass Nick ebenfalls neu vergeben und superglücklich ist. Anscheinend mit der Anwältin, die in Dads Kanzlei arbeitet. Ich habe meinen Vater noch nicht auf der Arbeit besucht, weshalb ich nicht weiß, wie sie aussieht. Ich kenne bisher nur ihren Namen. Sie heißt Belle Herzog.

Nick und die anderen verschwinden als kleine schwarze Punkte aus meinem Sichtfeld. Ich atme so erleichtert aus, als hätte ich die ganze Zeit über die Luft angehalten. Willkommen in Büdnitz – dem Ort, an dem man sich früher oder später über den Weg läuft.

Ich gehe weiter und grüße das ältere Ehepaar und die zwei Teenagermädchen mit Hund, die an mir vorbeispazieren und mir zweifelnde Blicke zuwerfen. Wahrscheinlich sollte ich besser umkehren.

»Aaahhh!«, kreischt auf einmal jemand. »Das ist nicht wahr, oder?!« Meine langjährige Freundin Tine segelt mir in einem ihrer unverwechselbaren Petticoat-Röcke in die Arme. »Mensch, Saskia, warum hast du nichts gesagt?«

»Tine!« Ich wollte sie die ganze Zeit anrufen. Augenblicklich schäme ich mich. Warum treffe ich ausgerechnet heute Abend so viele Leute? Okay, die Antwort ist: weil ich bisher kaum draußen war.

Sie sieht mir meine Verlegenheit an. »Sag nicht, du bist schon länger da.«

»O Mann. Es tut mir so leid.« Zerknirscht nicke ich und löse mich von ihr. »Ich war so darauf fixiert, Nick nicht zu begegnen … Ich wusste nicht, wie ich dir sagen soll, dass ich

komme, oder ob ich mich direkt melden soll, wenn ich da bin.«
Tine arbeitet in der Kneipe meines Ex, der Ahoi-Klause, und
ist aufgrund dessen oft Tag und Nacht mit ihm zusammen.
»Aber ich bin ehrlich erst seit vorgestern da und habe bisher
niemanden getroffen.«

Echte Freundinnen verstehen sich ohne viele Worte. Sie
nickt verständnisvoll. »Kein Ding. Hast du dich deshalb mit
der grünen Weste getarnt?«

Ich lache und umarme sie noch einmal. Tränen steigen mir
in die Augen, weil mir schmerzlich bewusst wird, wie sehr sie
mir in London fehlt. »Das ist Dads Weste.«

»I know. Wohin wolltest du?«, fragt sie und zeigt auf das
»Durchgang verboten«-Schild.

»Deshalb bin ich eben fast mit Nick zusammengerasselt.«

Sie formt mit dem Mund ein O und macht dann einen
Schritt zurück, um mich zu betrachten. »Und, wie war eure
erste Begegnung?«

»Er hat mich nicht erkannt, wahrscheinlich wegen meinen
kurzen Haaren und weil er mich nur von hinten gesehen hat.«

»Ich liebe deinen Bob.«

»Danke, Tinchen. Und wo wolltest du hin?«

Sie dreht sich um, damit ich den Ahoi-Klause-Schriftzug
auf dem Rücken ihres schwarzen Shirts lesen kann. »Nick
hat mich angerufen, ob ich aushelfen kann, weil er zur
Bandprobe wollte und die Klause unerwartet voll ist. Die
zwei neuen Aushilfen schaffen das nicht allein. Er probt
wieder drüben am Südstrand. Sie haben sicher einen der
Jungs hier in der Gegend abgeholt, bevor sie rübergegangen
sind.« Sie sagt »Jungs«, obwohl alle über dreißig sind. »Wenn
du mich in die Kneipe begleiten möchtest – Nick ist ja
nicht da und vielleicht können wir ein bisschen quatschen.«
Verschwörerisch zwinkert sie mir zu.

»Auf jeden Fall.« Ich will unbedingt. Selbst wenn ich nur an einem der Tische sitze und ihr still zuschaue. Hauptsache, wir sind zusammen am selben Ort.

Ich hake mich bei ihr unter und wir machen uns gemeinsam auf den Weg. »Du musst mir alles von dir erzählen. Wie geht es Leni?« Ihre Tochter ist so groß geworden. Auf den Fotos, die sie mir letzte Woche geschickt hat, sah sie aus, als wäre sie volljährig, dabei ist sie erst fünfzehn. »Macht sie sich diese Wellen in den Haaren eigentlich selbst? Ich bewundere so was total.«

Wir schwatzen den ganzen Weg bis zur Klause. Es ist so viel besser als am Telefon. Wir reden darüber, wie sie sich als Mama fühlt und wie sie das Leben als Alleinerziehende meistert, über Leni, mein Jobangebot in London, die neue Wohnung, ihre Arbeit in der Klause und über Henry III.

Bei der Kneipe angekommen erkenne ich den Laden fast nicht wieder. Die morschen Stufen zur Veranda sind durch eine Steintreppe im mediterranen Stil ersetzt worden. Den Umlauf ums Gebäude gibt es nicht mehr. Das ganze Haus sieht irgendwie anders aus, die Mauern sind gelb gestrichen. Lediglich der helle Kies auf dem Vorplatz ist gleich geblieben. Rechts und links am Treppenaufgang stehen dekorative Palmen und die Lichterketten an den Fenstern strahlen eine heimelige Atmosphäre aus. »Der blinkende Neon-Schriftzug der Ahoi-Klause ist weg«, bemerke ich.

»Das Geblinke passte nicht mehr zum restlichen Ambiente. Wir seien schließlich kein Bordell, hat Nick gemeint. Deshalb haben wir ein Messingschild in die Auffahrt gestellt.« Ich folge ihrem Fingerzeig und entdecke einen gravierten Aufsteller neben großzügigen Stellplätzen. »Sieht seriöser aus und musste wegen der Busse sein. Wir haben fast täglich wechselnde Reisegruppen, die bei uns zum Essen anhalten. Die sind alle auf der Durchreise.«

So wie ich, denke ich, spreche es aber nicht aus. Die ehemalige Fliegengittertür ist einer moderneren Glasvariante gewichen. Es riecht beim Betreten nicht mehr säuerlich nach Alkohol und Essen. Neugierig sehe ich mich in dem Lokal um.

»Wir haben eine dezentrale Lüftungsanlage verbaut. Die macht viel aus«, lotst Tine mich durch die Neuerungen des Gebäudes und die Menschenansammlung.

»Echt viele Leute hier.« Ich erkenne die Skatrunde der alten Herren, die es schon immer gab und die mich zwar registrieren, aber nicht weiter beachten. »Scheint gut zu laufen.« Interessiert lasse mich auf einem samtbezogenen Stuhl nieder und fahre über die Tischplatte mit dem aufgedruckten QR-Code für die Speisekarte. Niemals hätte ich geglaubt, dass Nick die urige Kneipe seiner Großeltern in ein modernes Gastrogewerbe umwandeln würde.

»Nicks Freundin Belle hat die Geschäftsidee mit den Reisebussen beigesteuert und ihre Kontakte spielen lassen. Und sein Opa, der alte Jannis, hat viel Geld in die Hand genommen, um das Gebäude zu renovieren. Seither boomt die Bude«, beantwortet Tine meine nicht gestellte Frage.

Ein Pärchen, das ich noch von früher kenne, winkt mir zu. Ihre Namen wollen mir nicht mehr einfallen. An einem anderen Tisch sitzen Doktor Martens, deutlich gealtert und offenbar leicht angeheitert, und seine Frau Helene, die hiesige Goldschmiedin. Die beiden gönnen sich einen Rotwein. Links daneben tummelt sich der Frauenstammtisch, der sich im Gegensatz zu unserem pensionierten Landarzt über die Jahre verjüngt zu haben scheint und Aperol Spritz trinkt. Die Frauen scherzen und stimmen ausgelassen ein paar Gesangsstücke an. Wow! Es macht mich stolz, dass Nick offensichtlich einen echten Ort der Begegnung auf die Beine gestellt hat.

Tine eilt in die Küche und kommt mit einer um die Hüften gebundenen Schürze wieder heraus. »Frau Doktor Sanddorn, was darf ich Ihnen bringen?«, erkundigt sie sich übertrieben höflich. »Und: Was machen wir morgen? Wann reist dein Freund an und wo wird eure Adelshochzeit stattfinden? Ich muss mir einen dieser Hüte kaufen, die sie auf der Pferderennbahn tragen, wenn ich mit deiner neuen Adelsfamilie mithalten will«, fasst sie lachend zusammen, was sie dringend loswerden will, bevor sie sich in die Arbeit stürzt.

Ich muss auch lachen. »Da Dad heute Abend seine berühmte Bolognese gekocht hatte, verzichte ich auf das klassische Seemannsbrett und nehme stattdessen eine gesunde Apfelschorle.«

»Du bist Ärztin und denkst immer noch, dass Apfelschorle gesund ist?«, flachst meine Freundin. »Wie früher. Ist Schokolade nach wie vor dein Grundnahrungsmittel?«

»Leider zu selten«, gebe ich zu und frage mich gleichzeitig, warum eigentlich. Ich bin kritischer geworden, nicht nur, was meine Ernährung betrifft. Als Jugendliche habe ich Dinge nicht so eng gesehen und oft aus dem Bauch heraus entschieden, so wie Mom es uns beigebracht hat – das war vor dem Ehedesaster mit Nick. Seitdem bin ich organisierter geworden, plane besser und passe mehr auf.

Tine bedient bereits andere Gäste und ich nutze die Zeit, um meine Nachrichten auf dem Handy zu checken. Henry hat mir geschrieben.

Hi Darling, wie läuft es at home? Can't wait to see you.
Die Boulevardmagazine in Deutschland sind echt crazy.
Was die alles schreiben dürfen. Love you. Kisses aus Köln

Er nutzt haufenweise englische Wörter und das, obwohl seine Mutter Deutsche und er im Rheinland aufgewachsen ist. Sein

Vater ist derjenige, der einer alten britischen Adelsdynastie entstammt, und die Familie ist erst nach Henrys Abitur zurück nach England gezogen. Wir sind seit knapp einem Jahr ein Paar; es ging alles ganz schnell. Ich habe Henry zufällig in der Anfangsphase meiner Zeit im Klinikum in London kennengelernt, als er seine Tante besucht hat. Kurz darauf haben wir uns in einer angesagten Bar in Shoreditch verabredet. Henry hat sich danach total ins Zeug gelegt, mir nächtelang zugehört und mir geholfen, in London anzukommen. Er hat spontane Dates geplant und war irre romantisch. Und nach der Pleite mit Nick wollte ich keinen Mediziner mehr in meinem Liebesleben haben. Es tut mir einfach gut, dass Henry beruflich etwas völlig anderes macht als ich. Allerdings hat er von Anfang an für die Ostsee geschwärmt und mich bedrängt, dass wir mal gemeinsam nach Büdnitz reisen. Ich wollte bisher nie und jetzt sind wir doch da. Also, ich. Er bald.

Love you too, schreibe ich kurz zurück, weil ich nicht alles tippen möchte, was ich erlebt habe. Ich erzähle es ihm lieber später am Telefon.

Ein Glas Schorle landet unsanft auf dem Tisch vor meiner Nase. »Tine, du hast aber einen Schwung drauf«, kommentiere ich, packe das Handy in meine Tasche und hebe den Blick. *Oh, Shit!*, wie Henry sagen würde.

»Willkommen zu Hause, wenn das verschlafene Büdnitz noch so was wie dein Zuhause ist, Frau von und zu in spe.« Ein türkisblaues Augenpaar starrt mich an. Dahinter an der Bar wedelt Tine mit den Händen und bemüht sich hektisch, mir pantomimisch mitzuteilen, dass Nicks Bandprobe ausgefallen ist. Toll, das sehe ich selbst.

»Hi.« Mehr fällt meinen Gehirnzellen nicht ein. Es ist das erste Wort, das ich seit langer Zeit mit meinem Ex-Mann wechsele.

»Hast du eine neue Frisur? Und wieso trägst du die Weste von deinem Dad?«, fragt er skeptisch, und ich entnehme seinen Gesichtszügen, dass ihm gerade ein Licht aufgeht, wo er beides heute schon mal gesehen haben könnte.

Ich versuche es mit einem Lächeln. »War kalt draußen.«

»Soso. Die kurzen Haare sind nett. Brauchst du sonst was außer der Schorle?«

»Nee, danke.« Das läuft ja super. Unsere letzte Unterredung vor der Scheidung war ein Albtraum und nichts, was ich noch einmal durchleben möchte. Einer der vielen Punkte, warum ich ihm aus dem Weg gehen wollte. Mein Mund ist staubtrocken. »Ich brauche sonst nichts mehr«, wiederhole ich, weil er sich nicht wegbewegt.

»Wie lange bleibst du?« Er kreuzt abwehrend die Arme vor der Brust und sieht dabei leider immer noch so gut aus wie früher. Der Sommer steht ihm – seine Haut ist gebräunt und die Haare von Sonne und Salzwasser hell gebleicht.

»Ich besuche Dad und Tobi wegen der Praxis.« Niemand würde bei dieser steifen Unterhaltung denken, dass wir uns unser Leben lang kennen – geschweige denn verheiratet waren.

»Du warst nicht oft hier.« Er mustert mich bedächtig, als ginge er innerlich mit sich selbst ins Gericht. »Hör mal, wir sollten versuchen, entspannt mit der Situation umzugehen«, schlägt er versöhnliche Töne an. »Wir sind geschiedene Leute. Wenn du noch was möchtest, deine Getränke gehen aufs Haus.« Kurz fasst er mich an der Schulter an, unsere Blicke treffen sich erneut.

Meine Haut wird an der Stelle, an der seine Hand liegt, ganz warm und mein Herz setzt einen Schlag aus. Das war mal mein Mann – der Mensch, der mir am nächsten stand. Jetzt ist er mir irgendwie fern. Es fällt mir schwer, den Blickkontakt abzubrechen, bis er es schließlich tut.

»Du hast recht, wir sind erwachsen«, stimme ich ihm zu. Sein Blick taxiert trotzdem meine Hände, als wollte er inspizieren, ob ich einen neuen Ehering trage. Wie absurd. Das hätte er längst über meinen gesprächigen Bruder oder Tine mitbekommen. Aber mir geht es genauso, ich prüfe ihn heimlich. Doch er trägt keinen Ring, nur ein altes Lederarmband. Allerdings mochte er Schmuck noch nie besonders. Das sagt also nicht viel aus. »Ich warte bis zu Tines erster Pause, danach gehe ich zu Dads Villa zurück.«

»Gut.« Sicherheitshalber schaut er auf die Uhr hinter dem Tresen. »In dreißig Minuten ist sie frei.« Unschlüssig beißt er sich auf die Unterlippe und bleibt nach wie vor bei mir stehen.

»Gut«, wiederhole ich seinen Einwortsatz, obwohl gefühlt nichts gut zwischen uns ist, und nippe an meinem Glas. Warum hat er sich damals nicht mehr bemüht, den Verlust seiner Großmutter, die während seiner Schicht in unserer Klinik gestorben ist, zu verarbeiten? Und warum hat er nicht um uns gekämpft?

»Na dann«, verabschiedet er sich und geht zurück zur Bar.

Ich sehe ihm hinterher, was mich selbst stört, und trinke noch einen Schluck von meiner Schorle. Noch achtundzwanzig Minuten bis zu Tines Pause. Ich muss die Zeit irgendwie überbrücken, jetzt, da ich unter Nicks Beobachtung stehe. Eventuell könnte ich zu Doktor Martens rübergehen und mit ihm über Krankheiten fachsimpeln. Gerade als ich das tun will, erhebt er sich leider, inklusive Ehefrau. Die beiden bezahlen und verlassen die Kneipe. Gleichzeitig kommt eine hübsche Dunkelhaarige, ungefähr mein Alter, durch die Glastür geweht. Sie trägt ein blaues Businesskostüm mit kurzem Rock, als hätte sie bis eben in einem Hochhausbüro gearbeitet. Krass! Vielleicht ist sie auf dem Weg aus New York irgendwo falsch abgebogen.

Mitnichten. Die Frau geht zielstrebig zu Nick hinter die Bar und küsst ihn auf den Mund. Oha! Das ist dann wohl seine neue Freundin, Belle, die Anwältin. Ich kann nicht anders, als den beiden dabei zuzusehen, wie sie sich begrüßen. Vertraut flüstert er ihr etwas ins Ohr, woraufhin sie sich zu mir umdreht und mir freundlich zunickt. O nein, er hat ihr gesagt, wer ich bin. Es fühlt sich an wie ein Stich ins Herz, den ich geflissentlich ignoriere. Stattdessen winke ich mit einer Hand zurück und fische mein Handy aus der Handtasche, um a) zu schauen, ob Henry mir noch mal geschrieben hat, und um b) beschäftigt zu wirken.

Keine neuen Nachrichten. Dafür vier Anrufe in Abwesenheit von meinem Bruder, noch nicht lange her. Ich verdrehe die Augen. Was will der denn nun schon wieder so Dringendes von mir?

Da ich keinen anderen Gesprächspartner habe, rufe ich ihn zurück. Nick und Belle wedele ich mit dem Handy am Ohr zu – à la: *Sorry, ich hab leider keine Zeit, mit euch zu plaudern. Ich hab irrsinnig viel zu tun.*

»Saskia, ein Glück! Du musst sofort herkommen. Strandaufgang«, keucht mein Bruder atemlos in den Hörer. »Ich hab Leni hier gefunden. Keine Ahnung, was los ist.«

»Was? Stopp, langsam. Wiederhol das noch mal.«

»Ich hab schon den Notarzt angerufen, aber die haben irgendwelche Probleme. Das Krankenhaus ist zu weit weg. Ich weiß nicht, was ich machen soll.«

Ich bin aufgesprungen. Der lang antrainierte Ablauf hat sich von selbst aktiviert. Nick scheint es bemerkt zu haben und deutet es richtig. Ich muss ihm nicht signalisieren, dass etwas passiert ist. Er lässt das Handtuch, mit dem er gerade über den Tresen wischen wollte, fallen und kommt zu mir. »Ich fahre dich. Wohin?«, ist die einzige Frage, die er mir stellt. Er braucht erst mal keine weiteren Details.

»Strand. Leni«, sage ich und greife nach meiner Handtasche. »Wir haben nichts dabei.«

»Wir fahren in die Praxis. Du hast doch einen Schlüssel, oder?«

Die stakkatoartige Kommunikation zwischen uns fühlt sich an, als würden wir wieder zusammen in der Klinik arbeiten.

Und dann geht alles ganz schnell.

Wir packen Tine ein und halten an Moms alter Arztpraxis, die auf dem Weg liegt. Ich habe es noch nicht über mich gebracht, mir das Haus anzuschauen, in dem meine Mutter während meiner Kindheit gewirkt hat. Aber mir bleibt keine Zeit für eine ausgiebige Besichtigungstour. Die Notfalltasche steht glücklicherweise am gewohnten Ort im Eingangsbereich.

In weniger als zehn Minuten sind wir am Einsatzort. Tobi hält Leni im Arm, die sich übergibt. Daneben stehen drei Jugendliche: zwei Jungs und ein Mädchen. Einer trägt eine gelbe Luftmatratze unter dem Arm, der andere hat eine starke Alkoholfahne, das ist amtlich. Er wird von seinen Freunden mit Oliver angesprochen.

Ich nehme eine notdürftig versorgte Platzwunde an seiner Stirn und einen dunkelblauen Fleck an seinem trainierten Oberarm wahr. Ob er einen Unfall hatte? Doch darum kann ich mich nicht kümmern, ich muss nach Leni sehen.

»Das geht schon die ganze Zeit so«, informiert mich mein Bruder. »Sie übergibt sich andauernd.«

»Was hast du gemacht, Kind?« Tine ist in Panik. Verständlich als Mama.

Beruhigend legt Nick ihr eine Hand auf die Schulter. »Lass Saskia schauen.«

»Wir haben gar nicht so viel getrunken«, verteidigt sich der alkoholisierte Junge sofort.

»Ihr sollt gar nichts trinken, Oliver! Und jetzt wolltet ihr auch noch schwimmen gehen?«, fährt Tine ihn an.

»Ich fühle mich komisch«, vermeldet das andere Mädchen aus der Truppe. Sie sieht kreidebleich aus. Was ist hier los? Leni schließt die Augen, hoffentlich wird sie nicht bewusstlos. Ich knie mich zu ihr hinunter, checke ihren Puls und ihren Atem. Sie riecht nicht nach Alkohol, Oliver hat die Wahrheit gesagt. Es muss etwas anderes sein.

»Wir fahren in die Praxis«, weise ich alle an, und Nick hilft den Mädchen, in seinen Truck zu steigen. Tobi bietet dankenswerterweise an, die Jungs zu Fuß zu begleiten.

In der Praxis gebe ich Leni zuerst ein Medikament, um das Erbrechen zu stoppen. Da ich so schnell wie möglich ihren Gesundheitszustand analysieren möchte, komme ich gar nicht dazu, sie als die Tochter meiner Freundin wahrzunehmen. Ich will einfach nur helfen und nichts versäumen.

Leni liegt auf der Patientenliege und wirkt wie im Delirium.

»Sie hat bestimmt eine Alkoholvergiftung«, mutmaßt Tobi wieder, als er mit den Kerlen eintrifft. Er scheint diesem einen Jungen weniger glauben zu wollen als ich.

»Nein, Leni hatte nur einen Schluck Sekt«, gibt Oliver an, was mich wiederum in meiner Annahme bestätigt, dass es nicht am Alkohol liegen kann.

»Habt ihr sonst irgendwas genommen?«, fragt Nick ruhig, während ich Lenis Stirn befühle. Sie fiebert.

»Natürlich nicht«, echauffiert sich der Junge. »Wir nehmen keine Drogen, Mann! Leni schon mal gar nicht. Das würde ich nicht zulassen. Was ist denn jetzt mit ihr?«

Plötzlich lässt sich das zweite Mädchen in den Sessel neben dem Arztschreibtisch fallen, presst sich die Hand auf den Mund und greift nach der Nierenschale aus Edelstahl, die Doktor Martens als eine Art Stifthalter auf dem Tisch stehen gelassen hat. »Ich muss brechen.«

Nick springt zu ihr. »Was habt ihr zuletzt gegessen?« Er stützt sie, um sie ins Bad zu begleiten. Im Türrahmen bleiben sie stehen.

»Wir hatten selbst gemachte Burger«, meint der zweite Junge. »Bei mir zu Hause. Mein Vater hat einen neuen Grill bekommen. Aber nur Oliver und ich waren bei mir.«

»Sushi«, flüstert das Mädchen. »Aus unserem Tiefkühler.«

Nick wirft mir einen Blick zu und ich ziehe daraufhin den Infusionsstab zu mir.

»Lebensmittel-/Fischvergiftung«, diagnostizieren wir beide wie aus einem Mund.

»Weil sie so viel Flüssigkeit und Elektrolyte verloren hat, geben wir ihr eine Infusion«, unterrichte ich Tine. »Ich glaube nicht, dass es eine durch spezielle Toxine verursachte Vergiftung ist. Du?«

»Nein.« Nick schüttelt den Kopf. »Aber ich würde sie zur Sicherheit in die Klinik fahren lassen. Wo bleiben die nur? Ich hab sie eben per Handy über den Verlauf informiert.« Er verschwindet ins Laborzimmer und bringt mir ein Infusionspack. Die Praxis wurde nicht vollständig geräumt, die haltbaren Medikamente und Utensilien sind noch vorhanden.

Ich lege den Zugang, Tine beobachtet uns und Leni schließt erschöpft die Augen.

»Alles gut.« Ich streiche über ihre schwitzige Stirn. »Morgen geht es dir schon besser. Es kann sein, dass so eine Lebensmittelvergiftung schnell und heftig zuschlägt, wie in diesem Fall«, erkläre ich. »Wir kümmern uns.«

»Ich bin schuld, ich koche zu wenig«, verurteilt sich Tine, als der Notarzt und sein Helfer endlich in die Praxis stürmen.

Ich muss in Ruhe mit ihr über diese unnötigen Selbstvorwürfe reden, aber nicht jetzt.

»Sie haben alles im Griff, Frau Kollegin?«, meint der Arzt.

»Warum haben Sie so lange gebraucht?«, schieße ich zurück.

»Wir haben mehr als einen Patienten! Wer sind Sie überhaupt?«

»Sie ist meine Frau«, platzt Nick heraus, und eine Hitzewelle durchfährt meinen Körper. Irritiert runzelt er die Stirn. »Ex-Frau, wollte ich sagen. Doktor Saskia Sanddorn.«

»Wir haben bei dem Kind vermutlich eine Lebensmittelvergiftung, hervorgerufen durch Tiefkühlsushi«, fasse ich sachlich zusammen.

»Zur Beobachtung wäre es gut, wenn Sie die beiden Mädchen mitnehmen«, ergänzt mein Ex-Mann. »Die Jungs haben nichts davon gegessen.«

»Alles klar, Nick.« Die Männer kennen sich offenbar.

»Ihr zwei seid die Besten«, haucht Tine mir zu, bevor sie der Notarzttruppe zum Krankenwagen folgt. Ich weiß, dass sie Nick und mich damit meint, obwohl wir kein Team mehr sind, weder medizinisch noch privat.

»Ich fahr dich gern heim, Frau Sanddorn.« Nick öffnet auf der Straße vor der Praxis einladend die Beifahrertür seines Wagens für mich. »Es wäre echt wichtig, dass ihr einen kompetenten Nachfolger für Doktor Martens findet. Ohne Arzt sind wir hier aufgeschmissen.«

»Danke, dass du mich mitnimmst.« Müde platziere ich meine Tasche im Fußraum der Beifahrerseite. »Wir haben die Vakanz ausgeschrieben. Ich bin aber eher für die Übergabe ans Versorgungszentrum.«

»Früher hast du anders geredet.« Er stellt sich so breitbeinig in die geöffnete Tür, dass ich nicht einsteigen kann. »Du fandest Versorgungszentren immer scheiße.«

»Und du fandest Medizin im Allgemeinen scheiße«, kontere ich. Ihm grundlos Vorwürfe machen kann ich auch.

»Das MVZ hätte in einem Fall wie heute nicht geholfen. Es ist mitten in der Nacht und die haben schon geschlossen.«

»In so einem Fall kann man eben nur die Klinik anrufen.«

»Hast ja gesehen, was dabei herauskommt. Die haben allgemein wenig Kapazitäten und sind zu weit weg. Du weißt doch, wie es hier oben läuft.«

Und schon haben wir wieder einen verbalen Schlagabtausch, was mir leider sehr vertraut vorkommt. »Ich kann es nicht ändern, Nick, und es ist nicht meine Aufgabe. Dad sagt auch, es gebe niemanden mehr, der heutzutage Landarzt werden will. Kaum Perspektiven, zu geringe Bezahlung, zu wenig Aufstiegschancen. Brauchst du weitere Gründe?« Das Thema triggert mich. »Und ich übernehme definitiv nicht. Ich lebe in London.«

Nick weicht zur Seite und ich drücke mich an ihm vorbei auf den Sitz. »Ich habe nicht gesagt, dass du das übernehmen sollst. Gott bewahre!«

»Das ist ja freundlich, Nick.«

Er knallt die Tür ins Schloss und geht um den Wagen herum, um sich neben mich zu setzen. »Das Ding ist, dass wir immer jemanden hatten, der die Menschen im Ort verstanden und sich für sie verantwortlich gefühlt hat.« Er hebt beide Hände in die Luft. »Mit einem MVZ, das einen großen Einzugsbereich betreut, ist uns nicht geholfen. Die Patienten werden unwichtig. Aber lass uns bitte nicht deswegen streiten.«

Ich habe genauso wenig Lust auf Streit, daher verstumme ich und schaue während der kurzen Fahrt nur noch nach vorn. Meiner Mutter war das Wissen um die persönlichen Kranken- und Familiengeschichten ihrer Patienten wichtig, und sie hat die anonymisierte, digitale Zukunft quasi vorhergesagt. »Irgendwann sind wir nur noch eine Datei, Schätzchen. Es werden keine Gespräche mehr geführt, keine Diagnosen von Angesicht zu Angesicht gestellt. Es wird schwierig werden, einen Arzttermin zu bekommen. Das ist nicht das, wofür wir Medizin studiert haben. Wir wollen helfen, das ist unsere Berufung.«

Ich schlage die Beine übereinander und falte die Hände im Schoß. »Ich hoffe, wir finden jemanden«, sage ich mehr zu mir selbst.

»Das wird schon«, erwidert Nick, und wir brausen um die Ecke.

Bei der Villa meines Vaters lässt er den Motor laufen und beugt sich leicht vor. »Es tut mir leid, wenn ich etwas angespannt war. Ich habe selten einen Notfall mit zu betreuen und meine Ex-Frau besucht mich auch nicht alle Tage in der Kneipe.« Er gibt mir einen Mini-Freundschaftskuss auf die Wange. »Es war toll, was du geleistet hast. Danke, Saskia. Bleiben wir Freunde?«

»Logisch. Und: Es war mein Job, hier einzuspringen«, erwidere ich nüchtern. Und auch mal deiner, füge ich in Gedanken hinzu, während ich der Sekunde nachspüre, in der seine Lippen meine Haut berührt haben. Es war nur ein Abschiedsbussi, doch meine Wangen glühen noch, als ich schon vor Dads Haustür stehe. Wegen der warmen Sommerluft und der ganzen Aufregung natürlich.

Auf einmal vermisse ich Henry schrecklich. Nach der Sorge um Lenis Gesundheit wünsche ich mir nichts mehr als eine tröstende Umarmung von ihm. Ich ziehe das Smartphone aus meiner Umhängetasche und wähle seine Nummer.

Er hebt sofort ab. »Hey, ich hab auch an dich gedacht, Darling.«

»Dito. Ich wollte noch mal deine Stimme hören, obwohl es schon so spät ist.« Ich setze mich auf die Hollywoodschaukel auf der Veranda, die Dad meiner Mom mal zum Geburtstag geschenkt hat. Ich muss mich zwingen, nicht an das Fest zu denken, und wie sehr sie sich darüber gefreut hat. »Es gibt so viel zu erzählen, Henry.«

»Leg los«, fordert er mich amüsiert auf. Ich weiß, dass er um diese Zeit auf seinem Hotelbett liegt und jetzt den Fernseher leiser stellt, obwohl er bis eben Fußball geschaut hat.

»Stell dir vor, ich hatte heute einen Notfall«, beginne ich und wippe auf der Schaukel nach vorn.

»Darling, so kommst du nicht aus der Übung. Ist alles gut gegangen?« Über die Zeit hat er solche Situationen mit mir kennengelernt.

»Ja, Nick war dabei.«

»Oh dear. Ich meine: Okay.« Er klingt ein bisschen eifersüchtig.

»Leni hatte eine Lebensmittelvergiftung. Es geht ihr bald besser.«

»No way. Leni, die Tochter deiner Freundin Tine?! Das ist hart. Zum Glück konntest du helfen. Ich bin echt stolz auf dich!«

Ich liebe ihn dafür, dass er immer nur das Positive sieht und nicht weiter auf Nick herumreitet. »Danke.« Und ich bin glücklich mit ihm in London. »Ich bin happy mit dir«, versichere ich ihm (und mir) prompt und sehe vor mir, wie er schmunzelt.

»Das hoffe ich doch. ›You Belong with Me, Babe‹«, zitiert er einen Taylor-Swift-Song. »Aber stress dich nicht zu sehr wegen der Praxis deiner Mom. Ärzte sind Mangelware und es ist einfach schwierig.«

»Ich weiß«, sage ich und seufze.

Er deutet es falsch. »Aber du musst dir um deine Zukunft gar keine Sorgen machen.«

Der Satz soll mich beruhigen, doch das tut er nicht. Henrys Familie ist reich und ich müsste nicht mehr arbeiten, wenn ich erst mal in die Dynastie eingeheiratet habe. Das hat er mir schon öfter vorgebetet, aber das ist nicht mein Ziel. Erst auf dem Hinflug habe ich einem Passagier bei einer Panikattacke beigestanden. Und das ist noch das Harmloseste, was einem als Arzt im Flieger passieren kann. Ich mag meinen Beruf und gehe darin auf. »Ich mache mir keine Sorgen, Schatz.« Ich verschweige, dass mir glücklich zu sein wichtiger als finanzielle Absicherung ist, weil ich nicht möchte, dass er sich wegen seiner Familie angegriffen fühlt. »Gut, dass du bald hier bist. Ich freu mich so auf dich!«

»Ähm, ja, deshalb wollte ich dich auch eben anrufen. Ich würde wirklich gerne wie vereinbart in time kommen, aber wir reden hier von der auflagenstärksten Zeitung Deutschlands. Wir brauchen ein bisschen länger«, meint er vorsichtig. »Das verstehst du sicher.«

»O nein, schade. Wie lange genau?«

»Ich wäre erst am nächsten Freitag da. Ist das okay?« Er tut so, als würde er mich um Erlaubnis bitten, dabei steht seine Entscheidung schon fest.

»Henry«, jammere ich. »Das ist fast doppelt so lange wie vorher.«

»Ich bin auch nicht amused darüber und wäre lieber heute als morgen bei dir. Aber Business ist Business. I'm sorry. Es ist nur dieses eine Mal, wegen des Jobs. Promise. Du weißt doch, dass mein Dad immer sagt, Reporter sind für nichts gut. Ich werde ihm zeigen, dass ich etwas schaffen kann, was noch niemand zuvor geschafft hat.«

Klasse! Was unsere Jobs betrifft, könnten wir unterschiedlicher nicht sein. Henry schreibt über Menschen, die man aus der Öffentlichkeit kennt. Ich habe mit Menschen aus dem Alltag zu tun. Henry ist Boulevardreporter, ich bevorzuge medizinische Fachzeitschriften.

Die Hollywoodschaukel knarzt gefährlich, als ich mich bewege. Erst da bemerke ich, dass mein Freund immer noch von seiner Arbeit und der letzten Presseparty schwärmt. Ich muss gähnen, so müde bin ich. »Lass uns morgen noch mal reden, Schatz. Ich bin fix und alle.«

Mit Nick habe ich immer bis tief in die Nacht über Gott und die Welt gequatscht, vor allem, als wir noch Teenager waren. Ich weiß nicht, warum mir das gerade jetzt einfällt, und gähne erneut. Wir hatten uns ständig etwas Neues zu erzählen, vielleicht sogar zu viel. Mit Henry genieße ich die stillen Momente. Überhaupt gibt er mir viel Halt und Sicherheit. Drama kreiert er nur für andere im Job, nie privat. Privat braucht er keinen Kick, wie er mal meinte.

Das tut mir sehr gut.

Kapitel 2

Den anschließenden Sonntag verbringe ich damit, mit Tobi eine neue, flippigere »Landarzt gesucht«-Anzeige aufzusetzen – die alte von Dad war ziemlich angestaubt. Außerdem versichere ich mich, dass Leni auf dem Weg der Besserung ist. Zuerst besuche ich sie im Krankenhaus und lasse dann den Tag mit Tine und einem Stück Schwarzwälder Kirschtorte ausklingen.

Wir holen alles auf, was wir seit unserem letzten Treffen versäumt haben. Da wir regelmäßig miteinander telefonieren, bin ich zumindest halbwegs auf dem neuesten Stand, vor allem, was ihren Beziehungsstatus betrifft: Es gibt keinen.

»Hast du den Aquamarinring eigentlich gefunden?«, fragt sie mich zum Abschied, was ich resigniert verneine. Ich weiß selbst nicht, warum mir das so wichtig ist. Aber seit ich mit Henry zusammen bin, der meine erste richtige Beziehung nach Nick ist, möchte ich mich absichern, damit es nicht wieder in einer Katastrophe endet – obwohl ein Ring mir das natürlich nicht garantieren kann. Vermutlich glaube ich doch ein wenig an Moms Theorie und vermisse sie einfach sehr.

Trotzdem schlafe und träume ich in der Nacht darauf richtig gut. In meinem Traum bin ich mit Henry Hand in Hand im

Sonnenuntergang am Ostseestrand entlangspaziert. Wir haben gelacht und die durch den Sand watenden Möwen beobachtet.

Leider sind aus den fünf Tagen bis zu unserem Wiedersehen nun noch mehr geworden. Aber ich habe mir den Freitag, an dem er nun ankommt, rot in meinem digitalen Kalender markiert. Irgendwie fühle ich mich einsam ohne ihn.

Deswegen starte ich die neue Woche mit einem Frühstück in der Ahoi-Klause. Da gibt es wenigstens jede Menge Menschen und es hat mich nicht weitergebracht, mich vor Nick zu verstecken. Sich nicht über den Weg zu laufen, ist in Büdnitz sowieso utopisch.

Dad ist schon früh zur Kanzlei aufgebrochen, und wenn Tobi nicht da ist, ist unser Zuhause gespenstisch ruhig. Zudem möchte ich nach den Erlebnissen des Wochenendes wieder mehr von meiner alten Heimat, dem Strand im Hochsommer, den Dünen und dem Meer sehen. In London habe ich mit einer Privatklinik die Vereinbarung getroffen, dass ich dort jederzeit als Oberärztin einsteigen kann, sobald ich zurück bin. Es ist ein lukratives Angebot und noch dazu sind sie total flexibel, weil sie mich haben wollen. Ich könnte mir also theoretisch durchaus etwas Urlaub gönnen und sehe heute auch danach aus: Strandkleid, Flip-Flops und Bastkorb.

»Hey, hey, du besuchst meine bescheidene Hütte ziemlich oft in letzter Zeit«, begrüßt mich mein Ex.

»Immer noch der alte Scherzkeks«, grüße ich zurück und setze mich wieder an den Tisch, wo ich bereits am Samstagabend gesessen habe, wenn auch nicht lange. Belle steht bei Nick an der Bar. »Ich bestelle gleich bei Tine«, rufe ich ihm deshalb zu, damit er nicht noch auf die verrückte Idee kommt, mich bedienen zu wollen.

»Jaja«, winkt er ab und flüstert Belle verschwörerisch etwas zu, als würde er ihr gerade all unsere vergangenen Geheimnisse anvertrauen. Hm.

Die Anwältin lächelt süß und wirft ihre Mähne nach hinten. Sie ist nicht besonders groß, hat eine weibliche Figur und gestikuliert mit den Händen in typisch italienischer Manier. Ich habe gehört, dass sie italienische Wurzeln hat. Kurz: Belle ist wie eine verführerische Pizza und ich wie eine blasse Kartoffel.

Da mich die beiden immer noch beobachten, zwinkere ich ihnen so souverän wie möglich zu. Muss Belle nicht in Dads Kanzlei arbeiten? Hat sie heute frei? Tine, die bis eben eine Bestellung am Nachbartisch aufgenommen hat, ist fertig und ihr Gesicht hellt sich augenblicklich auf, als sie mich wahrnimmt. »Juhu, Saskia!«

»Hi, Tine. Wie geht es Leni?« Ich stehe kurz auf, um sie mitsamt Tablett zu umarmen.

»Sie ist noch schlapp, aber sie wird mittags entlassen«, antwortet meine Freundin und legt die Speisekarten, die sie in der Hand gehalten hat, auf dem Tisch vor mir ab, obwohl es dort einen QR-Code gibt. »Stell dir vor, du hättest nicht so schnell reagiert. Oder Tobias hätte sie nicht gefunden. Ich bin euch wirklich dankbar!« Das hat sie schon gefühlt hunderttausend Mal gesagt. Sie legt ihre Hand auf meinen Arm. »Leni ist mein Ein und Alles.«

»Das weiß ich doch, Tinchen.« Für uns Ärzte darf so eine Aktion nicht der Rede wert sein. Es ist normal. Leider gibt es hie und da immer wieder Ausnahmefälle, also Mediziner, die sich nicht zuständig fühlen, wenn sie außer Dienst sind. Und das, obwohl sie einen Eid geschworen haben. Klar, man hat sich den Beruf während des Studiums unter Umständen anders vorgestellt – eher so wie in einer hippen Netflixserie. Vor der bitteren Realität ist niemand gefeit. Aber: *Was hätten wir für eine Welt, wenn keiner mehr dem anderen helfen würde?* Das hat Mom immer gesagt. Ich bin mir nicht sicher, ob wir aktuell von dieser Welt noch weit entfernt sind. Aber das ist ein anderes Thema.

»Meinst du, ich kann Leni morgen mal bei euch zu Hause besuchen?«, frage ich Tine. »Ich hätte Zeit.«

»Logo, sie würde sich total freuen. Sie darf frühestens Mittwoch oder Donnerstag wieder zur Schule. Und im Moment ist sie schwierig. Hab ich dir gestern gar nicht erzählt. Ich denke, es liegt an der Sache mit ihrem Vater. Früher hat sie ihn am Telefon mal ›Papa‹ genannt und ist damit umgegangen, als hätte sie einen imaginären Freund, den man nicht sieht, weil sie ihn ja nie getroffen hat. Alle anderen Kinder hatten aber einen echten, anwesenden Papa und mittlerweile sagt sie nur noch ›Erzeuger‹. Du weißt ja, wie es ist …«

»Ja«, stimme ich zu, aber eigentlich weiß ich gar nichts, und das liegt nicht daran, dass ich sie nie gefragt hätte. Lenis Vater ist ein Mysterium. Selbst mit mir redet Tine nicht über ihn. Außer dass er Alexander oder so heißt und keinen regulären Unterhalt zahlt, weiß ich nicht viel. Eine Zeit lang hat er wohl im Ausland gelebt. Das war's! Ich hab den Kerl noch nie gesehen, nicht mal auf einem Foto. Tine behauptet, dass sie keins hat, aber ich denke, sie möchte einfach nicht mehr an ihn erinnert werden. Ich sollte nach Leni sehen, solange ich da bin. Schließlich wäre ich fast ihre Taufpatin geworden, wenn sie denn getauft worden wäre. »Vielleicht unternehme ich was mit ihr«, schlage ich vor. »Nichts Anstrengendes natürlich. Wäre das okay?«

»Das wäre super!«, antwortet Tine leise und streicht mir dankbar über den Arm. »Leni ist mein größtes Glück. Aber ich war damals so naiv und dumm.« Das sagt sie oft. Meist in Kombination damit, dass sie für den sogenannten Erzeuger nur ein Abenteuer gewesen sei und er kein Kind wollte, was ich ziemlich schäbig finde. Wenn ich ihm jemals begegne, werde ich ihm das sagen!

»Entschuldigt, ihr beiden. Saskia, hast du einen Augenblick?« Ich war derart in meine Gedanken vertieft, dass ich gar nicht bemerkt habe, wie Nick zu uns an den Tisch getreten ist. Im Schlepptau hat er seine Freundin Belle. Boah, das kann ich gar nicht brauchen.

»Ich kümmere mich mal um dein Frühstück.« Tine zieht sich raus und geht in die Küche. Ich bin neidisch, dass sie die Szenerie problemlos verlassen kann. Am liebsten würde ich ihr unauffällig folgen und mir mein Essen selbst holen, wenn das möglich wäre.

Stattdessen trifft mich Nicks Blick. Er legt einen Arm um seine Freundin. »Das ist Belle«, verkündet er selbstbewusst, aber auch eine Spur schüchtern, was so gar nicht zu ihm passen will. »Und Belle, das ist Saskia.«

»Hi, Saskia, ich hab schon viel von dir gehört.«

»Hallo, schön, dich kennenzulernen!« Ich sehe mich um. Leider funktioniert das mit dem Flüchten nicht mehr, mir bleibt nur die Offensive. Es macht mir außerdem echt nichts aus, dass er eine Neue hat.

»Ich kam am Samstag nicht dazu, euch ordentlich vorzustellen. Deshalb jetzt«, führt Nick aus, als hätte mir eine persönliche Vorstellung seiner neuen Flamme gefehlt.

Ich überlege fieberhaft, was ich Kluges sagen könnte. »Schön«, ringe ich mir ab und habe ein Engegefühl in der Brust. Sie ist meine Nachfolgerin und das ist hart. Die kleinen Affären, die Nick zwischendurch hatte, waren nichts gegen sie. Belle ist eine andere Liga, sowohl optisch als auch intellektuell. Soweit ich weiß, hat sie sogar bei ihm gewohnt und sich dann zusätzlich eine Wohnung beim Rathaus gemietet, vermutlich weil es ihr über der Kneipe auf Dauer zu laut war. Als Anwalt braucht Dad auch häufiger mal seine Ruhe.

»Ich habe von deinem Einsatz gestern am Strand gehört, Saskia. Respekt! Und vor allem danke, dass du Leni geholfen hast. Sie ist ein ganz besonderes Mädchen.« Belle faltet die Hände ineinander, als müsste sie für uns alle beten, und strahlt mich an. Ich finde sie leider sympathisch. Ich kann mir nicht helfen, sie ist irgendwie lieb. »Ärztin ist ein Hammer-Beruf!«, lobt sie mich anschließend. »Ich könnte mir das gar nicht vorstellen, weil ich kein Blut sehen kann. Aber ihr tut so viel Gutes und seid so wichtig.«

Yep, sie hat etwas Einnehmendes, wie Tobi gesagt hat. Vielleicht ist es die Art, wie ihre Augen vor Begeisterung funkeln, wenn sie redet, oder die zarte Bewegung, mit der sie liebevoll nach Nicks Hand greift. Mein Bruder hat von ihr geschwärmt, obwohl Nick einer seiner besten Freunde ist. Schwärmen ist daher unangemessen, aber ich kann es irgendwie nachvollziehen.

Weil die beiden mich verwirrt anschauen, scheint mir unangenehmerweise eine Frage entgangen zu sein.

»Dein Freund kommt auch noch hierher, oder?«, wiederholt Belle offensichtlich, was sie bereits gesagt hat. »Das ist prima«, schiebt sie hinterher. Entweder war das eine Floskel oder ihr ist das momentane Zusammentreffen mindestens genauso unangenehm wie mir.

»Er kommt nächste Woche Freitag, quasi in elf Tagen«, antworte ich schnell. »Wir haben gerade zusammen eine neue Wohnung in London gefunden, die wir beziehen, wenn wir zurück sind«, schiebe ich nach, um das Gespräch am Laufen zu halten.

»Ihr Neuer ist ein Adliger«, ergänzt Nick überflüssigerweise, und ich kneife die Augen zusammen.

»Das Leben in London ist superteuer, nicht wahr?«, übergeht Belle seinen Einwand. »Ich habe selbst während des Studiums eine Zeit lang in Oxford gewohnt. Ich liebe England«, sprudelt es aus ihr heraus. Ich kratze mich an der Nase, als sie sich wie selbstverständlich auf den freien Stuhl neben mir setzt.

»Ja, England hat viel zu bieten«, antworte ich genauso steif, wie ich dasitze.

»Wie lebt ihr denn da so? Geht ihr viel aus?«, fragt sie interessiert, und schon bin ich in eine Konversation über Henrys Familie und unser Großstadtleben verwickelt. Nick schlendert unterdessen zur Bar. Ihn scheint mein Bericht nicht zu tangieren. Wie unhöflich! Ich werfe ihm einen finsteren Blick zu. Er tut nach wie vor unbeteiligt.

»Es ist beruhigend, wenigstens vorübergehend eine so fitte Ärztin wie dich hier im Ort zu haben. Habt ihr schon jemanden für die Praxis deiner Mutter gefunden?«

Mein Reizthema. Aber da Belle sowieso alles über mich zu wissen scheint oder wissen will, kapituliere ich. »Bisher hat sich niemand gemeldet und wir haben wenig Hoffnung, dass das noch passiert. Wir haben die Option, uns dem MVZ anzuschließen.«

»Als ich zuletzt mit Nick in Moerz in diesem komischen MVZ war, weil er wegen einem Infekt schlecht Luft bekommen hat, hat sich niemand zuständig gefühlt. Sie würden schließen und hätten keine Kapazität mehr. Wir sind dann heimgefahren. Du kennst Nick ja, er überspielt so was eh gern und schont sich nicht.«

Oha, in Bezug auf seine Gesundheit hat er sich also kein Stück verändert.

»Ich musste ihn praktisch zwingen, zum Arzt zu gehen«, ergänzt sie.

»Kenne ich.« Ich merke, wie ich mich aufgrund desselben Erfahrungsgehalts mit Belle solidarisiere.

Nick stellt seiner Freundin einen Espresso hin und verdreht die Augen. »So schlimm, wie du tust, war's nicht, Belle«, wehrt er ab.

»Du hattest früher Bronchialasthma, bis es sich ausgewachsen hat«, merke ich an. »Das war ziemlich unschön. Hast du denn kein Notfallspray mehr?«

Belle hebt überrascht die Brauen. »Davon weiß ich ja gar nichts.«

»Du hast doch gehört, dass es sich ausgewachsen hat. Es ist eigentlich gar nicht erwähnenswert. Und vor allem kein Grund zur Sorge, Belli.«

Ich weiß nicht, was ich davon halten soll. Nicks Anfälle früher waren nicht ohne, selbst für mich als Außenstehende während unserer Jugend, und dass er seiner *Belli* das verschwiegen hat, finde ich ungewöhnlich für eine intakte Beziehung.

Nick dreht sich zum Gehen und wird dabei fast von Frau Heuser überrannt, die ganz offensichtlich zu mir will. »Huhu, Saskia-Kind!« Die in Büdnitz ansässige Konditorin ist mit ihrer feuerroten Haarpracht ein echter Wirbelwind. »Du bist zurück! Mich freut dat so, dat du da bis! Dat is en Riesengewinn für uns alle.«

O je, wie erkläre ich ihr bloß, dass ich nicht als Ärztin nach Büdnitz gekommen bin, sondern nur als Gast? »Hallo, Frau Heuser.«

»Der Rolf und ich brauchen dringend 'nen Termin für 'nen Gesundheitscheck bei dir. Der hat Schmerzen inne Hüfte und ich …« Aufgeregt schnappt sie nach Luft und ich nutze die Gelegenheit, um dazwischenzugrätschen.

»Sorry, aber das ist ein Missverständnis. Ich bin nur zu Besuch. Die ärztliche Notversorgung von Leni war eine absolute Ausnahme.«

Frau Heuser hat sicher davon gehört und projiziert es daher auf sich. »Ach, schad.« Enttäuscht presst sie die roten Lippen zusammen.

»Das Einzige, was ich in der Praxis noch tun werde, ist aufräumen. Tobias und ich haben eine neue Anzeige für die

Praxis online geschaltet. Vielleicht haben wir ja Glück«, mache ich ihr Hoffnung auf Ersatz. Dass wir, wenn sich bis zu meiner Abreise niemand meldet, eine Lösung mit dem MVZ anstreben müssen, binde ich Frau Heuser nicht auf die gepuderte Nase.

Sie verabschiedet sich ohnehin recht zügig, nachdem sie gemerkt hat, dass ich für eine Akut-Sprechstunde nicht zur Verfügung stehe. Irgendetwas über die allgemein unzureichende medizinische Versorgung in Deutschland vor sich hin murmelnd geht sie zurück an ihren Tisch.

»Mach dir nichts draus. Uns Anwälten geht es so ähnlich wie euch, immer will einer was von einem«, bemerkt Belle verständnisvoll und schneidet ein anderes Thema an, wofür ich ihr dankbar bin. »Wie wäre es, wenn wir gemeinsam mit unseren Männern was unternehmen, sobald dein Freund angekommen ist?« Sie leert ihren Espresso in einem Zug, als wären wir in einer feinen Cafébar in München. Dann steht sie auf.

»Wir könnten gemeinsam was kochen«, schlage ich vor und ernte einen irritierten Blick von der vorbeilaufenden Tine. Scheint so, als hielte sie es für keine gute Idee, dass Belle und ich uns anfreunden.

»Nick liebt es zu kochen – aber das weißt du ja.« Belle lächelt erfreut. »Es ist echt schön, dass ihr euch wieder so gut versteht, obwohl du ihn damals hast sitzen lassen.«

Rums! So hat er das erzählt? Okay, ich muss mich jetzt definitiv zurückhalten, um ihr nicht brühwarm aufzutischen, warum ich mich wirklich von ihrem Schatzi getrennt habe. Und dass wir uns nur wieder so gut verstehen, weil wir die Vergangenheit komplett ausklammern. Zudem behalte ich besser für mich, dass Henry mich aus meinem Scheidungstief gerettet hat. Weil er nämlich vor allem eins nicht ist: so wie Nick!

»Ich muss leider noch einen dringenden Anruf tätigen«, behaupte ich höflich und krame in meinem Korb.

Belle lächelt. Sie lächelt insgesamt ziemlich viel. »Ja, ich muss auch leider zur Arbeit. Bis dann.«

Nachdem ich das Frühstück in der Klause überstanden habe, kreisen Möwen am wolkenlosen Himmel über mir, als wollten sie mich zur Arztpraxis begleiten. Die Luft riecht nach frischem Seegras und die Häuserfronten sind in warme Farben getaucht. Die Sonne spiegelt sich quasi überall und ihre Strahlen glitzern fröhlich auf den Fensterscheiben. Schließlich erreiche ich das bescheidene Gebäude, das sich harmonisch in die wild gewachsene Küstenlandschaft einfügt. Auf dem Schild an der Praxistür ist immer noch der Name »Sanddorn« eingraviert – sie haben es nie geändert. Als ich aufschließe, strömt mir ein modriger Geruch entgegen – auch das habe ich in der Hektik mit Leni am Wochenende nicht wahrgenommen. Jemand muss hier dringend mal durchwischen.

Vier Räume gehen vom Flur ab, der in die Anmeldung mündet. Neben dem Sekretär führt eine Wendeltreppe nach oben ins kleine Labor. Ich öffne alle Türen, um direkt im Anschluss auch die Fenster aufzureißen und ordentlich durchzulüften. Im Vorraum fege ich mit der Hand über die Schreibtischplatte der einstigen Arzthelferin. Staub wirbelt empor und ich sehe mich nach einem Mikrofasertuch um. Ich finde es in der kleinen Praxisküche. Flink wische ich mit dem Tuch über alle Flächen der Anmeldung und inspiziere danach die Schubladen der Aktenschränke, in denen die Patientenakten lagern. Die Digitalisierungswelle ist nicht bis Büdnitz vorgedrungen.

Zugegeben, es reizt mich schon, die Modernisierung des Gesundheitswesens hier oben an der See voranzutreiben und Moms verwaister Praxis Leben einzuhauchen. Ich schüttele mich. Wo kommt das denn jetzt auf einmal her? Ich bin nicht aus medizinischer Neugier hier, sondern weil ich für die künftigen Bewerberinnen und Bewerber die besten Voraussetzungen schaffen und nach Grandmas Ring Ausschau halten wollte. Die Praxisräume sind immerhin der einzige Ort, an dem ich noch nicht nachgesehen habe. Behutsam fahre ich mit den Fingerspitzen über die Pappakten in der obersten Schublade – es müssen Hunderte sein. Krankheit ist ein immerwährendes Geschäft.

Nachdenklich wandere ich vom Vorraum in einen der Untersuchungsräume, in dem ein veraltetes Ultraschallgerät steht. Müsste man auch erneuern. Ich schnappe mir Stift und Papier von der Ablage. Während ich durch alle Bereiche schlendere, lege ich eine Liste an, was zu ändern wäre und wie teuer das werden würde. Für jemanden wie Henry wäre das finanziell ein Witz – für mich und andere Bewerber hingegen eine einzigartige, kostspielige Investition.

So vorsichtig wie möglich bewege ich mich in Moms ehemaliges Sprechzimmer, als könnte ich darin irgendetwas kaputt machen. Es gibt zwei dieser Räume, weil es ja zwischenzeitlich eine Gemeinschaftspraxis mit Doktor Martens war. Dann ist Mom verstorben und ihr Zimmer ist leer geblieben, weil Dad es so wollte. Man könnte die Wand zwischen den Zimmern herausbrechen und sie in ein einziges großes Arztzimmer verwandeln. Das wäre heller und geräumiger. Nur mal angenommen, man wäre hier allein tätig.

Ich setze mich in den alten Ledersessel, der ebenso wie der Schreibtisch eine Anschaffung meiner Mom war. Sie war Fan dieses ausgeprägten Kolonialstils, den ich ebenfalls mag. Selbst die von Tobias und mir als Kind gestalteten Bilderrahmen hat Dad auf den Regalen stehen lassen. Alles erinnert mich an sie, so als wäre sie noch irgendwo. Ich ruckele die Schublade, die schon seit jeher klemmt, unter der Schreibtischplatte auf. Mom hat sie immer als ihr Geheimversteck betitelt. Sie wurde natürlich leer geräumt, bis auf …

Stimmt, da war ja was!

Ich taste nach dem eingebauten Einlass, eine Art Mini-Safe, der sich im hinteren Teil befindet. Um ordentlich heranzukommen, muss ich die ganze Schublade herauswackeln. Ich fühle mich wie ein Einbrecher, als ich versuche, den Einbau-Safe zu öffnen. Es gelingt mir nicht, er bleibt verschlossen. Man benötigt einen Schlüssel, den ich nicht habe. Und ich habe keine Ahnung, wo Mom ihn deponiert haben könnte. Oder ob in dem Ding überhaupt noch was drin ist. Wahrscheinlich nicht. Kann ja nicht sein, dass ihn in den letzten Jahren niemand geöffnet hat.

Tobi wird Bescheid wissen. Ich rufe ihn an. Als es tutet, schalte ich das Gerät laut, ich bin eh allein hier.

»Was ist los?« Eine typische Geschwisterfrage am Telefon, ohne ein unnützes Hallo. Die Stimme meines Bruders hallt durch den menschenleeren Raum.

»Nichts ist los. Ich bin in der Praxis und hab mich gefragt, ob du weißt, wo der Schlüssel zu Moms Tresor ist.«

»Tresor?« Es entsteht eine Pause. »Hab ich noch nie was von gehört.«

»Das Teil im Schreibtisch.« Er ist mir mal wieder eine Riesenhilfe. »Hat Dad eventuell irgendwo Schlüssel abgelegt?«

»Nicht, dass ich wüsste. Ich hab mich aber auch nicht damit beschäftigt und gehofft, du regelst alles, wenn du da bist.« Immerhin ist er ehrlich. Warum hab ich eigentlich keine Schwester, frage ich mich trotzdem manchmal in Momenten wie diesen. »Saskia, wenn es einen Tresor gibt, hat Mom den Schlüssel sicher so gut versteckt wie eine Elster ihre Beute. Viel Spaß beim Suchen! Sie hat es geliebt, Dinge an Orte zu legen, wo sie niemand mehr findet. Erinnerst du dich an die Ostereier, die sie so gut versteckt hatte, dass wir sie erst Ostern zwei Jahre darauf gefunden haben?«

Ich muss lachen. »Ja, meins war nicht nur außen grün.«

»Ja.« Auch Tobi lacht und atmet dann schwer aus. »Ich hab jetzt leider eine Trauung«, entzieht er sich mir bedauernd, obwohl eine Hochzeit immer ein freudiges Ereignis sein sollte. Aber als Geschiedener hat man ein ambivalentes Verhältnis zur großen Liebe. »Komm doch heute Abend mit mir mit«, meint er abschließend. »Drüben im Waldstück am Strand findet wie immer der traditionelle Sommerflohmarkt statt. Mit Drinks und Livemusik für einen guten Zweck. Dann können wir weiter über deinen Einsatz als Sherlock Holmes reden. Wobei du mir als Doktor Watson oder besser gesagt als Ostsee-Doktor mehr gefallen würdest.«

Nicht schon wieder! Ich seufze und sage trotzdem zu. »Machen wir so.«

»Ach so, und vergiss nicht, die Stellenausschreibung hochzuladen, die wir Sonntag erstellt haben.« Manchmal klingt er wie unser Dad. »Ich hab gesehen, dass das noch nicht geschehen ist.«

Er hat recht, das hab ich total vergessen. »Alles klar, mach ich gleich. Bis nachher.«

Doch statt per Smartphone auf die Seite mit den Onlineanzeigen zu navigieren, stecke ich es in die Tasche meines Kleides und schlendere grübelnd umher. Wo könnte der Schlüssel zum Safe sein? Mom hat es geliebt, Dinge zu verstecken – das stimmt. Was mochte sie noch? Menschen helfen. Bücher lesen. Ich streife durch das Regal mit den medizinischen Fachbüchern, eins dicker als das andere. Bedächtig ziehe ich den schweren Pschyrembel heraus und blättere darin herum. Außer einigen handschriftlichen Anmerkungen kann ich nichts Besonderes daran entdecken und stelle ihn zurück. Mom mochte gute Gespräche. Dankbare Patienten und Patientinnen haben ihr manchmal eine Kleinigkeit vorbeigebracht – so was wie einen Kuchen oder eine Schachtel Merci. Aus den Stapeln der Merci-Packungen hatte ihre kreative Arzthelferin einen Turm zusammengeklebt. Er steht unberührt in der Praxisküche auf der Ablage neben der Kaffeemaschine. In den wenigen Arbeitspausen, die sie sich gegönnt hat, mochte Mom am liebsten Filterkaffee mit Zucker, dazu Schokolade mit Nougat, ein Stück Merci oder eine Praline.

»Wir essen nun mal gerne Süßes«, hat sie wie ein Mantra oft wiederholt, um ihre allseits bekannten Heißhungerattacken zu rechtfertigen. »Natürlich ist das nicht gesund, aber wir reden es uns ein.« Dabei zwinkerte sie mir zu. Seitdem ist bei mir so ziemlich alles halbwegs gesund – außer Drogen und Alkohol, versteht sich. Ich sehe vor mir, wie sie in einem ihrer weiten Kleider mit der Kaffeetasse in der Hand in der Praxisküche steht.

Wie in Trance öffne ich den Schrank über der Spüle und schaue hinein, als gäbe es dort etwas zu entdecken. Negativ. Nur die Packung Kaffeepulver, die nahe am Verfallsdatum ist, und die Filtertüten erregen meine Aufmerksamkeit. Spontan nehme ich die Maschine in Betrieb. Es knackt und brodelt. Während der Kaffee zischend durchläuft, widme ich mich an der Anmeldung wieder dem Aktenschrank.

Heusers haben ziemlich viele gesundheitliche Probleme: Rolf ist Diabetiker, hinzu kommen ein Herzfehler und Arthrose in Hüfte und Knien. Ich lese weiter, bis mein Handy protestierend vibriert, weil ich mich habe so vereinnahmen lassen.

Everything fine, Darling?, fragt mein Freund und schickt mir ein Foto von sich mit einem bekannten deutschen Show-Moderator. Ich weiß nicht mehr, wie er heißt. Aber er ist alt geworden.

It´s party time. Ein TV-Sender veranstaltet ein Get-together mit unserer Zeitung. Ich bin sooo nah dran, Darling. Wenn die wüssten, welchen Knaller ich auf Lager habe …

Das weiß ja noch nicht einmal ich.

Ich vermisse dich, antworte ich ihm und erhalte ein Herzchen – gefolgt von einem Trophäen-Smiley, was immer das bedeuten soll.

Irgendwie riecht es hier stark nach gerösteten Bohnen. Mist, ich hab die Kaffeemaschine vergessen!

Ich kann von Glück reden, dass die Kabel nicht durchgeschmort sind, so alt wie das Gerät ist. Fix schalte ich sie aus und gieße den Kaffee in eine Tasse. Ich trinke ihn gerne so, wie Mom ihn mochte: schwarz und mit Zucker. Die bunte Zuckerdose, die ich nach einigem Suchen im Unterschrank finde, sieht mitgenommen aus. Am liebsten würde ich sie direkt wieder zurückstellen, wenn sie nicht so überraschend leicht wäre. Ist da überhaupt was drin? Hoffentlich keine Ameisen. Zögerlich hebe ich den Deckel. Jesus, Maria und Josef!

Neben drei verpackten Lindt-Pralinen, von denen ich nicht wissen möchte, aus welchem Jahrhundert sie stammen, liegt darin ein Schlüsselring, an dem zwei winzige Schlüssel befestigt sind. Ich meine, einen der beiden zu erkennen. Er gehört zum Tresor. Aber wofür ist der andere? Egal. Ohne zu überlegen, stelle ich die Dose ab und laufe in Moms Sprechzimmer. Die Schublade steht noch offen und ich teste den ersten sofort. Passt! Ich fühle mich, als hätte ich die 1-Million-Euro-Frage geknackt.

Zu meiner Enttäuschung befinden sich in dem Mini-Safe weder der Aquamarinring meiner Grandma noch Geld oder sonstige Kostbarkeiten. Ich muss mit einem neutralen Briefumschlag vorliebnehmen, der zu allem Übel zugeklebt ist. Im Grunde bin ich ein Verfechter des Briefgeheimnisses, aber in diesem Fall ergibt das keinen Sinn. Mit einem Brieföffner schlitze ich den Umschlag an der Kante auf. Selten habe ich so klar gegen meine eigene Überzeugung gehandelt.

Der darin befindliche Brief ist mit Tinte geschrieben worden und ich erkenne die Handschrift meiner Mutter. Das kann nicht wahr sein!

Liebes Schätzchen,

lese ich. Sie spricht mich direkt an.

Ich bin nicht bereit dazu, geliebte Familientraditionen wie unsere heiteren Ratespiele aufzugeben, bloß weil ich nicht mehr bei euch sein werde.

Ich traue meinen Augen nicht. Wenn ich nicht schon auf dem Ledersessel sitzen würde, müsste ich mich spätestens jetzt hinsetzen. Einerseits ist es völlig abstrus, andererseits ist es so was von unsere Mom, dass sie ein Schreiben hinterlassen und das auch noch an mich gerichtet hat.

Du bist also doch zurückgekommen, wie ich es vermutet hatte. Vielleicht ist dir nicht bewusst, wie lange du bleibst oder wie wichtig du bist. Und damit meine ich nicht nur für mich, Dad oder deinen Bruder, sondern für die Allgemeinheit.

Von wann ist dieser Brief? Ich entdecke kein Datum.

Ich habe euch gern Rätsel aufgegeben und du hast sie so eifrig gelöst, während Tobias meist keine Lust hatte, was auch okay ist. Er ist eben anders und das ist gut so. Du hingegen bist wie ich. Du neigst dazu, deinen Wert zu unterschätzen und hohe Ansprüche an dich selbst zu stellen. Ich wollte auch immer alles richtig machen. Aber das Leben zeichnet sich nicht durch richtig oder falsch aus, sondern dadurch, dass nichts nach Plan läuft. So war es zumindest bei mir.

Im Nachhinein wünschte ich, ich hätte mir erlaubt, glücklicher zu sein.

Ich wünschte, ich hätte mehr Zeit in meine wahren Freunde und meine Familie investiert.

Ich wünschte, ich hätte nicht alles so wahnsinnig ernst genommen.

Fehler passieren jedem!

Und ich wünschte, ich hätte die Liebe nicht in Job und Alltagstrott untergehen lassen.

Ich wünschte, ich hätte der Natur mehr Raum in meinem Leben gegeben und das alles viel früher so gesehen. Die Sonnenuntergänge bei Magdas Buchhandlung zum Beispiel sind ein wahres Wunderwerk. Du musst sie dir unbedingt anschauen.

Überhaupt liebe ich Magdas Laden, besonders die kuschelige Ecke mit den Leihbücherregalen. Weißt du noch, welches mein Lieblingsbuch war? Ich habe es so oft ausgeliehen.

Ganz viel Liebe
deine Mom

Ernsthaft? Ich atme scharf aus und bin vollkommen geplättet. Sie ist seit Jahren tot und erst jetzt finde ich diesen Brief? Klar, Doktor Martens war bis vor Kurzem in der Praxis ansässig und ich habe kaum vorbeigeschaut, und wenn, dann habe ich keine Schubladen aufgezogen. Das stand mir nicht zu. Vielleicht hat Mom geahnt, dass ich mich zu gegebener Zeit um die Räumlichkeiten kümmern würde.

Ich lege den Brief ab und schaue aus dem Fenster in den Innenhof. Der Apfelbaum trägt Früchte und der uralte Walnussbaum wird im Herbst wieder so viel abwerfen, dass man die Nüsse kaum alle aufsammeln und verarbeiten kann. Hier hat Mom agiert und zuletzt an mich gedacht, als sie das Schreiben verstaut hat. Was will sie mir mit der Frage nach ihrem Lieblingsbuch sagen?

Ich weiß nicht, wie ich das bewerten soll. Zurück in Büdnitz zu sein macht mich ganz verrückt. Bedächtig nehme ich den Umschlag an mich, schließe den Tresor ab und richte in der Küche alles wieder so her, wie es war.

Zu Hause laufe ich unglücklicherweise sofort Dad in die Arme und entscheide umgehend, ihm nichts von meinem Fund zu berichten. Da er offensichtlich nichts von dem Rätsel ahnt, würde es ihn zu sehr verletzen, von Mom zu hören.

»Schau mal, Nepomuk hat Hunger«, beginnt er stattdessen begeistert eine Konversation rund um seinen neuen Freund. Tobi hat ihm – ohne Witz – kurz nach meiner Ankunft eine Schildkröte geschenkt. Das hatte er lange geplant, weil Dad schon ewig den Wunsch nach einem Haustier gehegt, sich jedoch nie eins zugelegt hat.

»Toll, was er alles kann.« Ehrlich gesagt finde ich Nepomuk öde und irgendwie glaube ich, mein Bruder hat sich damit eher selbst einen Gefallen getan. Tobi genießt es, die Kröte in Dads Garten beim gemächlichen Herumstromern zu beobachten oder sie mit Gurkenscheiben zu füttern. Er ist schon wieder da, wartet auf mich und albert mit Dad und dem süßen Panzertier herum. Angeblich steht Belle laut Tobi genauso sehr auf Schildkröten wie er. Sie wollte sogar beim Schildkrötenkauf dabei sein. Meinetwegen sollen sie. Nick mag eher Katzen, soweit ich mich entsinne.

Ich schlüpfe in meinem Jugendzimmer vom Sommerkleid in eine abendliche Leinenhose. Dazu trage ich ein dünnes schwarzes Top und flechte mir eine Strähne in den blonden Bob. Mein Standspiegel befindet sich wie fast alles andere an derselben Stelle wie früher – direkt neben dem Himmelbett, das ich mir als Jugendliche so sehnlichst gewünscht hatte.

Eine Erinnerung an Nick und mich auf diesem Bett überkommt mich unerwartet heftig. Ich verdränge sie. Zu Recht, wie mein Spiegelbild mir kurz darauf verrät. Denn es ist nicht alles gleich geblieben: Ich bin älter geworden, selbstverständlich bin ich das.

O je, die Uhr an meinem Handgelenk zeigt mir, dass ich spät dran bin. Tobi ruft nach mir. Hastig tusche ich über meine Wimpern und binde mir einen Cardigan um die Hüfte. Die Temperatur an der See kann nachts stark abkühlen.

Die Häuschen im Waldstück am Strand sehen alle ähnlich aus, nur Magdas Buchhandlung sticht als ein aus der Zeit gefallener Wunschladen besonders hervor. Wie immer präsentiert die Büdnitzer Buchhändlerin im Schaufenster Schmöker, die vor Jahren angesagt waren. Aktuelle Literatur sucht man bei ihr vergebens. Heute hat sie ihre Auslage zur Feier des Tages in der Farbe Türkis gestaltet und neben der Eingangstür drei Tische mit weißen Tischdecken arrangiert, auf denen Gebäck – vermutlich von Heusers Bäckerei – angeboten wird.

Vor dem Wollparadies, der Chocolaterie und entlang des mit Seegras gesäumten Weges haben die ansässigen Aussteller ihre Waren aufgebaut. Sogar Nicks Opa, der alte Jannis, bietet auf einem Orientteppich Armbanduhren, urige Teller und ein Radio aus den 70ern für den guten Zweck an. Nötig hätte er das nicht, weil er, wie man mittlerweile weiß, durch die

63

Veräußerung seines Unternehmens damals Millionen erzielt hat und genauso gut ohne Verkauf etwas spenden könnte. Aber hier nimmt jeder an der Tradition teil. Ich schlucke, weil Jannis, als ich noch mit Nick verheiratet war, zu meiner Familie gehörte. Prompt winkt er mir freudig zu und wirkt nicht überrascht, mich hier zu sehen. Ich gehe davon aus, dass Nick ihm schon von unserem Aufeinandertreffen berichtet hat, sie hatten von jeher ein enges Verhältnis.

»Ich war sooo lange nicht mehr auf einem Flohmarkt«, schwärme ich, und Tobi breitet die Arme aus.

»Dann herzlich willkommen beim Büdnitzer Sommermarkt, wo man ausnahmsweise mal auf bekannte Gesichter trifft«, witzelt er.

»Plus ein oder zwei Touristen, die sich verirrt haben«, ergänze ich, und wir grinsen beide. Obwohl er mein Bruder ist, finde ich, dass Tobi heute Abend richtig attraktiv aussieht. Fast so, als ginge er im Anschluss noch auf ein Date. Er trägt ein schwarzes Hemd zu einer hellen Anzughose, ist sonnengebräunt und seine Augen glänzen erwartungsvoll.

»Schau mal«, sagt er, »da ist Jannis.«

Ich betrachte den Alten aus der Ferne. Als seine Frau, Nicks Oma, nach dem schweren Autounfall in Nicks Armen im Krankenhaus verstorben ist, hat Jannis es nicht gepackt und ist medikamentenabhängig geworden. Soweit ich von Tobi weiß, hat Nick ihn zu einer Entziehungskur überreden können, und es scheint ihm wieder gut zu gehen. Er arbeitet sogar manchmal in der Ahoi-Klause mit.

Eine unerwartete Melancholie überkommt mich. Am liebsten würde ich zu ihm rübergehen und ihn umarmen, aber vielleicht möchte er das nicht – nach all der Zeit.

Zum Glück stupst Tobi mich genau in diesem Moment unsanft in die Seite. »Hier ist was los, gell?« Er deutet auf die Besucher und checkt seine Smartwatch. »Wir sind zu spät!« Suchend schaut er sich um, als würde er auf jemanden warten. Ich sehe, wie er beiläufig den Schrittzähler seiner Uhr kontrolliert. Anders als ich achtet Tobias streng darauf, etwas für seine Gesundheit zu tun.

»Ach, komm, Tobi. Zehn Minuten drüber sind für Saskia doch normal«, höre ich eine Stimme hinter uns raunen. Mein Bruder hat sich mit Nick verabredet, ohne mir das zu sagen. Nick macht einen winzigen Schritt auf mich zu – mehr nicht, als hielte er einen Sicherheitsabstand ein. Der Duft seines Parfums verteilt sich dennoch in der Luft, während er in Tobis dargebotene Hand einschlägt. »Ich habe früher das akademische Viertel immer eingeplant, wenn wir ausgegangen sind. Fünfzehn Minuten warst du grundsätzlich zu spät, Sassi.«

»Woher wolltest du das wissen? Du hattest noch nicht mal eine Uhr«, entgegne ich, weil es stimmt. Nick trug so gut wie nie eine Armbanduhr, nutzte damals schon selten sein Handy und besitzt definitiv keine Schrittzähler-App wie Tobi. Dafür lege ich meine Hand ins Feuer. »Du achtest doch im Grunde auf nichts Spezielles, Bühler.«

»Vorsicht! Dein Nachname war auch mal Bühler«, gibt er kokett zurück, und die bekannten Grübchen bilden sich auf seinen Wangen. Bei diesen beiden Männern bräuchte ich eine Freundin an der Seite zur Unterstützung. »Was tust du überhaupt hier?« Ich sehe ihn eher zu Hause den Heimgarten umgraben, mit seiner Neuen die Sauna testen oder am Südstrand eine waghalsige Surf-Aktion durchführen, als über einen Alte-Sachen-Flohmarkt schlendern. »Wo ist Belle?«

»Nicht da – und ich trete hier auf«, erklärt er zögerlich. »Aber nur zwei Songs. Für den guten Zweck, ich habe es Magda versprochen. Sie hat das Event mitorganisiert.« Sein Blick schweift hinüber zu den Standmikros und den beiden Boxen, die neben den Gebäcktischen aufgebaut sind.

»Ich dachte, du singst nicht mehr in der Öffentlichkeit.«
Noch etwas, das ich nicht von ihm wusste. Aber warum sollte
ich auch? Wir sind ja nicht mehr zusammen.

»Doch, tue ich, und Mia begleitet mich auf der Gitarre. Ich
weiß nicht, ob du dich an sie erinnerst.«

»Logo«, antworte ich. »Sie ist mit Tobi zur Grundschule
gegangen.« Mein Bruder hat unterdessen mit der x-ten
Person ein längeres Gespräch gestartet. Er kennt so gut wie
jeden. Kunststück, bis zur letzten Wahl war er nicht nur
Standesbeamter, sondern auch der Bürgermeister hier. Und die
Welt ist klein in Büdnitz.

»Wir legen gleich los«, meint Nick. »Ich geh rüber. Sehen
wir uns danach noch? Würde mich freuen.«

»Ja, klar. Warum nicht?«, willige ich ein. Tobi ist eh damit
beschäftigt, dem halben Ort Hallo zu sagen.

Gedankenverloren beobachte ich, wie Nick sich kurz darauf
nicht ganz so selbstsicher wie früher ans Mikro stellt. Mia mit
den Dreadlocks zupft an der E-Gitarre die Eingangsakkorde
eines Lounge-Songs, und als Nick die ersten Töne anstimmt,
verfliegt auch der letzte Funken Groll, den ich gegen ihn gehegt
habe. Er umgreift das Mikro und der tiefe Bass seiner Stimme
fährt mir in den Magen. Die Boxen, die den Sound durch die
Meeresluft tragen, steuern ihren Teil dazu bei. Wie lange habe
ich ihn nicht mehr singen gehört? Ich kann den Blick nicht von
ihm abwenden. Aber das scheint jedem so zu gehen. Alle halten
inne und lauschen seinen sanften Klängen. Tine hatte mir
geschrieben, dass sie die Schicht in der Kneipe übernommen
hat und deshalb nicht da sein kann. Das ist schade, denn ich
hätte sie gerne neben mir stehen gehabt und ihr still anvertraut,
dass Nicks Stimme noch gefühlvoller geworden ist. Mit einer
lockeren Handbewegung streicht er sich eine sonnengebleichte
Strähne hinters Ohr und schaut mir in die Augen. Kurz, aber
durchdringend.

»Hallo?! Jemand zu Hause bei dir? Saskiaaa!« Beinahe hätte ich meinen Bruder vergessen, der nach wie vor da ist und mich argwöhnisch von der Seite beäugt.

»Ich hab mich eben gefragt, ob Belle noch kommt«, sauge ich mir irgendetwas aus den Fingern.

Nick hat aufgehört zu singen. Auch der zweite Song, ein Rockklassiker, ist vorbei. Schade. Stattdessen geht das bunte Markttreiben weiter und ein DJ spielt eine Playlist.

»Belle ist sehr ehrgeizig, sie ist bestimmt noch im Büro.« Tobi lotst mich zum Gebäckstand. »Hat ja vorher in dieser angesagten Kanzlei in München gearbeitet.«

»Ah«, gebe ich lediglich einen undefinierbaren Laut von mir, während mein Bruder sich einen Muffin vom Tisch klaubt und zehn Euro in eine Spendendose steckt. Ich verstehe es nicht. Wenn mein Freund so singen könnte, wäre ich bei jedem Auftritt dabei. Glaube ich.

»Irgendwelche News wegen der Praxisnachfolge?« Tobi hat den Mund voller Muffinkrümel, was ihn nicht daran hindert, mir Fragen zu stellen, die ich nur ungern beantworten möchte.

»Nein. Wer auch immer die Praxis übernimmt, muss viel Kohle reinstecken. Das macht es noch schwieriger, jemanden zu finden.«

Er nickt betroffen. Wir schlendern weiter und begutachten unter anderem Frau Heusers Sammeltassen aus den 60er-Jahren.

Da die Anwesenden ihn zu einer Zugabe gedrängt haben, singt Nick nun doch noch einen Song. Wieder überzieht eine deutliche Gänsehaut meine Arme.

»Ist dir kalt?«, fragt mein Bruder, und wie zur Bestätigung ziehe ich mir meine Strickweste über die Schultern, obwohl die kühle Abendluft nicht der Auslöser ist. Ich vermeide es, Nick anzusehen. Er singt Lewis Capaldis »Someone You Loved« – ein Song, der einer Melodie ähnelt, bei der wir uns zum ersten Mal geküsst haben.

Wie in Trance gehe ich weiter. Jedes Wort dieses Lieds trifft mich auf eine undefinierbare Art und Weise.

Wir gelangen zu Jannis' Stand und Nicks Opa kommt augenblicklich um seinen Verkaufsstand herum, um mich zu umarmen. »Saskia, ich hätte nicht gedacht, dass ich dich in diesem Leben noch einmal wiedersehe.«

Seine Haut ist faltiger und er ist ein bisschen kleiner geworden. Ich erinnere mich, dass er Osteoporose hat. Außerdem hat er nicht mehr so viel Kraft wie einst. Rührung überkommt mich, die ich ihm nicht zeigen möchte, denn das soll doch eine positive Veranstaltung und kein Trauerclub sein.

Die letzten Töne von Nicks Song verklingen, als Jannis und ich einander loslassen.

»Geht es dir gut?«

»Wie es einem alten Mann so geht«, entgegnet er freundlich. »Schade, dass du nicht bleibst. Ich hätte gerne meine persönliche Ärztin gehabt. Dann müsste ich nicht immer so weit gefahren werden. Ich fahre ja nicht mehr selbst.«

Wir plaudern über dies und das, bis wir uns verabschieden und zwei Stände weiter ziehen, wo Tobi sich beim nächsten Ehepaar festquatscht, welches er in seinem Job als Standesbeamter irgendwann einmal verheiratet hat.

Ich bin froh, als Nick endlich wieder zu uns stößt. »Hey, das war gut«, höre ich mich anerkennend sagen, und auf seinen Wangen bildet sich ein Lächeln, das bis zu den Augen reicht. Ich habe dieses Lächeln geliebt.

»Danke. Schau mal, die Buchhandlung ist geöffnet. Wenn du Lust hast, könnten wir …«

»Absolut!« Ich lasse ihn nicht aussprechen, weil ich dankbar bin, dass er mich vor Tobi und seinem Anhang rettet. Mein Bruder steht in einer Runde Damen und zupft sein Hemd zurecht. Ich frage mich nicht mehr, was er heute noch vorhat.

»Nick und ich gehen rüber zu Magda«, informiere ich ihn schlicht.

Sein »Klaro« klingt überrascht, aber durchaus einverstanden.

Im Buchladen herrscht gedämpftes Licht. Magda hat Lichterketten verteilt und an ungefährlichen Stellen sogar Kerzen dekoriert. Wir stöbern durch die Regale, ohne viele Worte zu verlieren. Nick biegt in die Thriller-Abteilung ab, während ich die Ecke mit den Leihbüchern suche. Wird Moms Lieblingsbuch noch da sein? In den übersichtlichen Holzregalen finde ich Klassiker wie Harry Potter und die Buddenbrooks. Als ich die Hoffnung schon aufgegeben habe, entdecke ich »Die Reise zu dir«. Es ist ein dicker Schinken, Hardcover, der in einem ungewöhnlichen Querformat gedruckt ist. Ich nehme das Buch an mich und inspiziere den Stempel auf der Innenseite. Zuletzt wurde es vor wenigen Monaten verliehen, an wen ist nicht ersichtlich.

»Ist das nicht das Buch, das oft bei euch zu Hause auf dem Küchentisch rumlag?«, unterbricht Nick meine chaotischen Gedankengänge.

Es fühlt sich merkwürdig vertraut an, dass er das noch weiß, obwohl wir uns so lange nicht gesehen haben. »Ja, das ist es.« Ich drücke es an mich. »Vielleicht leihe ich es.«

»Okay.« Nick runzelt die Stirn. »Sag schon, warum willst du das mitnehmen?«

»Einfach so.«

Er legt den Kopf schief und hebt die Brauen. Ich weiß, dass er mir nicht glaubt.

»Na gut.« Ich hole Luft und lege den Finger an die Lippen. »Aber du musst mir versprechen, dass du es für dich behältst. Ich möchte Dad und Tobi nicht vor den Kopf stoßen, weil ich ihnen noch nichts gesagt habe. Ich muss das erst mal verarbeiten und mit mir selbst ausmachen.«

»Versprochen. Worum geht's?« Er lässt sich auf einen der Sitzsäcke neben dem Regal fallen und ich setze mich daneben. Manchmal ist es so verdammt einfach, jemandem, der einem einmal nahestand, sein Leben anzuvertrauen. Hoffentlich enttäuscht er mich nicht und behält es für sich.

Vorsichtig ziehe ich Moms Brief aus der Tasche meiner Leinenhose. Ich hatte ihn für den Fall eingesteckt, dass ich etwas nachlesen wollen würde, was natürlich nur eine Ausrede dafür ist, dass ich ihn bei mir tragen wollte. Ich kenne die Sätze schon so gut wie auswendig. Der Kloß in meinem Hals wird größer, während ich ihm die Umstände schildere, unter denen ich den Brief gefunden habe, und ich mag das Geschriebene aus Angst, weinen zu müssen, nicht laut vorlesen. Lieber reiche ich es an Nick weiter.

Er schaut mir in die Augen, um sich zu vergewissern, dass es in Ordnung ist, dass er die Zeilen liest.

»Und du glaubst, sie wollte dir etwas mitteilen?«, fragt er nach dem Lesen und gibt mir das Papier zurück. »Es ist irre lange her, dass sie das in den Safe gelegt hat, und purer Zufall, dass du ihn heute gefunden hast. Das kann sie unmöglich exakt so geplant haben. In ihrem Zustand zum Schluss schon mal gar nicht.«

»Aber was hat es mit den beiden Schlüsseln in der Zuckerdose auf sich? Warum sollte sie sie dort hineingelegt haben, Nick?«

»Weil sie immer alles versteckt hat«, meint er liebevoll und streichelt mir über die Wange, um eine Träne aufzufangen, die sich aus meinem Augenwinkel gelöst hat. »Sie war einzigartig.«

»Ja, aber …«

»Kein Aber. Ich möchte nicht, dass du dich in etwas verrennst, Sassi.«

»Ich suche doch den Aquamarinring«, gebe ich preis. »Und vielleicht hilft das, ihn zu finden.«

»Ist der immer noch nicht aufgetaucht?«

Ich schüttele traurig den Kopf und stecke den Brief wieder weg.

Nick beißt sich auf die Unterlippe und stöhnt mitfühlend. »Wenn es dir so wichtig ist, dann helfe ich dir. Du kannst jederzeit mit mir rechnen.«

»Ich weiß nicht. Belle findet das sicher nicht so lustig, wenn du für mich da bist«, wehre ich ab. »Ich möchte euch nicht in die Quere kommen. Ihr seid so glücklich miteinander. Es hat sich ja nur so ergeben, dass ich dir das erzählt habe.«

»Hey, du weißt hoffentlich, dass ich trotz allem für dich da sein werde, auch wenn das Versprechen vor Gott und dem Staat aufgehoben wurde. Die sind mir eh beide wurscht. Und Belle ist Scheidungsanwältin, sie hat Verständnis für unsere Situation.«

Seine Worte beruhigen mich. Uns verbindet mehr als irgendein nichtssagender Kirchenschwur. Zudem kannte er meine Mutter, das allein ist schon ein Grund. »Danke«, hauche ich. Wir stehen auf, und als er mich in den Arm nimmt, wird mir ganz warm. Ein bekanntes Gefühl. Sein Dreitagebart streift meine Wange und meine Haut prickelt an der Stelle. Ist da mehr zwischen uns als der dicke Schmöker, den ich an meine Brust gepresst halte? Nein, das bilde ich mir bestimmt nur ein.

»Lass uns dieses Buch ausleihen und Muffins holen, bevor dein Bruder alle vertilgt hat.« Abrupt lässt Nick mich los und schiebt mich vor sich her zur Kasse, als hätte er es auf einmal besonders eilig, aufs Fest zurückzukehren.

Kapitel 3

Ich habe das Buch zwar ausgeliehen, aber noch nicht reingeschaut, weil der Abend lustiger war und länger dauerte als erwartet. Tobi hat sich überraschend schnell verabschiedet und ich bin in einer Gruppe mit Nick, Jannis und Mia zurückgeblieben. Wir haben zusammen auf Jannis' Orientteppich gesessen, alkoholfreies Bier getrunken und uns über das Geschehen in der Welt, das Wetter, die Gesellschaft und den Klimawandel unterhalten – nicht über die Vergangenheit und dankenswerterweise nicht über die Praxis, die mir Bauchschmerzen bereitet.

Zwischendurch hat Belle bei Nick angerufen und ihn informiert, dass sie zu müde ist, um vorbeizuschauen. Ich glaube, er war ziemlich enttäuscht. Henry rief ebenfalls an, um mir zu sagen, dass er nächsten Freitag etwas später da sein wird. Auch nicht schön! Es schien außerdem so, als wäre es ihm nicht recht, dass ich den Abend mit meinem Ex verbringe. Wäre er hier, müsste ich das nicht. Nick meinte daraufhin, dass wir das mit unseren Partnern nicht wieder verbocken dürfen, und hat vorgeschlagen, dass wir einen Liebesleben-Onlinekurs belegen sollten.

Ich habe lange nicht mehr so viel gelacht wie gestern. Wir verstehen uns fast besser als während unserer Ehe – freundschaftlich betrachtet.

Heute jedenfalls besuche ich Leni. Sie ist noch krankgeschrieben, und ich freue mich total darauf, sie gleich zu sehen. Obwohl ich bisher keines meiner ursprünglichen Anliegen gelöst habe, bin ich richtig gut gelaunt. Normalerweise würde es mich stressen, dass ich Grandmas Ring nicht gefunden oder es nicht geschafft habe, Moms Praxis innerhalb weniger Tage an den Mann oder die Frau zu bringen. Doch heute lasse ich mich durch nichts beunruhigen – zumindest glaube ich das. Im Vorbeigehen fahre ich mit der Handfläche über die hohen Seegrasbüschel entlang des Wegrands und höre dem Wellenrauschen sowie dem Gezwitscher der Vögel zu. Alles wird sich fügen, man muss bloß positiv denken. In dem Moment fällt mir ein, dass ich bezüglich des zweiten kleinen Schlüssels gar nicht an die Post gedacht habe. Mom hatte immer ein Postfach. Vielleicht passt er ja dort. Und wer weiß, was sich noch so alles in dem Fach befindet. Ich werde der Sache gleich morgen auf den Grund gehen.

Bei den Fischerhäusern riecht es betörend nach frischem Lavendel. Tine und ihre Nachbarn haben kleine Felder in den Vorgärten angepflanzt. Weiße Schmetterlinge flattern über der lilafarbenen Pracht umher und eine Horde Bienen summt geschäftig zwischen den Blüten. Es scheint, als hätte Hein Wesseling, der neben Tine und Leni wohnt, in aller Früh seine Wiese gekürzt. Es duftet verräterisch nach frisch gemähtem Gras. Hein ist Dads Kanzleipartner und gleichzeitig Belles Vater. Die drei arbeiten zusammen in der Kanzlei W&S, Wesseling und Sanddorn. Ganz nebenbei betreibt der Mann zudem einen deutschlandweit ausgezeichneten Podcast, der sich »Meer für Dich« nennt und mit Ratschlägen rund um Gesundheit, Leben und Liebe aufwartet. Sein Moderatorenname, McJulius, erinnert an eine bekannte amerikanische Fast-Food-Kette.

Dabei fällt mir ein, dass ich diese aufregende Neuigkeit noch gar nicht mit Henry geteilt habe. Es wird ihm gefallen, dass es in Büdnitz auch Quasi-Prominenz gibt. Ich sollte mir das Audioformat allerdings vorher einmal anhören, damit ich a) weiß, wovon ich rede, und b) vielleicht etwas lerne. Na ja, b) doch eher nicht. Ich brauche keine Liebes- oder Lebenstipps. Mir geht es bestens. Noch besser ginge es mir nur, wenn Henry bei mir wäre und ich den Aquamarinring – als Garant für unsere ungetrübte gemeinsame Zukunft – am Finger trüge. Aber alles zu seiner Zeit. Ich scrolle auf dem Display durch einen Streamingdienst und finde »Meer für Dich« auf Anhieb. Podcasts interessieren mich üblicherweise nicht und wenn man Henry manchmal über mich reden hört, könnte man denken, ich wäre rückständig, nur weil ich keine Social-Media-Accounts und eintausend verschiedene Abos besitze. Ich nutze mein Handy nun mal ausschließlich zum Schreiben und Telefonieren. Eben dafür, wozu es erfunden wurde.

Ach du liebes bisschen! Die zuletzt erschienene Folge von MfD (wie Insider den Podcast nennen) heißt »Zurück zum Ex«. Nee, danke! Das wird mir definitiv nicht passieren. Der hat jetzt seine Anwältin und ich werde, wie Tobi es ausdrückt, Prinzessin, und das nicht mehr nur als Kosename. Ich schließe den Audiodienst, weil es eh eine blöde Idee war, und stecke das Telefon in meine Handtasche.

Tines Haus zeichnet sich durch seine schlumpfblaue Wandfarbe und die roten Rosen aus, die den Weg vom Jägerzaun-Törchen bis zur Haustür säumen.

»Du hättest dir nichts zu lesen mitbringen müssen, Tante Saskia. So öde bin ich nun auch wieder nicht«, scherzt Leni und steht bereits auf dem Treppenabsatz, um mich in Empfang zu nehmen. Bestimmt hat sie mich durchs Fenster kommen sehen. Über der Schulter trage ich die Tasche, aus der das Lieblingsbuch meiner Mutter lugt, in der anderen Hand halte ich eine Kiste mit schokoüberzogenem Zwieback, den ich auf dem Weg hierher an Elkes Kaffeebude am Strand erstanden habe. Wenn Leni das noch nicht essen kann, wird Tine sich heute Abend darüber freuen.

»Das Buch ist für den Fall, dass dir meine Ü30-Gesellschaft zu langweilig wird.« Ich umarme sie herzlich und stelle fest, dass sie ordentlich gewachsen ist. Eine Fünfzehnjährige ist eben kein Kleinkind mehr. Langsam trete ich einen Schritt zurück, um sie eingehend zu betrachten. Sie hat wieder Farbe im Gesicht, ihr blonder Pferdeschwanz wippt auf und ab und ihre Lebensgeister scheinen neu geweckt. Ein selbst gefertigtes geringeltes Kleid (sie ist total begabt in Handarbeiten) bedeckt ihren zierlichen Körper, in der Hand hält sie einen Milchshake im Plastikbecher. »Geht's dir gut?«

»Ja, viel besser. Das ist Banane und schmeckt wie aus der Eisdiele. Willst du auch einen? Mama hat einen neuen Mixer gekauft von dem Geld, das mein Erzeuger ihr geschickt hat. Macht er ja selten. Ich weiß gar nicht, warum sie sich das alles von ihm gefallen lässt.«

Ich höre den Schmerz aus ihrer Stimme heraus. »Hast du mal wieder was von ihm gehört?«

»Nee, ich kenne ihn ja im Grunde gar nicht, nur vom Telefon. Und auch das kaum. Egal.« Sie zuckt mit den Achseln. »Milchshake?«

»Gern. Banane passt super hierzu …« Ich wedele mit der Zwiebackkiste und betrete das Haus. Bereits im Eingangsbereich bin ich sprachlos, weil das Interieur noch knalliger als gewohnt daherkommt. Es sieht original aus wie bei Pippi Langstrumpf, nur ohne den Affen und das Pferd. Eigentlich sollte es mich nicht wundern, Tine war schon immer wild organisiert. Doch dieses Mal übertrifft sie alles.

»Welches Buch hast du dabei?«, will Leni wissen, als wir den kleinen Raum betreten, der Küche, Wohn- und Esszimmer in einem ist.

Ich lege den Schmöker vor ihr auf der Arbeitsplatte ab, obwohl ich mit niemandem (außer ungeplant gestern Abend mit Nick) über Moms rätselhaften Nachlass sprechen wollte, und setze mich auf einen der beiden Hocker. Eigentlich teile ich sowieso alles mit Tine, und Leni ist ihre Tochter. Außerdem wollte ich mich mehr um sie kümmern. Was wäre da besser geeignet als ein gemeinsames Projekt? »Das habe ich bei Magda in der Buchhandlung ausgeliehen. Meine Mutter hat es oft gelesen und ich wollte es mir mit dir zusammen anschauen.«

»›Die Reise zu dir.‹ Das ist ja mal ein Titel. Ist das so ein Psycho-Ding?«

Ich muss lachen. »Ich würde es nicht so bezeichnen, aber ja. Viele Leute, die es geliehen haben, haben ihre persönlichen Erfahrungen als Notizen reingeschrieben.«

»Aha.« Leni schneidet leicht desinteressiert eine Banane in Stücke und lässt sie in den Mixer fallen. Sie gibt Milch, eine Kugel Vanilleeis und Eiswürfel dazu, dann wird es laut. »Zeig mal.« Skeptisch greift sie nach dem Buch und schlägt eine Seite auf. »Puh, das ist ja voll anstrengend. Da muss man die ganze Zeit irgendwas machen. Und daneben sind lauter Kritzeleien.« Sie klappt es zu und legt es weg, um den Shake in einen Becher zu geben, den ich dankbar entgegennehme.

»Wir müssen uns nicht damit beschäftigen, wenn du nicht magst. Ich dachte, es wäre vielleicht ganz witzig. Die Hauptsache ist, dass du wieder fit bist.«

»Joa, bei mir ist alles okay.«

»Sag mal, diese Jungs vom Wochenende, sind das Freunde von dir?«, suche ich einen Anknüpfungspunkt.

Auch das bejaht sie mit einem »Joa« und seufzt danach genervt. »Hat Mama dich geschickt, damit du mir erklärst, dass Oliver kein guter Umgang für mich ist? Sie ist voll extrem und hält ihn für gefährlich.«

»Hat sie nicht.« Ich fühle mich in meine Jugend zurückversetzt. Zwar hat Dad Nick nie als schlechten Umgang bezeichnet, aber er war ihm immer ein Dorn im Auge. Und als Nicks Opa nicht mehr der schillernde Unternehmer am Ostseehimmel war und irgendwie für ihn absehbar war, dass Nick seinen Arztjob hinschmeißen würde, hat Dad Angst um mich bekommen. Er war richtig froh, als wir uns getrennt haben. »Findest du denn, dass Oliver okay ist?«

»Ja, schon.« Sie zupft sich das Haargummi aus den Haaren, die ihr daraufhin in langen Wellen über die Schultern fallen.

Ich beschließe, die leidige Oliver-Diskussion vorerst auf sich beruhen zu lassen. Schließlich möchte ich keinen Streit vom Zaun brechen, sondern eine Verbindung zu ihr aufbauen. Deshalb stehe ich auf, probiere den Shake und schiebe zwei zerknitterte Pullover auf dem Sofa zusammen. Diese Aufräumqueen aus dem Fernsehen hätte in Tines Haus ihre helle Freude, obwohl es trotz des oberflächlichen Chaos urgemütlich ist. »Der Shake ist lecker!«

»Danke. Und was machen wir nun?« Unschlüssig lehnt Leni an der Arbeitsplatte, saugt an ihrem Strohhalm und schlägt wohl aus Reflex doch wieder das Buch auf. »Sei für einen Tag Tourist in deinem eigenen Ort«, liest sie vor. »Pffft. In Büdnitz?«

»Das Buch zählt halt Möglichkeiten auf, was zu unternehmen. Deshalb steht vorn ›Reise‹ drauf, schätze ich.« Ich zucke mit den Schultern. »Wir haben beide keine Pläne und ich war lange nicht mehr hier. Vielleicht kannst du mir heute ein paar Büdnitz-Plätze zeigen, die ich noch nicht kenne. Oder weißt du keine?«

»Challenge accepted.« Eine Herausforderung für sie, die sie dankend annimmt. »Dann musst du mir aber auch deinen Geheimplatz von früher verraten, Tante Saskia.« Froh darüber, aus dem Haus schlüpfen zu dürfen und eventuell dadurch von ihrer Mutter als weniger krank eingestuft zu werden, zieht sie die Weste, die eben noch über dem Hocker hing, über ihr Häkelkleid. Dann hält sie inne. »Du denkst aber nicht, dass deine Mom dir in dem Buch Hinweise hinterlassen hat oder so was? Das wäre echt spooky.« Leni kann man so leicht nichts vormachen.

»I wo. Das wäre ja verrückt!«

»Wäre es.« Sie quittiert meine Antwort, indem sie ein Auge zukneift.

Ein paar Minuten später machen wir uns auf den Weg. Das Buch nehmen wir mit und Leni schnallt sich einen Rucksack um. Mir fallen leider nur die üblichen unspektakulären Standorte wie das Rathaus oder Elkes Kaffeebude ein. Leni hat bessere Ideen und lotst uns über die Dünenlandschaftswege in Richtung Wald.

Unterwegs bestaunen wir die Natur und Tines Tochter enthüllt das Talent, Vögel an ihrem Gesang erkennen zu können. »Das ist eine Amsel. Hörst du? Man erkennt sie an den flötenartigen Tönen.« Für mich klingt alles gleich. Außerdem kennt sie die Namen vieler Pflanzenarten, die mir über die Jahre entfallen zu sein scheinen. »Und das ist ein Sanddorn-Strauch wie in Saskia Sanddorn.« Leni lacht und deutet auf die leuchtend orangefarbenen Beeren inmitten der silbrig-grünen Blätter.

»Das hätte ich auch gewusst.« Die Büsche erinnern mich an meine Kindheit. Mom hat besonders den hohen Vitamin-C-Gehalt geschätzt.

Wir schlendern weiter. Wärmende Sonnenstrahlen dringen durch das Blätterdach der Baumwipfel und zaubern ein Lichtspiel auf den Waldboden. Das dichte Laub knistert unter unseren Füßen. Wir entdecken große Pilze und hellgrünes Moos am Wegesrand. Leni kann sich für alles begeistern und glaubt sogar, einen Glücksklee gefunden zu haben. »Leni, das kann man aber nur mit viel Wohlwollen als vierblättrig interpretieren«, gebe ich zu bedenken.

»Entweder willst du etwas Schönes sehen oder nicht«, kommentiert meine kleine naseweise Freundin. »Vielleicht spiegelt das deine innere Einstellung wider, wenn es für dich nur drei Blätter hat.«

»Ganz schön frech«, sage ich lachend.

Wir gehen weiter und halten nur ab und zu an, um uns über die Schule, ihre Freundinnen oder Tine auszutauschen. Hier im Wald scheint die Zeit stillzustehen.

»Wann hast du das letzte Mal mit deinem Vater Kontakt gehabt?«, frage ich sie und hoffe, dass es nicht zu intim ist.

»Lange her«, antwortet sie und zieht die Schnalle ihres Rucksacks enger. »Ganz selten mal per Facetime, aber da hatte er immer so eine komische Kappe ins Gesicht gezogen. Vor gut einem Jahr sollte ich Mister Anonym dann plötzlich an einem Wochenende in Hamburg treffen. Keine Ahnung, was da in ihn gefahren ist. Ich wollte jedenfalls nicht.«

»Ich kenne auch nur seinen Vornamen: Alexander«, füge ich hinzu.

»Mama gibt aus irgendeinem Grund keine Details preis. Vielleicht weiß sie selbst nichts, weil ich ja ein *Abenteuer* war.«

»Ein aufregendes und hübsches bist du.« Vielleicht ist es besser, wenn sie so denkt.

»Er schickt Mama ab und zu per Post Kohle, und das war's dann.«

Ich tapse hinter Leni her, die nun einen beachtlichen Schritt drauf hat. Dabei denke ich an meinen eigenen Dad und daran, wie oft ich ihn schon gebraucht habe. Er ist sicher auch kein Vorzeigevater, hat oft seinen Job priorisiert, aber wenn es hart auf hart kam, war er für uns da – und das ist immer noch so. Urvertrauen nennt man das Gefühl wohl, das er uns vermittelt hat. »Vermisst du deinen Vater manchmal?« So langsam bin ich außer Puste, weil sie so schnell rennt.

»Nö. Eltern sind zwar wichtig – aber keine, die nie da sind.« Sie deutet auf einen Felsvorsprung am Ende des Weges. »Da müssen wir hin.«

Ich realisiere, dass wir die ganze Zeit bergauf gegangen sind. Mir tun die Waden weh. »Wo sind wir?« Ich schaue mich um und checke mein Handy: Kein Empfang, die Navigation funktioniert auch nicht. Ohne Leni bin ich also komplett aufgeschmissen. »Ich glaube, hier war ich noch nie«, verteidige ich mein unsicheres Verhalten, ohne dass sie mich dafür verspottet hätte.

»Gut, dass du Turnschuhe trägst«, mutmaßt Leni, als würde ich sonst nur in High Heels herumlaufen. Dabei bin ich meistens sportlich angezogen. Hohe Schuhe finde ich unpraktisch – sehr zum Leidwesen von Henrys Familie, die mich zwar mag, oft aber einen förmlicheren Stil lieber an mir sehen würde.

»Hier entlang.« Sie dirigiert uns über einen felsigen Weg, bis wir auf einer Anhöhe stehen und ich aus dem Staunen nicht mehr herauskomme.

»Wow, Leni! Wie das Meer glitzert. Die ganze Landschaft sieht von hier oben aus wie auf einer Urlaubspostkarte.«

Leni grinst zufrieden. »Wenige kennen diesen Platz und ich liebe diese Stille.«

Sie zieht ihre Strickjacke aus und legt sie ins Gras, damit wir uns draufsetzen können. Wir lehnen Rücken an Rücken, um uns gegenseitig zu stützen. Leni nimmt eine Tupperdose, in die sie den Zwieback gepackt hat, und Getränke aus ihrem Rucksack. Lächelnd reicht sie mir beides. »Schoko ist meine Lieblingssorte.«

»Da hab ich gut geraten.« Ich trinke einen Schluck Wasser. Wer auch immer ihr Vater ist, er kann wahnsinnig stolz auf sie sein.

»Du warst wirklich noch nie hier? Bist du sicher?«, erkundigt sie sich und knabbert am Schokoüberzug ihres Gebäcks.

»Nein, zumindest erinnere ich mich nicht an den Ausblick.« Moment mal. Je länger wir hier sitzen, desto bekannter kommt mir die Wegstrecke vor. Gedankenverloren schaue ich zurück, dann fällt es mir wieder ein. Es ist viele Jahre her. »Ich glaube, ich kann dir doch noch einen besonderen Ort ganz in der Nähe zeigen, Leni.«

Sie schießt gerade überaus konzentriert mit dem Handy ein Foto vom Meer und uns. »In dem Buch stand, wir sollen ein Fotoalbum anlegen und die Bilder einkleben. Voll oldschool! Ich mache das lieber digital. Wenn wir Lust haben, können wir es dann immer noch drucken. Safe.«

»Safe«, wiederhole ich ihr Jugendwort, ohne zu wissen, was ich damit konkret meine. Ich schließe die Augen und genieße die leisen Geräusche: den Wind in den Baumwipfeln, das Summen der Bienen, das Wellenrauschen. Wann habe ich zuletzt so bewusst hingehört? Ich fühle meinen Atem, meinen Körper, Seeluft streichelt die nackte Haut an meinen Armen.

»Denkst du, es ist wichtig, einen richtigen Vater zu haben?«, fragt Leni mich plötzlich unvermittelt. Das Thema scheint sie doch mehr zu beschäftigen, als sie zugeben mag.

»Mir hat meine Mom immer nähergestanden als Dad«, antworte ich diplomatisch. »Mit ihr konnte ich über alles reden.«

»Das geht mir genauso«, bestätigt sie, »deshalb weiß ich gar nicht, ob ich noch jemand anderen brauche. Ich habe doch schon Mama, meine Freunde und dich. Das reicht mir.«

Es ist eines der größten Komplimente, die ich in letzter Zeit bekommen habe. Spontan drehe ich mich um und umarme sie. »Es tut mir leid, dass wir uns so selten sehen. Du kannst mich jederzeit in London besuchen kommen, wenn du magst, und du kannst mich immer anrufen. Das weißt du, oder?«

»Danke«, antwortet sie und macht sich los. Innige Umarmungen sind in dem Alter eher unangenehm – das hatte ich nicht berücksichtigt.

Ich stehe auf. »Wenn wir ein bisschen weiter nach hinten durchgehen und eine halbe Etage höher wandern, müssten wir eigentlich in wenigen Minuten an dem Ort sein, den ich dir zeigen will.« Oder ist das für Leni zu anstrengend? Nein, sie macht einen fitten Eindruck auf mich und ich bin schließlich Ärztin. Es wird okay sein.

»Du machst es enorm spannend.« Sie schnürt den Rucksack und läuft vor. In ihrem bunten Kleid und den Turnschuhen sieht sie in der naturbelassenen Landschaft aus, als würde sie bei einer Reality-Gameshow mitmachen.

Dieses Mal bin ich es, die unbedingt ein Foto von uns als Erinnerung an den heutigen Tag machen möchte. Klick.

Nach ein paar weiteren Metern stehen wir davor. Einfach so. Mein Herz klopft bis zum Hals, aber nicht wegen der Anstrengung. Alte Bilder wirbeln durch meinen Kopf: leidenschaftliche Küsse am Strand, Händchen halten bei Sonnenuntergang, große Liebesschwüre.

»Das ist bloß ein Stein.« Leni ist enttäuscht, als ich auf den Fels deute. Sie zieht einen Schmollmund. »Ist das alles?«

»Nicht nur.« Ich wische an einer Stelle über die Oberfläche. Es ist noch da. Die Buchstaben sind nur verblasst: DU + ICH.

»Das ist voll kitschig. Wer ritzt so was in einen Fels?«
Leni lacht herzhaft, verstummt aber, als sie meinen verklärten
Gesichtsausdruck wahrnimmt. »Du warst das?«

»Genau genommen hat Nick das damals für uns eingeritzt.
War viel Arbeit.« Und trotzdem hat er nicht aufgehört, bis es
perfekt war. Seine Hände waren danach total aufgeschürft und
ich musste ihn bei uns zu Hause verarzten.

»Warum seid ihr beide eigentlich nicht mehr zusammen?«

Eine gute Frage, über die ich länger nachdenken muss.
Nach all der Zeit fällt es mir fast schwer, einer Fünfzehnjährigen
die Gründe nachvollziehbar darzustellen. »Er war viel auf dem
Wasser.«

»Er ist Surfer«, argumentiert sie.

»Und er wollte seinen Job in der Klinik aufgeben.«

»Er wollte lieber eine Kneipe betreiben. Ist doch seine
Sache.«

Lenis Argumente klingen so logisch, dass ich mich frage, ob
ich damals überreagiert habe. »Ich habe mich schrecklich mies
neben ihm gefühlt. Es gab keine Zweisamkeit mehr zwischen
uns und er hatte sich komplett abgekapselt.«

»Verstehe.« Das scheint sie gelten zu lassen. »Aber du magst
ihn noch?« Sie macht ein Bild von der Inschrift auf dem Stein.

»Nach allem, was war, freue ich mich für ihn, dass er jetzt
Belle hat. Und ich habe Henry.«

»Der soll adlig sein, sagt Mama. Stimmt das?«

Ich werde ein bisschen rot. »Stimmt schon.«

Sie taxiert mich von der Seite. »Ich finde trotzdem, dass
Nick und du gut zusammengepasst habt. Obwohl ich Belle echt
gerne mag und Henry gar nicht kenne.«

Kinder sagen, was sie denken. Ich antworte nicht darauf,
damit sie nicht merkt, wie sehr mich ihre Worte treffen.
Stattdessen schlage ich Moms Buch auf, das ich die ganze Zeit
mit mir herumgetragen habe. »Was machen wir als Nächstes?«

»Keine Aufgaben mehr aus dem Ding«, bittet Leni und setzt sich im Schneidersitz ins Gras, wobei sie die Hände geöffnet nach oben auf ihren Knien ablegt. »Wir könnten chillen. So sitzen wir immer in der Achtsamkeits-AG in der Schule.«

Chillen, einfach mal abschalten. Ich wünschte, ich wäre in jungen Jahren mehr wie sie gewesen – eigentlich wünsche ich es mir auch heute noch. Obwohl Tine öfter mal genervt von ihrer Tochter zu sein scheint, strahlt Leni – trotz oder gerade wegen der Sache mit ihrem Vater – eine gewisse Unbekümmertheit aus, die ich schon lange nicht mehr habe.

Wir genießen die kleine Rast beim Fels beim Hohen See, indem wir Schmetterlinge zählen, durchatmen und viel Schokozwieback essen.

Danach bringe ich sie zurück nach Hause.

Als ich nach unserem Ausflug allein auf dem Weg zu Moms Praxis bin, würde ich unglaublich gerne Nick anrufen und ihm von dem Fels berichten. Früher gehörte diese Steininschrift nur uns. »Das hält für immer«, hatte er gesagt und sowohl uns als auch die Buchstaben gemeint. Ob er noch mal dort oben war? Wahrscheinlich nicht.

Ich unterdrücke den Wunsch, mit ihm darüber zu sprechen, und versuche, Henry zu erreichen, weil ich länger nichts von ihm gehört habe. Er ist sicher ultrabeschäftigt.

»Hey, Darling«, tönt seine übliche Begrüßung durch den Hörer. »Was geht?«

»Hi, Schatz.« Wo fange ich am besten an zu erzählen, was bei mir alles *gegangen* ist? Moms Praxis zum Beispiel wird ein echtes Problem, wenn sich niemand bewirbt, aber das ist meine Sorge. Manchmal finde ich, dass Henry im Hinblick auf den normalen Alltag schon beinahe zu unbekümmert ist, was wohl an seinem familiären Hintergrund liegt. Die Beauchamps machen sich keine Sorgen. »Alles gut bei mir. Und bei dir?«, antworte ich deshalb möglichst locker und bin bereit, ihm mehr Infos zu geben.

»Frag nicht«, stöhnt er wie aus der Pistole geschossen. »Hier ist der Teufel los, weil wir entscheiden müssen, wie wir die News an die Öffentlichkeit bringen und welchen Effekt wir damit erzielen werden. Wir würden das gerne für die deutsche und für die britische Presse nutzen. Aber das ist zu viel ödes Business für dich, ich möchte dich nicht damit langweilen. Sag mir lieber, wie es Leni geht? Hast du sie noch mal gesehen?«

»Heute.« Ich mag diese teilnahmsvolle Seite an ihm. Er erkundigt sich immer nach allen. »Sie ist wieder wohlauf. Wir haben zusammen einen Milchshake getrunken und waren spazieren. Ihr Vater hat Tine einen Mixer … nicht wichtig, vergiss es.«

»Nein, erzähl nur. Ich nehme mir gerne die Zeit«, beruhigt er mich und ich gehe davon aus, dass er gerade seine Beine auf der Schreibtischplatte platziert, um mir zuzuhören. »Was war denn nun mit Lenis Vater?«

Der Mixer, die Schokozwieback-Kiste und Lenis Aussichtsplattform schaffen es in meine Erzählung. Den zweiten Ausflugsort lasse ich hingegen weg, Henry hängt ohnehin noch am Anfang meines Berichts fest und stellt Fragen dazu.

»Wie viel Lenis Erzeuger Tine wohl schickt? Hundert Euro, tausend oder mehr? Dass Leni ihn ›Erzeuger‹ nennt, ist auch krass«, findet er.

»Ja, aber was soll's, Henry«, kürze ich das ab. »Er kümmert sich nicht um sie, und das ist das eigentliche Drama. Und ich muss mich jetzt um Moms Praxis kümmern, damit sich die Bewerber nur so darum reißen, nach Büdnitz zu kommen.«

»Du machst das schon, Darling«, spricht Henry mir Mut zu. »Genauso, wie ich das hier rocken werde. I love you«, verabschiedet er sich und legt auf, ehe ich ihm ebenfalls meine Liebe bekunden kann. Mein rasender Reporter. Dennoch hat er mir neuen Elan verschafft. Statt Nick Henry anzurufen, war auf jeden Fall die richtige Entscheidung.

In der Praxis schnappe ich mir einen Putzeimer sowie diverse Lappen und beginne in der Küche mit der Grundreinigung. Dann wandere ich von Raum zu Raum, räume, putze und wische. Am Schluss begutachte ich mein Werk und mache Fotos. Damit sich potenzielle Bewerber vorab einen Eindruck verschaffen können, könnte ich die Bilder zur Praxisanzeige hochladen. Allerdings sind die Wände ziemlich trist, die Holzverkleidung marode und die Decken bräuchten Ausbesserungen. Ich lade doch erst mal lieber nichts hoch.

Draußen dämmert es bereits, als ich stattdessen das Angebot des medizinischen Versorgungszentrums durchgehe, das auf dem Schreibtisch der Anmeldung liegt. Ich schalte die Schreibtischleuchte ein und versinke im Text. Sieht mit all den Zahlen und Paragrafen ziemlich kompliziert aus. Ich muss mir Dads rechtlichen Beistand einholen, damit ich jedes Detail verstehe. Und seine Zustimmung, falls wir es annehmen wollen. Am Ende des Dokuments fällt mir die Unterschrift des MVZ-Leiters ins Auge: Professor Doktor Meier. Ist das der Meier, der Nick damals feuern wollte? Ist der nicht schon an die siebzig Jahre alt?

Ich google auf meinem Handy nach dem Team in Moerz und finde ihn sofort. Tatsache! Doktor Meier hat an diversen Fortbildungen in den USA teilgenommen und anschließend das MVZ als leitender Arzt aufgebaut. In dem Angebot schreibt er, es sei für alle *gewinnbringend*, wenn er die Patienten von Doktor Martens und meiner Mutter übernehme. Das stimmt jedoch nur zur Hälfte, denn die Menschen müssten weiter fahren, bekämen weniger schnell einen Termin und wegen Kapazitätsengpässen würde in dem großen Zentrum, das einen immensen Einzugsbereich betreut, niemand die individuellen Krankengeschichten der einzelnen Patienten einordnen können. Für keinen außer Meier wäre es daher gewinnbringend.

Matt sacke ich im Ledersessel meiner Mom zusammen. Sie hätte das nicht gewollt. Einmal mehr bemerke ich, wie essenziell es ist, hier vor Ort einen neuen Arzt zu etablieren. Schnell rufe ich mir die Anzeige auf dem Handy auf, die Tobi und ich formuliert haben. Mist, habe ich sie immer noch nicht richtig live gestellt? Hastig hole ich das nach und befördere die Anzeige ins weltweite Netz. Unser Text ist sehr herzlich, vielleicht hilft das.

Prompt klingelt es an der Tür. Das nenne ich mal eine umgehende Bewerbung. Ich sende ein Stoßgebet zum Himmel, dass ich gleich einem ersten Kandidaten gegenüberstehe, und drücke auf den Türöffner.

»Hallo, Saskia.« Der alte Jannis kommt auf mich zu und schließt mich in die Arme. Vorerst also kein neuer Arzt. »Ich dachte, ich schau mal, ob du in den Räumlichkeiten deiner Mutter anzutreffen bist. Ab und zu spaziere ich hier entlang. Man muss ja in Bewegung bleiben.« Er lächelt.

»Ach, Jannis, ich kann die Praxis nicht weiterführen«, seufze ich reflexartig, obwohl er ganz sicher keine Stellungnahme dazu von mir erwartet hat.

»Das weiß ich doch. Ich wollte nur nach dir sehen.«

Erleichtert atme ich aus und lehne mich an ihn. »Danke.«

Jannis und ich standen uns mal sehr nahe, nicht nur, weil er Nicks Opa ist, sondern auch, weil er ein guter Freund meiner Mutter war.

»Es ist schwer, hier zu sein, oder?«, erkundigt er sich besorgt. »Ohne deine Mom sind die Räume so leer.«

»Ihr Lachen fehlt mir. Nimm Platz, Jannis.« Ich deute auf den freien Patientenstuhl, damit er sich setzen kann. Der Bürostuhl quietscht hinter dem Anmeldeschreibtisch, als ich mich darauf niederlasse. »Ich habe vorhin hier sauber gemacht«, erkläre ich ihm. »Die Praxis ist gar nicht so klein.«

»Nur leider ziemlich unmodern, findest du nicht? Ich habe keine Ahnung von Medizin, aber in den Arztserien im

Fernsehen haben sie eine bessere Ausstattung.« Jannis war mal Geschäftsmann, natürlich fällt ihm auf, dass die neueste Technik fehlt.

Ich krame meine Liste hervor, auf der ich festgehalten habe, was notwendig wäre, um die Praxis auf den neuesten Stand zu bringen. »Ich hab das mal durchkalkuliert.«

»Hm, hm, hm«, murmelt er, als er sich die Berechnung ansieht. »Man braucht nicht direkt alles neu anzuschaffen, Saskia, aber hunderttausend Euro sind der Mindesteinsatz, würde ich sagen.«

»Ja, das kommt hin«, gebe ich zu. »Das ist schon ein immenser Batzen Geld. Und ob jemand bereit ist, das zu stemmen, um in Büdnitz zu praktizieren, bezweifle ich.«

»Tobias meinte, du wirst bald Prinzessin und hast dann keine Lust mehr auf die Medizin.« Jannis zwinkert mir zu.

»Von wegen. Ich heirate nicht mehr.« Habe ich das gerade echt gesagt?

»Nein?« Er ist erstaunt, und ich bin es auch. Immerhin suche ich Grandmas Ring, damit er mich vor den Stürmen in einem Leben zu zweit bewahrt. Tief in mir drin fühle ich jedoch das Gegenteil: Ich möchte nicht mehr verheiratet sein. Oder ist das nur ein Eintagsgefühl? Jannis hustet.

»Magst du ein Glas Wasser haben?«, biete ich ihm an, doch er verneint.

»Ich hatte in Moerz schon eine Flasche Mineralwasser aus dem Automaten und geh eh gleich nach Hause.«

»Du warst in Moerz?«

»Ja, im MVZ. Ich muss mir doch jedes Quartal meine Herztabletten neu verschreiben lassen.« Er zieht eine orangefarbene Packung aus der Westentasche. »Die sind zwar komisch, weil ich normalerweise andere habe. Aber in der Apotheke war so viel Andrang, dass ich nicht noch mal fragen wollte. Kann ja eine neue Verpackung sein«, mutmaßt er.

Das Präparat kommt mir im Zusammenhang mit Jannis' angeborenem Herzfehler nicht bekannt vor. Im Gegenteil, das Arzneimittel scheint mir sogar gänzlich falsch zu sein. »Darf ich mal kurz?«

»Selbstverständlich. Aber ich will dich nicht damit belästigen. Ich war ja schon bei einem Doktor heute.« Er reicht mir das Päckchen und redet weiter. »Eher brauche ich technische Unterstützung, ist ja alles neu mit dem E-Rezept. Das ist nichts für alte Leute wie mich. Man sieht gar nicht mehr, was der Arzt verschreibt, weil alles nur auf der Karte abgespeichert ist. Ich sag's dir, Saskia. Wo soll das noch hinführen?«

Ich sehe mir derweil die auf der Verpackung angegebenen Wirkstoffe an und überlege gleichzeitig, wie man das digitale Vorgehen für die älteren Herrschaften verbessern könnte. »Hat der Arzt dir während der Untersuchung nicht gesagt, welches Medikament er dir verschreibt?«, erkundige ich mich vorsichtig und suche mir Jannis' Akte heraus, um nachzuschlagen, was Doktor Martens ihm zuletzt verschrieben hat.

»Nee, die reden da nicht viel mit einem.« Er nestelt an seiner Wollweste, die so ähnlich ist wie die, die Dad gerne trägt. Es scheint ihm peinlich zu sein, dass ich Zweifel an dem Medikament hege.

Sicherheitshalber durchsuche ich online medikamentöse Alternativen zum Ursprungsmittel und schlage zusätzlich im Arzneimittelverzeichnis nach. Schließlich gelange ich zu einem Ergebnis, das weder für Jannis noch für mich erfreulich ist. »Es tut mir leid, aber du musst noch mal nach Moerz. Die Tabletten sind nicht richtig. Nimm die nicht. Die sind sogar kontraproduktiv. Eigentlich ist das ein schwerer Fehler, dir so was zu verschreiben.«

Er knöpft sich die Weste auf, als bräuchte er unverhofft Platz zum Atmen. »Das kann ja wohl nicht angehen!«, schimpft er verärgert. »Der Meier will uns nur das Geld aus der Tasche ziehen. Niemand interessiert sich da richtig für einen, ans Telefon gehen sie auch nicht und ich fahr doch kein Auto mehr! Jetzt muss ich wieder mit dem Taxi hin, um mit denen zu diskutieren, oder Nick fragen, ob er mich fährt. Der hat anderes zu tun. Entschuldige, Saskia, das betrifft dich nicht.«

Aber irgendwie betrifft es mich dennoch, denn ich möchte gerne, dass es Jannis gut geht und er die Ostseeluft noch viele Jahre genießen kann. »Ich kann dir leider kein Rezept ausstellen, da ich nicht hier praktiziere.« Es ist die Realität, trotzdem fühle ich mich schlecht dabei.

Nachdenklich betrachtet er die Patientenakte, die meine Mutter und Doktor Martens über ihn angelegt haben. »Gibst du das ans MVZ weiter, wenn sie übernehmen?«

Innerlich widerstrebt es mir, Moms liebevoll gestaltete Akten wegzugeben – die Papiere, die mit so viel Herzblut handschriftlich verfasst wurden. Hie und da hat sie kleine Zeichnungen hinzugefügt. »Es würde dem MVZ die Arbeit erleichtern. Deshalb ja«, antworte ich trotzdem so nüchtern wie möglich.

»Ob die da überhaupt reinschauen?«, stellt Jannis infrage. »Bei denen ist alles digital. Aber geht schon irgendwie. Ich kümmere mich wegen dem Medikament. Mach dir keinen Kopf, Saskia.« Er steht auf. »Darf ich mal die Toilette benutzen?«, fragt er verlegen. Er kennt den Weg, weshalb ich mich wieder den Akten widme.

Als Jannis zurückkommt, die Medikamentenpackung einpackt und sich mit einer langen Umarmung von mir verabschiedet, entscheide ich ebenfalls, Feierabend zu machen. Für heute reicht's. Ich brauche nur noch ein kleines Betthupferl, oder wie Mom sagen würde: »Wir essen nun mal gerne Süßes.«

Im Kühlschrank der Praxisküche herrscht gähnende Leere wie in allen anderen Räumen. Nur im Eisfach liegt eine angebrochene Schachtel Pralinen. Das Haltbarkeitsdatum zeigt an, dass sie noch zwei Monate haltbar sind. Hat Doktor Martens vergessen, sie mitzunehmen? Oder hat Dad sie reingelegt? Er hat manchmal so schrullig-süße Anwandlungen.

Mit dem Konfekt hocke ich mich an den Tisch und durchforste noch einmal das Lieblingsbuch meiner Mom. Dabei finde ich eine Aufgabe, bei der man mit verbundenen Augen Lebensmittel testen soll. Das stelle ich mir lustig vor. Daneben hat jemand notiert, dass ihm die scharfen Chips aus Mexiko zu heftig gewesen seien. Dazu ein Smiley, dem der Kopf explodiert. Ich muss lachen und würde am liebsten auch etwas kommentieren. Langsam erkenne ich den Mehrwert dieses Buchs. Eine weitere Aufgabe besagt, dass man für ein paar Stunden in die Rolle einer anderen Person schlüpfen soll. Das könnte witzig sein und auch Leni Spaß machen. Ich kreuze die Aktion für uns an.

Am unteren Seitenrand stoße ich auf eine Notiz, die mir bekannt vorkommt. Es ist die Handschrift meiner Mom.

Du kannst alles schaffen, wenn du nur willst.

Tränen steigen mir in die Augen, die ich mit einer Portion Nougat im Marzipanmantel zu bekämpfen versuche. Der Satz war quasi ihr Mantra. Doch bevor ich noch sentimentaler werde, fällt von oben ein Stückchen Putz mitten in die geöffnete Pralinenschachtel. Ernsthaft? Ich schaue hoch und entdecke die Misere sofort. Man müsste dringend einige Stellen an der Decke und an den Wänden ausbessern und neu streichen. Vielleicht in einer verheißungsvolleren Farbe wie zum Beispiel sonnengelb? Aber das ist nicht meine Aufgabe.

Ich mache mir viel zu viele Gedanken.

Kapitel 4

Am nächsten Tag komme ich immer noch nicht darüber hinweg, dass man Jannis in Moerz ein falsches Medikament verschrieben hat. So etwas passiert zwar mal, ist jedoch grob fahrlässig. Ich schließe die Badezimmertür hinter mir und begutachte mich im Flurspiegel. Die Sonne hat mir einen rosigen Teint gezaubert und das bunte Sommerkleid hebt meine Stimmung. Ich würde die Konsequenzen einer fehlerhaften Medikamentenverschreibung gerne mit Dad besprechen, weil er perfekt dafür geeignet ist. Allerdings würde er mir nur den Rat geben, doch hierzubleiben, und mir die Vorteile der Ostseeküste auflisten. Außerdem ist er derzeit sehr mit seiner Kanzlei und natürlich mit Nepomuk beschäftigt. Die beiden sitzen gerade zusammen in der Küche, wenn man das so sagen darf. Die Blätter und Gurkenscheiben, die unser kleiner Panzerfreund heute Morgen schon gefuttert hat, sind an zwei Händen nicht mehr abzuzählen. Dad fällt also als Gesprächspartner weg. Ich bin froh, dass Jannis versprochen hat, sich um den Umtausch des Medikaments zu kümmern.

Im Gegensatz zu Dad gibt es hier oben auch einen Menschen, dem es nur recht wäre, wenn ich so schnell wie möglich verschwinde: mein Ex-Mann. Zumindest hat er mir eben eine Nachricht geschickt und sich erkundigt, wie lange ich noch gedenke zu bleiben, was ich ziemlich dreist finde. Angeblich hätte Belle danach gefragt, weil sie unseren gemeinsamen Pärchen-Kochabend planen möchte.

Auf dem Weg durch den Flur stecke ich mir Kopfhörer in die Ohren und rufe den allerneuesten »Meer für Dich«-Podcast auf dem Handydisplay auf. Zum einen, weil ich mich nicht ganz so nutzlos fühlen möchte, und zum anderen, weil ich mir mittlerweile irgendwie doch eine Art Lebenshilfe erwarte. Immerhin verspricht der Moderator McJulius, besser gesagt, Hein, das. Es geht los:

> »Hallo, Leute. Heute sprechen wir darüber,
> wie man mit dem schmerzhaften Prozess einer
> Trennung umgeht und wieder zu sich selbst
> findet. Ich bin McJulius und ihr hört ›Meer
> für Dich‹ – mit wertvollen Tipps rund um
> Liebe, Leben und Gesundheit.«

Nach wenigen Sekunden kann ich bereits sagen, dass Hein das nicht schlecht macht. Seine digital tiefergelegte Stimme zieht mich in ihren Bann – ich hätte niemals erraten, dass es sich bei dem Moderator um ihn handelt, wenn ich es nicht gewusst hätte – und das besprochene Thema finde ich zugegeben interessant. Ich bin gespannt, wie er als Jurist ganzheitliche und vor allem emotionale Fragestellungen versiert zusammenfassen wird.

> »Eine Trennung ist eine harte Erfahrung
> im Leben. Der Schmerz, den wir dabei im
> Herzen und eigentlich überall verspüren, kann
> überwältigend sein. Das habe ich am eigenen
> Leib erlebt. Es ist fast so, als würde ein Teil von
> uns sterben.«

Er spricht mir aus der Seele. So habe ich das auch empfunden, bis ich Henry kennengelernt habe. Mein absoluter Gamechanger – wahrscheinlich, weil ich Henry so liebe. Oder weil ich Nick dadurch vergessen konnte. Man weiß es nicht.

> »Es ist wichtig, dass ihr versteht, dass so was nicht für immer anhalten wird und dass es durchaus möglich ist, ein glückliches Leben ohne die andere Person zu führen. Ich gebe euch heute eine Art Schritt-für-Schritt-Anleitung, wie ihr das erreichen könnt.«

Ich bin gespannt und hoffe, McJulius verspricht den Zuhörern nicht zu viel. Grundsätzlich halte ich nichts davon, einen Zustand, der sich nicht gut anfühlt, zu beschönigen oder wegzuargumentieren.

> »Lasst die negativen Gefühle einfach zu und akzeptiert, dass sie da sind. Erlaubt euch ruhig, traurig zu sein. Verdrängt Trauer, Wut oder Enttäuschung nicht. Sie holen euch auf Dauer sowieso wieder ein. Nur wenn ihr euch dem Prozess stellt, könnt ihr das Geschehene verarbeiten und loslassen.
> Nehmt euer Leben wieder selbst in die Hand.
> Betreibt Selfcare. Konzentriert euch auf das Positive und sammelt neue Erfahrungen.«

Musik ertönt und eine kleine Werbung wird eingespielt, dann geht es weiter.

»Hier sind drei Tipps für euch, die meiner Meinung nach die Seele stärken und euch wieder glücklicher machen:

Nummer 1: Ernährt euch gesund. Ich kann es gar nicht oft genug sagen. Euer Körper und euer Geist werden es euch auf Dauer, besonders später im Alter, danken. Man kann nicht früh genug damit anfangen, auf sich zu achten. Frisches Obst und Gemüse verbessern außerdem die Stimmung. Natürlich dürft ihr euch zwischendrin auch mal ein Schokolädchen zur Stimmungsaufhellung gönnen.

Genauso wie – und jetzt kommt mein zweiter Tipp – regelmäßige Bewegung. Ja, ich weiß, das hört sich total öde an. Aber setzt euch eigene Ziele: so was wie einmal die Woche zwanzig Minuten spazieren gehen, joggen, Yoga oder einfach nur durchs Zimmer tanzen. Ihr werdet schnell merken, wie befreiend und zufriedenstellend das ist. Ihr könnt die Intensität dann nach und nach steigern.

Körperliche Aktivität setzt Endorphine frei, und Endorphine sind natürliche Stimmungsaufheller. Wer von uns kann die nicht gebrauchen?«

Er lacht.

»Und last but not least: Verbringt so viel Zeit wie möglich in der Natur. Pflanzen und Tiere sind so unglaublich wertvoll für uns. Schaut sie euch an, beobachtet und fühlt euch in ihre Welt ein. Klingt verrückt, aber versucht es mal. Baut eine Verbindung zum Wald, zu euren Blumen oder Tieren auf. Dadurch reduziert sich euer Stresslevel und die mentale Gesundheit wird gefördert. Kein Scheiß.«

Okay. Spätestens bei »kein Scheiß« hat er mich überzeugt. Keine Ahnung, was das ist. Er hat diesen ermutigenden Vibe in der Stimme. Die Tipps sind nicht neu, aber ich höre ihm gerne zu.

»Ihr müsst euch nicht dauernd mit Freunden oder Familienmitgliedern treffen, aber es kann hilfreich sein, mit ihnen über eure Situation zu reden. Oder eben nicht zu reden und stattdessen gemeinsam etwas zu unternehmen.«

Ich stoppe den Podcast. Bei der Trennung von Nick hatte ich vor allem Tine, die mir zugehört hat. Andere Freundinnen und Freunde, insbesondere die aus der Medizin haben mich (und ihn) nicht verstanden. Die meisten meinten, Nick käme schon wieder zur Besinnung, er wäre ein fantastischer Chirurg und alles würde beim Alten bleiben. Dass er nie mehr in einem Krankenhaus arbeiten würde, wollte keiner wahrhaben. Außer mir.

»Was hast du heute noch so vor, Schätzchen?« Mit den Kopfhörern in den Ohren habe ich Dad, der zu Ende gefrühstückt hat und bereit für den Tag im Büro ist, kaum bemerkt. Er erhebt sich vom Esstischstuhl und räumt sein Geschirr ab.

Ich klicke bei »Meer für Dich« auf »Abonnieren« und nehme die In-Ear-Kopfhörer aus den Ohren. »Nichts Besonderes eigentlich.«

»Hach, so gut wie du möchte ich es auch mal haben«, schiebt er hinterher, obwohl ihn niemand zwingt, weiterhin als Anwalt tätig zu sein. Er liebt seinen Beruf und es ist sicher viel wert, im Alter eine Aufgabe zu haben, die einen fordert und Spaß macht.

Nachdenklich wische ich den Tisch ab und wir räumen die Frühstückssachen zurück in den Kühlschrank. Dann folge ich Dad in den Flur. »Gibt es eigentlich Moms altes Postfach noch?« Fast hätte ich vergessen, ihn danach zu fragen, bevor er losmuss.

»Ich habe es nicht übers Herz gebracht, es zu kündigen, Schätzchen. Vielleicht möchte ihr jemand schreiben.« Er zückt die Taschenuhr aus seiner Westentasche und scheint nicht zu bemerken, wie grotesk sich seine Antwort anhört. Dad ist ein pünktlicher Mensch, weshalb er leicht gehetzt einen Blick auf die Zeiger wirft.

»Leerst du es denn manchmal?«

»Na ja.« Er tritt von einem Bein auf das andere und ist in Eile. »Ich hab schon länger nicht mehr daran gedacht«, gibt er zu und greift nach dem Stockschirm neben der Haustür, als wäre es das Normalste der Welt, für ein ungenutztes Postfach Geld zu bezahlen. »Anfangs bin ich ständig hin und hab nachgesehen, aber da war nie was drin«, grummelt er. Und trotzdem hat er die Hoffnung auf ein Wunder anscheinend bis heute nicht aufgegeben. »Könnte Regen geben. Pass auf dich auf, Schätzchen.« Er haucht mir einen Kuss auf die Stirn und verlässt das Haus.

Als ich an der Bushaltestelle stehe, um zur Post nach Schöndorf zu fahren, fühle ich mich wie im falschen Film. Der verblasste

Busfahrplan, bei dem die Busse alle Schaltjahre mal fahren, überfordert mich. Mir bleibt jedoch keine andere Wahl, denn mein Auto oder besser gesagt Henrys Auto, mit dem wir normalerweise unterwegs sind, steht in Großbritannien. Das ist ein bisschen weit weg. Während ich überlege, ob ich mir tatsächlich für ein leeres Postfach die holprige Fahrt antun soll, hupt es auf der Straße.

Ein schwarzer Kastenwagen kommt neben mir zum Stehen, und als die Scheibe auf der Beifahrerseite herunterfährt, erkenne ich Nick am Steuer. Er war nie der Typ, der zwingend einen motorisierten Untersatz gebraucht hätte. Früher ist er mehr zum Spaß mit dem Oldtimer seines Opas herumgefahren, ansonsten hat er sich zu Fuß fortbewegt. Mir leuchtet ein, dass er mittlerweile, da er eine Kneipe besitzt und Einkäufe tätigen muss, auf einen zusätzlichen Lieferwagen angewiesen ist. Dennoch passt der Wagen, den man mit einem rollenden Gemüsehandel assoziieren könnte, zwar zu ihm, aber nicht so recht zum Auftreten seiner neuen Flamme Belle. Ihr würde ein heißer roter Flitzer besser stehen.

»Falls sich noch niemand angeboten hat, würde ich dich mitnehmen«, meint er grinsend. Zu gnädig. »Wo willst du hin?«

»Hi, Nick. Zur Post nach Schöndorf«, antworte ich, und mir fällt auf, dass meine Stimme kaum mehr ist als ein Flüstern. Vielleicht, weil ich nicht wieder versehentlich wie auf dem Flohmarkt all meine Geheimnisse mit ihm teilen möchte.

»Passt. Ich muss zwei Pakete wegbringen«, antwortet er. »Und zum Großmarkt. Spring rein.«

Ich werfe dem Bushalteschild einen letzten Blick zu und bin erleichtert, dass ich mich nicht auf die Gunst des lokalen Verkehrsnetzes verlassen muss. »Danke, das ist lieb von dir.« Schnell raffe ich mein langes Sommerkleid zusammen und steige ein. Im Inneren des Wagens dudelt leise Musik und Nick summt wie immer den Song mit.

Obwohl wir kürzlich so viel gesprochen haben wie lange nicht, bin ich für einen Moment wieder befangen und fühle mich, als stünde eine dicke Mauer zwischen uns.

»Du kannst das Fenster ruhig hochfahren«, startet Nick eine unverfängliche Konversation.

»Nein, ich hab im Sommer im Auto gerne eins offen.«

Er lächelt wissend.

Minutenlang ziehen endlose Felder, Wiesen und Weiden an uns vorbei und ich lasse den Duft des Meeres zusammen mit dem Fahrtwind in den Wagen strömen. Der Geruch weckt das verschollene Gefühl von Freiheit in mir und erinnert mich daran, wie klein wir selbst und wie groß unsere Träume als Kinder waren.

»Belle arbeitet nebenbei wieder für die Kanzlei ›Prinzen und Partner‹ in München, wo sie vorher beschäftigt war. Quasi im Homeoffice für spezielle Klienten«, erzählt Nick plötzlich frei von der Leber weg. Ich habe den Eindruck, dass er es unbedingt loswerden will. Bin mir aber nicht sicher, ob er vor mir mit seiner Freundin angeben will oder ob es ein Problem für ihn ist, dass sie dort arbeitet.

»Cool«, sage ich deshalb, finde es aber nicht cool, sondern ziemlich viel, einen zweiten Job auszuüben, wenn man nicht zwingend darauf angewiesen ist.

»Sie ist ein richtiger Workaholic.« Nick umgreift das Lenkrad fester mit seinen Händen. »Ihr Chef wollte sie zurückhaben und sie hat nach langem Hin und Her zugestimmt. Stundenweise. Online.«

»Das ist engagiert von ihr.«

»Finde ich auch. Und bei dir so?«

Es würde sich besser anfühlen, wenn ich ihm von Dad und Nepomuk oder dem Postfach erzählen könnte. Stattdessen fühle ich mich genötigt, etwas wie »Henry hat auch irre viel zu tun« zu sagen. »Aber bei Belles geplantem Kochevent sind wir auf jeden Fall dabei. Lass uns direkt den Freitag ausmachen, wenn er ankommt – sofern es nicht zu spät wird.« Ich könnte mich jetzt schon dafür ohrfeigen, dass ich Henrys und meinen ersten gemeinsamen Abend nach langer Zeit leichtfertig aufs Spiel setze. »Ich sage euch noch Bescheid.«

»Top. Machst du zum Nachtisch deinen unwiderstehlichen Zimtschneckenkuchen wie damals?« Er sieht mich von der Seite an und ich erröte, weil ich diese Schnecken früher oft für ihn gemacht habe. Er hat sie geliebt.

»Mach ich. Henry mag die auch«, rechtfertige ich meine Antwort und betätige den Regler, um das Fenster hochfahren zu lassen.

Bei der Post ist viel los, was vor allem an dem großen Einzugsgebiet liegt. Das altehrwürdige Gebäude befindet sich im Ortsinneren, während der Großmarkt in dem kleinen Industriegebiet angesiedelt ist. Nick gibt seine Pakete ab und ich wusele mich durch die Leute bis zu den Postfächern, wo ich nach der Nummer suche, die ich auswendig weiß: 1477. Ich nehme den Schlüsselring mit den beiden Schlüsseln aus meiner Tasche und erst da wird mir bewusst, dass die Fächer keine Schlüssellöcher haben. Sie sind runderneuert und jeweils mit Codes gesichert.

Bis ich mich von dem Schock erholt habe, steht Nick schon wieder neben mir. Ich muss Tobi oder Dad anrufen, um die Zahlenkombination herauszubekommen.

Bei Dad geht natürlich niemand ran, weshalb ich es bei meinem Bruder versuche.

»Ja, Schwesterchen«, antwortet er, »mach schnell, ich hab gleich eine Trauung.«

Ich verdrehe die Augen. »Kennst du den Code zu Moms Postfach? Ich wollte mal nachsehen, ob da was drin ist.«

»Klar: eins, zwei, drei, vier.«

»Mensch, Tobi, du veräppelst mich. Ich meine es ernst.«

»Ich auch. Dad war nicht kreativ, als sie bei der Post von Schlüssel auf Code umgestellt haben. Und es kommen sowieso keine Briefe an.«

Ich bin sprachlos, dennoch fällt mir ein Stein vom Herzen, dass ich Nick nicht umsonst damit belästigt habe, mich mitzunehmen, und das Fach gleich öffnen kann. Wenn ich hier fertig bin, fahre ich mit dem Bus zurück. »Du kannst ruhig schon los«, wispere ich ihm daher zu, doch Nick rührt sich nicht. Ich deute auf den Hörer. »Ich hab meinen Bruder dran.«

»Hast du 'ne Freundin dabei oder mit wem redest du?«, erkundigt Tobi sich.

»Nein, aber danke für den tollen Geheimcode.«

»Immer gern. Magst du nachher mit in die Klause kommen? Ich lade dich zum Mittagessen ein. Belle war vorhin bei mir. Sie ist auch dabei«, redet er weiter – nicht ahnend, dass ihr Freund gerade neben mir steht. Aber Nick hört es ja nicht.

»Okay. Bis gleich.« Schnell lege ich auf. Warum war Belle denn auf dem Standesamt? Sollte sie nicht in Dads Kanzlei arbeiten? War sie wegen meines Bruders dort oder weil Nick und sie … wollen die beiden heiraten?

»Tobi und ich essen heute Mittag in der Klause. Belle anscheinend auch. Sie war bei ihm auf dem Standesamt?« Ich formuliere es absichtlich als Frage, doch mein Ex-Mann wundert sich gar nicht so sehr.

»Ah, ich dachte, das wäre morgen.«

Leider kann ich nicht nachfragen, was er mit der Aussage meint, weil jemand anderes schnellen Schrittes an uns herantritt. Ziemlich nah.

»Die Sanddorn und der Bühler zusammen. Gibt's ja nicht!« Professor Doktor Meiers markantes Profil sticht aus der Menge der Alltagsgesichter hervor. Das silbrige Haar liegt dicht an seinem Kopf an und glänzt im Licht der Neonbeleuchtung.

Trotz seines fortgeschrittenen Alters umgibt den Professor immer noch diese einzigartige Mischung aus Würde und Autorität. Die strengen Linien um seinen Mund spiegeln seine lange, erfolgreiche Arztkarriere wider. Sein intelligenter Blick hat mich in der Vergangenheit stets inspiriert. Heute jagt er mir einen kleinen Schauer über den Rücken. »Sanddorn, gut, dass ich Sie hier treffe.«

»Guten Tag, Herr Professor Doktor Meier.« Ich nenne ihn mit allen Titeln, weil wir das so gewohnt waren.

»Immer noch das alte Gespann«, fährt er schmunzelnd fort, doch seine hochgezogenen Mundwinkel erinnern mich an eine Maske. »Ich dachte, das mit Ihnen beiden hätte nicht funktioniert.« Beim Lachen entblößt er die zwei perfekten Zahnreihen, die er sich seinerzeit hat neu anfertigen lassen. »Hat es nicht sogar an Ihnen gelegen, Bühler?« Innerlich bete ich, dass Nick sich nicht provozieren lässt. Seine angespannte Kiefermuskulatur deutet jedoch auf das Gegenteil hin. Meier war zwar ein Gott im Operationssaal, ansonsten aber schon damals ein unangenehmer Zeitgenosse.

»Wir sind leider sehr in Eile, Herr Professor Doktor Meier«, entschuldige ich mich und spüre Nicks Unbehagen. »Wir brauchen nur ein paar Briefmarken.« Ich winke ab und möchte Nick am Arm mit zum Schalter ziehen. Das Postfach kann ich später leeren. Hauptsache, wir kommen ohne Zwischenfall davon.

»Tragisch, die Sache damals mit Ihrer Oma, Bühler.« Bitte nicht. Meier weiß ganz genau, welche Knöpfe er bei Nick drücken muss, und hat meinen Einwand zur Eile überhört. Nicks Oberarm zuckt unter meiner Hand. Er presst die Lippen aufeinander. »Aber jetzt haben wir ja das MVZ für schnelle und kompetente Hilfe, nicht wahr? Frau Sanddorn, Sie haben sicher schon mein Angebot wegen der Praxis Ihrer Mutter studiert?«

»Grob«, fasse ich mich kurz.

»Es ist das Beste, was Ihnen passieren kann. Hier gibt es sonst keine Ärzte, die einen guten allgemeinmedizinischen Dienst leisten könnten. Lassen Sie uns direkt morgen telefonieren und die Übergabe fix machen.«

»Ich habe noch nicht alles durchgelesen«, lüge ich.

»Sie werden sicher auch nicht alles verstehen«, kontert er. »Unterschreiben Sie, am besten mit der ganzen Familie. Dann sind Sie diese ungeheuerliche Last los.«

Ich hatte die Patienten bisher nicht als Bürde angesehen, und es ärgert mich, dass er so spricht, als würde mir das Wohl der Menschen in Büdnitz nicht am Herzen liegen. Außerdem bin ich sauer darüber, dass er mich von oben herab behandelt. Ich fühle mich zum Schulkind degradiert, obwohl ich voll ausgebildete Medizinerin bin. Tief in mir drin rührt sich ein Funke, der diesem Kotzbrocken Moms kostbare Praxis nicht kampflos überlassen möchte.

»Die Familie hat sich noch nicht entschieden, wie Sie gehört haben«, kommt Nick mir zu Hilfe und drückt meine Hand. »Wir müssen weiter.«

»Ich wüsste nicht, was es da lange zu überlegen gäbe, Sanddorn. Sie sind fort und Bühler, der einzige halbwegs vernünftige Arztanwärter hier, ist sowieso raus mit seinem Bierschuppen.«

Nick beißt sich auf die Lippe und stöhnt, weil er nichts tun darf. Wären wir jünger und er noch so temperamentvoll wie einst, würde er Meier dafür, wie er die Ahoi-Klause – das Erbe seiner Oma – in den Dreck zieht, eine reinhauen. Doch er hält sich zurück.

»Auf Wiedersehen, Herr Meier.« Nun lasse ich die Titel bewusst weg. Bevor ich mich mit Nick allerdings in Richtung Schalter bewegen kann, verabschiedet sich Meier ebenfalls von uns. »Wir hören voneinander, Sanddorn. Ganz sicher!«

Ich atme erleichtert auf, als er außer Hörweite ist.

»Am liebsten hätte ich ihm eine verpasst. Ich konnte ihn früher schon nicht leiden«, raunt Nick mir zu. »Mittlerweile hasse ich ihn richtig.«

Was das Heute betrifft, muss ich ihm beipflichten. Damals habe ich das nicht so gesehen, ich habe ihn bewundert.

»Was machen wir eigentlich hier?«, erkundigt Nick sich kurz darauf, obwohl unser »Wir« schon seit langer Zeit der Vergangenheit angehört.

»Wenn du magst, kannst du zurück nach Büdnitz fahren«, wiederhole ich mich, für den Fall, dass er das eben nicht verstanden hatte. »Du musst nicht auf mich warten.«

»Quatsch! Der nächste Bus kommt erst in zwei Stunden. Wir haben Meier durchgestanden, dann stehen wir den Rest auch durch«, witzelt er. »Rück schon raus. Bist du wieder in geheimer Mission unterwegs? Du wirkst so nervös.«

Er hat es erraten. Nach dem Vorfall von eben fühle ich mich ihm wieder deutlich näher als davor. Statt einer Antwort gebe ich die Zahlen in das Tastenfeld auf dem Fach ein und bin überrascht, dass es sich problemlos öffnen lässt. Sie haben sich tatsächlich keinen besseren Code einfallen lassen – unglaublich! Ich muss mich auf die Zehenspitzen stellen, um hineinspähen zu können. Auf den ersten Blick wirkt es leer, genau wie Dad und Tobi vorhergesagt haben.

»Wem gehört das?« Nick tut es mir gleich, nur ohne sich dafür größer machen zu müssen. »Ist das deins?«

»Es gehörte meiner Mutter und ja, ich weiß, dass du es albern findest und nicht verstehen kannst, weshalb ich immer noch überall nach dem Aquamarinring suche.«

Nick ist größer als ich, deshalb fällt es ihm leicht, über mich hinweg in das Fach zu greifen. »Es ist auf jeden Fall was drin.« Er zieht eine Postkarte heraus und begutachtet sie. »Das ist mehr als kurios!« Ohne einen Blick auf den Textteil zu werfen, reicht er mir die Karte. Vielleicht denkt er, der

Inhalt könnte zu persönlich sein. Auf der Vorderseite sind einige Sehenswürdigkeiten abgebildet: Big Ben, London Eye, Buckingham Palace. Auf der Rückseite steht:

Den wahren Schatz findest du immer dort, wo du dein Herz gelassen hast.

»Was will sie uns denn damit sagen?«, frage ich laut.

»Wer?« Nick ist irritiert.

»Na, meine Mom.«

Nick gestikuliert so, als würde ich übertreiben. »Sassi, ehrlich, das ist nicht von deiner Mutter. Es ist noch nicht mal mit der Hand geschrieben.« Er lugt mir über die Schulter, aber aus Reflex presse ich die Karte fest an meinen Brustkorb, damit er sie nicht mehr sehen kann. »Es wurde mit einem Drucker auf ein Adressetikett gedruckt und auf das Textfeld geklebt. Verrenn dich bitte nicht. Das kann jeder gewesen sein.«

Ich kann nicht leugnen, dass an seiner Theorie etwas dran ist. Mit der Fingerkuppe fahre ich über den Rand des Aufklebers. Ich habe schon genug Probleme, ohne mich zu fragen, wer diesen Satz ausgedruckt, auf eine London-Postkarte geklebt und in das Postfach gelegt hat. Ehrlicherweise kommen nur Tobi und Dad infrage, denn niemand sonst kennt den Code. Wobei die Zahlenkombination, wenn man sie überhaupt so bezeichnen kann, nicht gerade große Zauberei ist. Andererseits ist die Karte mit Briefmarke versandt worden, obwohl man den Stempel nicht mehr lesen kann.

»Ohne Witz, mit dir hat man nur Chaos, Prinzessin.« Er nutzt ein Kosewort, das er als mein Ex eigentlich nicht mehr für mich verwenden sollte. Oder eben doch, weil es uralt ist und er mich schon immer so genannt hat – in Anspielung auf die rosa Tüllkleidchen, die ich als kleines Mädchen gern getragen habe. Ich mochte Disney-Filme und die damit verbundene romantische Kleidung. »Möchtest du die Postkarte noch auf Fingerabdrücke untersuchen oder bist du fertig, Detective?«

Am liebsten würde ich das natürlich tun, aber ich weiß gar nicht, wie man Fingerabdrücke nimmt, und das mit ihm auszudiskutieren, würde nicht funktionieren. Folglich stecke ich die Karte ein, wir fahren zusammen zum Großmarkt und anschließend in die Klause, wo Tobias und Belle schon auf uns warten.

Ich habe zumindest geglaubt, sie warten. In Wahrheit amüsieren sie sich königlich ohne uns. Sie haben die Köpfe zusammengesteckt und blättern in irgendwelchen Jura-Lernheften. Man erkennt sie an dem großen Paragrafenzeichen auf dem Einband. Tobias hat vergangenes Jahr sein Studium nicht wie geplant in Präsenz in Hamburg aufgenommen, sondern sich für ein Fernstudium entschieden und ist in Büdnitz geblieben. Ich habe mich aber nicht genauer damit befasst, weshalb ich nicht viel dazu sagen kann. Außerdem bin ich so was von gar nicht in Dads Jura-Fußstapfen getreten. Belle hingegen scheint voll darin aufzugehen. Sie bemerken uns nicht. Gerade flüstert sie ihm etwas ins Ohr, woraufhin er sie sanft in die Seite schubst. Sie lachen. Wenn ich es nicht besser wüsste, käme es mir vor wie eine romantische Verabredung. Belle greift nach dem Kugelschreiber, den Tobias in der Hand hält. Er lässt ihn nicht sofort los und die beiden sehen sich länger als nötig in die Augen. Mein Magen grummelt und ich bleibe stehen, um notfalls Nicks Reaktion abfangen zu können. Doch der ist nicht mehr hinter mir, sondern an der Bar verschwunden und geht mit Tine die Arbeitspläne durch. Hat er nichts gesehen oder will er es nicht sehen?

Ich werde mir meinen Bruder schnappen und ihn auf dieses intime Verhalten ansprechen, wenn ich die Gelegenheit dazu bekomme. Belle rückt von ihm ab, weil sie sowohl Nick als auch mich registriert hat und wohl nicht möchte, dass ein falscher Eindruck entsteht. Zu spät. Auf ein »Es ist nicht so, wie du denkst« verzichtet sie, stattdessen winkt sie aufwendig. »Hallo, Saskia!«

Ich kann nicht umhin, mich zu ihnen an den Tisch zu gesellen. Tobi packt die Lernsachen zusammen, als wären sie ein Indiz für irgendetwas. Dann geht er zum Alltag über, als wäre nichts gewesen. Vielleicht war ja auch nichts. Ich traue meinen Empfindungen momentan selbst nicht und denke an McJulius. Möglicherweise interpretiere ich es falsch, weil ich nicht möchte, dass mein Bruder von einer Frau verletzt wird, die er nicht haben kann. Prompt steht sie auf und geht zu Nick, um ihn zu begrüßen. Ich kenne Tobi lange genug, um zu wissen, wann ihm unbehaglich zumute ist. Es ist genau in der Sekunde der Fall, in der Belle Nick einen Kuss auf den Mund gibt.

»Wie lange seid ihr schon hier?«, versuche ich, meinen Bruder abzulenken, der mir im ersten Moment nicht richtig zuhört. Er ist zu sehr darauf konzentriert, Belle nachzusehen und ihre Bewegungen in sich aufzunehmen.

»Noch nicht so lange«, weicht er mir aus. »Ich hatte heute vier Trauungen. Bei einer hat Belle mich juristisch unterstützt, weil das Ehepaar einen Ehevertrag abgeschlossen hat und ich dazu ein paar Worte verlieren sollte. Ist ja immer ein heikles Thema.«

Belle und Tobi scheinen Gründe zu haben, um sich zu treffen – oder sie finden welche. »Aha«, kommentiere ich und hoffe, er versteht den Wink mit dem Zaunpfahl. Grundsätzlich haben wir eine Art telepathische Verbindung zueinander, aber heute scheint sie nicht zu funktionieren. »Und dann?«

»Sie hat mir angeboten, mit mir über die Lernsachen zu schauen. Belle ist immer noch topfit darin, obwohl ihr Studium schon eine Weile her ist.«

»Hörst du dir manchmal eigentlich selbst zu?« Ich lege die Hände auf dem Tisch ab. Ich muss es ansprechen, es nutzt nichts. Immerhin will ich nicht, dass er unglücklich wird. »Du weißt doch, dass Belle mit Nick zusammen ist!«, sage ich so direkt, wie nur Geschwister miteinander umgehen. Den letzten Satz spreche ich hastig aus, denn Nick und Belle sind auf dem Weg zu uns – was es nicht besser macht. Tobi starrt mich mit offenem Mund an, dann fängt er sich wieder und tritt mir unter dem Tisch gegen das Schienbein. Aua!

»Wie war es bei der Post? Gibt es schon irgendwelche Bewerbungen wegen Moms Praxis?«, fragt er laut.

»Leider nein.« Ich habe seinen hand- beziehungsweise fußfesten Hinweis aufgenommen und erzähle daher ausschweifend, wie ich mit Jannis darüber diskutiert habe, was in den Praxisräumen erneuert werden müsste, um Bewerber anzulocken. Und dass ich unbedingt die Wände ausbessern und streichen will, solange ich noch da bin.

Während Belle und Tobi meinen Ausführungen wortlos lauschen, scheint Nick sich mehr dafür zu interessieren. »Klingt wie bei meinen Umbauaktionen, als ich damals die Kneipe übernommen habe. Ich musste eine Menge ändern und hab viel Erfahrung und Kontakte gesammelt. Wenn du magst, kann ich dir helfen.«

»Danke, Nick«, antworte ich und sehe meinen Bruder herausfordernd an, der sich eigentlich an erster Stelle zum Helfen hätte melden müssen.

»Ja, ich natürlich auch«, meint er gequält. Handwerksarbeiten waren noch nie sein Ding.

Belle hält sich bedeckt, wahrscheinlich, weil sie in den zwei Kanzleien, für die sie tätig ist, schon genug zu tun hat.

»Morgen ist hier nicht viel los und Tine schafft das mit unserem Koch allein. Ich meine, in den Praxisräumen ist weißes Malervlies verarbeitet. Es sollte kein Problem sein, das schnell zu überstreichen.« Nick macht direkt Nägel mit Köpfen, so wie man ihn kennt. »Ich kann vorher noch im Baumarkt die Wandfarbe besorgen, wenn du mir konkret sagst, was du brauchst.«

»Ihr wollt morgen schon anfangen? Das ist bei mir zeitlich total ungünstig.« War klar, dass Tobi kneift. »Ich habe eine Hochzeit nach der nächsten, wie am Fließband. Unser Standesamt ist wegen des Gebäudes über die Stadtgrenzen hinaus beliebt.«

»Ich habe leider auch bis abends für die Prinzen-Kanzlei zu tun. Aber wenn ihr Samstag oder Sonntag werkelt, bin ich gerne dabei.«

Ich hatte Belle zwar nicht einkalkuliert, rechne es ihr jedoch hoch an, dass sie sich freiwillig dazu bereit erklärt.

»Am Wochenende kann ich bestimmt auch helfen«, stimmt Tobi ein. Und so habe ich ruckzuck drei Handwerker gewonnen, wobei morgen zunächst nur einer tatkräftig am Start sein wird.

Kapitel 5

Den restlichen gestrigen Nachmittag habe ich Farbskalen geschaut, um mit meiner Beraterin Leni die richtige Farbe für das Thema Medizin zu wählen. Gar nicht so einfach. Wir haben uns letztendlich tatsächlich auf Hellgrün geeinigt, weil es hoffnungsfroh ist.

Heute Morgen habe ich in aller Herrgottsfrühe – wie Dad angemerkt hat – die leckeren Zimtschnecken gebacken, die nicht nur Nick und Henry mögen, sondern auch er. In erster Linie möchte ich mich bei Nick dafür bedanken, dass er just extra zum Baumarkt fährt und alles besorgt, was wir brauchen. Henry schicke ich per Messenger ein Foto des Gebäcks, vielleicht lockt ihn das etwas früher nach Büdnitz. Er antwortet mit einem Herz und einem Miss you! and the Zimtschnecken-Cake! inklusive Smiley.

Irgendwie freue ich mich auf den heutigen Tag, obwohl es irrsinnig ist, eine Praxis für niemanden herzurichten. Aber alles ist besser, als unsere Patienten, zum Beispiel die geschätzte Frau Heuser, ohne Weiteres an Professor Doktor Meier zu übergeben. Das habe ich auf der Post verstanden. Habe ich gerade »unsere Patienten« gedacht? Ich sollte mich nicht zu sehr emotional involvieren. In meinem virtuellen Kalender auf dem Handy notiere ich mir trotzdem, dass ich bald bei Heusers in der Bäckerei vorbeischauen und nach dem Rechten sehen möchte. Aus Interesse und Höflichkeit. Ich weiß, dass ich das nicht muss. So, ich bin fertig.

Beim Herauskommen aus dem Badezimmer betrachte ich mich kurz im gegenüberliegenden Flurspiegel. Die Haare habe ich weitestgehend zusammengesteckt, damit sie mir beim Arbeiten nicht im Weg sind. Und weil ich nicht ganz allein in der Praxis sein werde, habe ich mich dezent geschminkt, damit ich gegen meinen gebräunten und gut gebauten Surfer-Ex-Mann nicht wie ein blasses Stadt-Ei aussehe. Da ich keine passenden Klamotten dabeihabe, habe ich mir aus Tobis ehemaligem Jugendzimmer Jeans geklaut, die mir viel zu groß sind. Ich habe sie mit einem Ledergürtel von Dad enger zusammengezogen und verknotet. In Dads Schrank habe ich dabei sein in die Jahre gekommenes cremefarbenes Leinenhemd gefunden, das längst im Altkleidersack hätte landen sollen – wenn er jemanden hätte, der sich um so was kümmert.

Bevor ich losgehe, werfe ich noch einmal einen Blick auf die London-Postkarte, die ich wie einen Schatz in meiner Handtasche mit mir herumtrage. Ich mochte Karten, auf denen die herausragenden Merkmale eines Ortes auf einen Blick verewigt sind, schon immer gerne.

In der Praxis räume ich zuallererst alles zur Seite, was durch unsere Malerarbeiten verschmutzt werden könnte. Ich habe entschieden, dass wir in der Küche starten. Vielleicht können wir auch noch einen Abstecher in ein günstiges Möbelhaus einplanen, denn der kleine Esstisch und die beiden Stühle wackeln so sehr, dass man sich fast nicht traut, sich dort niederzulassen. So was macht natürlich keinen guten ersten Eindruck.

Ich beginne mit dem Abkleben und markiere die Stellen, wo wir vorher mit Gips ausbessern müssen. Als ich Dad gestern von unserer Idee erzählt habe, hat er sich wie verrückt gefreut und mir sofort das Klebeband rausgelegt, das er noch von der letzten Renovierungsaktion der Kanzlei übrig hatte. Ich bete, dass er keine falschen Erwartungen damit verknüpft.

Als Nick eintrifft, habe ich bereits in der Küche alles abgeklebt und mit der Filterkaffeemaschine einen 1-a-Kaffee gezaubert. Ich habe heute Morgen sogar daran gedacht, aus Dads Kühlschrank ein Päckchen Milch zu klauen, weil Nick ihn – anders als ich – lieber mit Milch trinkt. Natürlich ist er in seiner eigenen Kneipe bessere Kaffeevarianten gewohnt, aber vielleicht findet er es ja genauso gemütlich wie ich, mal nicht den Hightechkaffee aus dem Vollautomaten zu trinken, bei dem man nur ein Knöpfchen drücken muss. In seiner ersten Wohnung hat er mir immer einen Mokka ans Bett gebracht, den er mit der kleinen Bialetti auf dem Zwei-Platten-Herd gezaubert hatte. Eine schöne Erinnerung.

»Hey, als ich das letzte Mal hier war – wo's Leni so schlecht ging –, sah es gar nicht so schlimm aus«, kommentiert Nick und stellt die Baumarktkisten im Flur ab. »Aber bei Tageslicht ist es ziemlich heruntergekommen.« Er kratzt mit dem Fingernagel über die Flurwand.

»Du hast leider recht. Danke, dass du alles besorgt hast. Ich hab nachher noch eine kleine Überraschung für dich.«

»Ich dachte, der Kaffee wäre schon die Überraschung.« Er inspiziert die Eimer mit der Wandfarbe. »Das ist das hellste Grün, das ich gefunden habe.«

»Es ist perfekt.« Ich reiche ihm eine gefüllte Tasse. »Fast so grün wie Glücksklee.«

»Es gefällt mir, dass du so motiviert bist. Wir finden schon jemanden für dieses Prachtstück, wenn wir es aufgehübscht haben«, verspricht er, obwohl er das nicht kann, und nippt an seiner Tasse. »Uhh, das zieht einem ja die Socken aus. Seit wann trinkst du den so stark?«

»Seit ich lange Kliniknächte gewohnt bin.« Ich muss lachen, wie er das Gesicht verzieht.

»Ob das Pulver noch fit war?« Er trinkt trotzdem aus.

Zwei Stunden lang arbeiten wir wortlos Hand in Hand und ich bin überrascht, was wir in der kurzen Zeit alles geschafft bekommen. Nebenbei habe ich online ein so großes Holztablett bestellt, dass die brüchige Arbeitsplatte größtenteils abgedeckt sein wird und wir sowohl die neue Kaffeemaschine, die ich ebenfalls geordert habe, als auch eine Dose Kaffeebohnen darauf platzieren können. Nick hat unterdessen an den Stellen an der Decke, die beschädigt waren, Gips angebracht. Bevor wir mit weißer Farbe überstreichen können, muss die Gipsmische erst einmal trocknen.

»Du warst am Fels beim Hohen See, hab ich bei Leni auf ›BeHonest‹ gesehen.« Er klopft sich die Hände, die von Putz und Gips bedeckt sind, an der Hose ab und steigt von der Leiter. »Sie postet in der App immer, was sie macht, und da war ein Foto von euch beiden. Sah süß aus.«

Ich war nicht darauf vorbereitet, dass er unseren kleinen privaten Ausflug bemerken, geschweige denn ansprechen würde, weshalb ich unsicher bin, wie ich antworten soll. Sein Gesichtsausdruck ist erwartungsvoll.

»An der Stelle ist alles zugewuchert mit Disteln und Blumen«, kläre ich ihn auf. »Aber der Stein ist noch da. Klar, ist ja auch ein Stein«, verhasple ich mich. Mit Scheuermittel schrubbe ich über einen Teil der Arbeitsfläche, auf der versehentlich ein Klecks grüner Farbe gelandet ist. Ich schrubbe noch, als der Klecks längst verschwunden ist. »Warst du noch mal dort?«

»Beim Fels? Möchtest du eine ehrliche oder eine nette Antwort?«

»Die ehrliche.«

»Nein, ich konnte mir das nicht antun.«

Das war für meinen Geschmack fast einen Tick zu ehrlich und vor allem zu direkt. Mit dem Handrücken fährt Nick sich über die verschwitzte Stirn. Er betrachtet unser Werk. »So! Wenn wir mit dieser Etage fertig sind, wird es hier unten schon mal wie neu aussehen.«

Menschen nutzen das kleine Wörtchen »so« gerne, wenn sie ein Thema beenden wollen. In dem Fall ist das wahrscheinlich besser. Trotzdem bin ich gekränkt, dass er nicht weiter über unseren Fels reden möchte. »Das glaube ich auch«, stimme ich dennoch zu. »Hast du Hunger?« Wenn wir schon nicht über Vergangenes sprechen, dann wenigstens über Essen. Ich steuere den Kühlschrank an und nehme die Auflaufform mit den Zimtschnecken heraus.

Nick bekommt große Augen. »Wofür ist das?«

»Erstens, weil du unserer Freundschaft noch eine Chance gegeben hast. Ich hab gemerkt, dass du mich beim ersten Aufeinandertreffen am liebsten aus der Kneipe geworfen hättest – aber dann doch über deinen Schatten gesprungen bist.«

Er grummelt etwas. »Und zweitens, Frau Doktor?« Als ich ihm ein Stück des Zimtschneckenkuchens abschneide und auf einen Teller lege, kommt er aus dem Grinsen gar nicht mehr heraus.

»Zweitens, weil du mich unterstützt und meine Idee, eine ganze Praxis innerhalb von wenigen Tagen zu renovieren, nicht für komplett bescheuert erklärst. Das wäre früher anders gewesen.«

»Früher hättest du so eine Idee gar nicht gehabt«, meint er kauend. »Damals warst du sehr von der Meinung anderer Ärzte und Professoren abhängig. Du warst nicht besonders unternehmungsfreudig oder abenteuerlustig.«

Er liegt nicht falsch und vielleicht ist das nach wie vor so. Immerhin ist mir noch nie in den Sinn gekommen, eine eigene

Praxis zu gründen. Im Gegenteil: Ich bin froh, dass ich mich im Krankenhaus mit so etwas wie Finanzen und Buchhaltung nicht auseinandersetzen muss. Ich muss keine teuren Geräte anschaffen oder Wartungen und Instandsetzungen veranlassen.

»Aber ich bin immerhin nach London gegangen. Das ist mehr als ein Abenteuer!«

»Meinst du mit Abenteuer deinen neuen Freund?« Nick schneidet sich ein weiteres Stück ab. »Der Kuchen ist übrigens saulecker.« Als hätte er nicht gerade versucht, mich zu provozieren, leckt er sich über die Lippen.

»Danke.« Trotzdem geht das Lob inmitten von Schmutz und Arbeit nach all den Jahren der Zwistigkeiten runter wie Öl.

»Du hast davon gesprochen, dass Jannis und du eine Kalkulation durchgegangen seid? Erzähl mal«, bittet er mich.

Ich stelle mich kerzengerade hin. »Na, heutzutage hat doch jede gute Hausarztpraxis beispielsweise ein Ultraschallgerät oder ein voll ausgestattetes Labor. Allein die Patientenliegen hier sind so alt wie ich selbst. Es gibt Varianten, wo die Nackenrollen anders aufgezogen sind. Ich persönlich würde auch einen zweiten Kühlschrank im Labor bevorzugen, um Notfallmedikamente zu lagern. Das ist alles unfassbar teuer, und das wäre erst der Anfang. Die Kaffeemaschine, die ich eben neu bestellt habe, ist mit ihren hundertfünfzig Euro dagegen ein Klacks.«

»Geld ist immer ein heikles Thema, wenn man sich selbstständig machen möchte.« Nick beißt sich auf die Unterlippe, wie er es oft tut, wenn er nachdenkt. Er legt die Gabel beiseite. »Ich hatte auch massive finanzielle Probleme, als ich die Kneipe übernommen habe. Jannis war durch seine Tablettensucht nicht zurechnungsfähig. Ich konnte ihn nicht um Geld anpumpen, obwohl er genug hatte. Ich konnte ihn gar nicht brauchen.« Seine Stimme hüpft eine Oktave höher. Es scheint ihn aufzuwühlen. »Die Bank wollte mir keinen Kredit geben. Du warst weg. Es war schwer, Saskia, verdammt schwer.

115

Ich wollte es unbedingt mit dem ökologisch-gesunden Ansatz mit der Kneipe schaffen. Und wäre Belle nicht irgendwann mit ihrem Verkaufskonzept um die Ecke gekommen«, er schnalzt anerkennend für ihre Kreativität mit der Zunge, »weiß ich nicht, wie lange ich noch durchgehalten hätte. Jetzt haben wir in der Woche einen Zulauf von ungefähr fünf Reisebussen mit Menschen, die sich für unser Ganztags-Frühstückskonzept interessieren, die Bioware lieben und ein Stück Natur mit nach Hause nehmen wollen.« Es scheint ihm wichtig, mir das begreiflich zu machen. »Zu guter Letzt hat Jannis mir dann doch eine Finanzspritze gegeben, als er seine Sucht halbwegs im Griff hatte.« Er putzt sich wiederholt die Hände an seinen Jeans ab, obwohl sie längst sauber sind und dafür die Hose mit hellgrünen Farbflecken übersät ist.

»Ich konnte dir leider nicht helfen«, rechtfertige ich mich, dabei hat er mir gar keinen Vorwurf gemacht.

»Das weiß ich heute. Damals war ich wütend auf dich, weil du mich alleingelassen und uns aufgegeben hattest.« Er macht eine Pause und legt die Hände zu Fäusten geballt auf dem Tisch ab. »Ich habe erst, seit ich mit Belle zusammen bin, verstanden, dass du Abstand brauchtest und dich selbst retten musstest, um nicht mit Jannis und mir unterzugehen.« Er sieht mir in die Augen. »Das hätte ich dir schon lange sagen müssen …«

Ich habe aufgehört zu essen und sitze angespannt auf meinem Stuhl.

Er hingegen steht abrupt auf und geht vor mir in die Hocke. Die Küche ist zu klein, um auszuweichen. »Es tut mir leid, Sassi! Es tut mir ehrlich verdammt leid, wie das damals gelaufen ist. Dass ich mit Omas Tod nicht klarkam. Sie hätte nicht so von uns gehen sollen, nicht durch einen schweren Autounfall. Und dennoch hätte ich unsere Beziehung nicht vernachlässigen dürfen. Vielleicht hatte ich uns aufgegeben, bevor du es getan hast.«

Ich kann mich kaum rühren, da er noch nie zuvor so intensiv mit mir gesprochen hat wie jetzt. Vielleicht auch, weil er sich vor mich gehockt hat, zwar auf Augenhöhe, doch er macht sich bewusst kleiner – für mich. Mein Puls schießt hoch und mein Herz klopft, angetrieben von einer wilden Mischung aus Angst, Wut und Freude. Freude. Es kommt mir so vor, als hätte er endlich verstanden. Wut darüber, dass dieser Prozess so lange gedauert hat. Und Angst, weil ich nicht weiß, was ich damit anfangen soll. Unsere Weichen sind in andere Richtungen gestellt und eine Entschuldigung tut heutzutage im Grunde nichts mehr zur Sache. »Danke, dass du mir das erklärt hast.«

Wenn einem die Worte fehlen, kann man sich auch umarmen, pflegte Mom nach einem Streit zu sagen. Ich weiß nicht, ob das jetzt die richtige Reaktion wäre. Doch als wir uns beide reflexartig erheben, legt Nick behutsam seine Hände auf meine Hüften und zieht mich an sich. Gewohnheitsmäßig lege ich meine Arme um seinen Hals, als wäre es nie anders gewesen. Wir drücken uns – kurz, aber innig. Dann schiebt er mich von sich weg. »Trägst du wieder was von deinem Dad?«

Noch nie war ich schneller zurück auf dem Boden der Tatsachen. »Hast du was dagegen?« Ich schnappe mir meine Kaffeetasse vom Tisch und schlürfe, als könnte ich durch ein möglichst unerotisches Geräusch eine imaginäre Wand zwischen uns hochziehen. Vergebens.

»Das Hemd steht dir.« Auf seinen Wangen bilden sich die typischen Grübchen und er geht zu seinem Platz zurück, um sich im Stehen den letzten Rest Zimtschnecke in den Mund zu schieben. Ich habe selten jemanden gesehen, der so sexy Kuchen isst wie er. Innerlich tadele ich mich für diesen frivolen Gedanken und greife nach der Auflaufform neben seinem Teller. Dabei ist er mir nah, viel zu nah.

»Ich wünschte, ich hätte dir damals helfen können.« Ich meine es, wie ich es sage. Ich habe die Form in der Hand und es

117

ist warm in der kleinen Küche, wie immer im Hochsommer. Es gibt keine Klimaanlagen in alten Häusern. Aber heute kommt es mir heißer vor als sonst.

»Ich hätte deine Hilfe nicht zugelassen. Das war ja mein Problem. Ich wollte dich nicht mit reinziehen«, antwortet er. Wir sind uns so nah, dass ich die kleinen Kuchenkrümel an seinem Mund sehen kann. Wären wir noch zusammen, würden wir uns jetzt küssen.

»Holla, Leute, da bin ich!« Mein Bruder steht im Türrahmen der Küche und breitet die Arme aus. Was zur Hölle tut er hier? Ich habe offenbar vergessen, die Haustür zu schließen. »Ich seh das Desaster schon!«, kommentiert er, und mir wird heiß und kalt zugleich. »Ihr zwei seid ja nur am Essen. Ohne mich kommt ihr eben nicht klar.« Er blickt von Nick zu mir und wieder zurück, weil keiner reagiert. »Stör ich bei irgendwas?«

Nick nimmt seinen leeren Teller und stellt ihn in die Spülmaschine. »Nope. Willst du uns in diesem Aufzug etwa helfen?« Er deutet auf den marineblauen Anzug meines Bruders und ein ungläubiger Laut verlässt seine Kehle.

»Ich dachte, du hast heute so viele Hochzeiten zu betreuen«, pflichte ich bei, nicht nur, um ihn abzulenken, sondern auch, weil ich weiß, wie ungern mein Bruder sich schmutzig macht.

»Ihr werdet es nicht glauben, aber ein Paar hat kurzfristig verlegt. Pffft! Als würde man einen Termin im Nagelstudio verschieben. Die Leute nehmen eine Ehe heutzutage zu sehr auf die leichte Schulter. Hauptsache, sie haben schöne Fotos auf ihren Social-Media-Kanälen.« Seine Finger wandern in Richtung Kuchenform, die ich immer noch in der Hand halte und eigentlich zurück in den Kühlschrank verfrachten wollte. »Ist das dein Zimtschneckenkuchen?«

»Arbeite erst mal was, dann bekommst du was«, argumentiert Nick, und bevor Tobi nach den Schneckchen greifen kann, hält er ihm seinen Autoschlüssel vor die Nase. »In meinem

Lieferwagen liegen eine Arbeitshose und ein Ahoi-Klause-Shirt. Ich leih dir beides, brauchst dich nicht zu bedanken.« Er wirft mir einen belustigten Blick zu. Wir lieben Tobi, aber manchmal muss man ihn motivieren.

Zu dritt werkeln wir bis in die späten Abendstunden weiter. Ich finde es gut, dass mein Bruder uns unterstützt, es ist schließlich nicht allein meine Aufgabe, hier für klar Schiff zu sorgen.

Einen Tag später muss ich leider auf Nick verzichten, weil er einen Videocall mit zwei neuen Reiseveranstaltern und ein Interview mit einem BIO-Magazin hat. Das hat natürlich Vorrang und ist nicht so schlimm, weil ich dafür nämlich eine neue Aushilfe bekomme. Jeder hilft jedem und das ist schön. Leni hat von unserem Vorhaben der Rundumerneuerung erfahren und ist eifrig miteingestiegen. Wegen einer Lehrerfortbildung am Gymnasium hat sie schulfrei und steht bereits um acht Uhr einsatzbereit auf der Matte. Ich bin beeindruckt.

»Genial, dass wir neben der Sache mit deinem Psycho-Buch auch noch ein richtiges Projekt umsetzen. Die Haustür schließt übrigens nicht«, bemerkt sie und wirft ihren Rucksack in eine leere Ecke an der Anmeldung.

»Du musst sie fester zudrücken. Ist mir auch gestern passiert. Dann mal willkommen, Chefin!«

Bereits nach einer halben Stunde entpuppt Leni sich tatsächlich als kleiner Boss. Sie hat neue, überzeugende Ideen, ist fix und hat ein Händchen für Gestaltung und Ästhetik. Wir halten uns ran und gönnen uns nur eine kurze Verschnaufpause, um die belegten Brötchen zu verdrücken, die ich bei Heusers besorgt habe.

Als ich am Nachmittag das große Fenster des Vorraums putze, von wo aus man einen traumhaften Blick auf die hohen Bäume und den kleinen Blumengarten im Hof hat, klingelt es an der Tür. Rolf Heuser hält als Entschuldigung für sein unangekündigtes Erscheinen einen Karton, auf dem Erdbeerkuchen abgebildet ist, wie einen Schutzschild vor seine Brust gepresst. Ich hatte ihm beim Brötchenkauf erzählt, dass Leni und ich hier arbeiten.

»Der ist für dich!«, sagt er strahlend. »Keine Sorge, ich weiß, dass du die Praxis nicht übernimmst, Saskia. Ich bräuchte nur einen winzigen ärztlichen Rat von dir.« Er platziert die Kuchenbox verführerisch auf dem Schreibtisch der Anmeldung. Obwohl wir gestern erst zuckriges Gebäck hatten, kann ich kaum widerstehen. Heusers Kuchen steht für Tradition und Genuss, ich hatte schon ewig keinen und wir essen nun mal gerne Süßes …

»Ich wollte eigentlich keine Beratungen durchführen. Ich darf das streng genommen gar nicht«, sage ich und lasse mich dennoch dazu hinreißen, mich auf den Helferinnenstuhl zu setzen und ihm zuzuhören. Leni ist oben im Labor beschäftigt, weshalb wir so was wie Privatsphäre haben, wie es sich beim Arzt gehört. »Nun gut, was soll's?«

Begeistert, dass seine fruchtige Bestechungsaktion funktioniert hat, pflanzt er sich in den Stuhl gegenüber. »Aalso, meine Frau meint, ich schnarch zu laut. Sie sagt, es ist sogar unerträglich, wenn ich nur atme.« Unschuldig sieht er mich mit untertellergroßen Augen an. Ach herrje!

»Das Problem kommt in den besten Ehen vor, Herr Heuser.« Ich zwinkere ihm zu. »Könnten Sie trotzdem einmal für mich durch die Nase ein- und ausatmen?« Ich stehe auf und gehe hinter ihn, um besser hören zu können. Das mag albern anmuten, aber man braucht manchmal nicht viel, um eine Diagnose zu stellen.

Leni holpert mit einem Karton die Wendeltreppe hinunter und ich bedeute ihr, leise zu sein.

Herr Heuser schnauft beim Einatmen wie ein Walross. Um das zu hören, hätte ich gar nicht erst aufstehen müssen. Es gefällt mir nicht, dass er offenbar so schlecht Luft bekommt. »Haben Sie häufig mit Kopfschmerzen zu tun?«, erkundige ich mich.

Er hebt den Daumen. »Ständig. Vor allem in der Backstube.«

»Das passiert gerne mal, wenn man durchgängig nicht genügend Sauerstoff aufnimmt«, erkläre ich. »Normalerweise würde ich Sie an einen HNO überweisen. Ich könnte mir vorstellen, dass die Nasenscheidewand nicht korrekt steht oder sie stark vergrößerte Polypen haben.«

»Ich glaub manchmal, ich erstick im Schlaf.« Aufgeregt atmet er aus und direkt wieder ein.

»Sie sollten unbedingt etwas dagegen tun. Es kann sein, dass es nichts Schlimmes ist. Es kann aber leider auch sein, dass Sie eine kleine Operation über sich ergehen lassen müssen. Ohne dass ich zu viel dazu sagen kann und möchte.« Ich verkneife mir weitere Ausführungen, denn das steht mir nicht zu. »Sie müssen sich eine Überweisung besorgen und einen Facharzt aufsuchen.«

Rolf Heuser fasst sich an die Kehle. »So eine Odyssee hatte ich befürchtet. Aber danke, dass du mir auf kurzem Weg deine Einschätzung gegeben hast und ich mich dafür nicht extra ins MVZ quälen musste. Wenn ich überhaupt so schnell einen Termin bekommen hätte.«

»Moment mal.« Auf dem Schreibtisch liegt der Notizblock, auf dem ich die Liste der Anschaffungen notiert habe. Da sich mir in seinem Beisein diverse Möglichkeiten zur Verbesserung des Praxissystems aufdrängen, schreibe ich sie eilig mit: Sprechzeiten außerhalb der Norm anbieten, Online-Sprechstunde mit Video (aber ich hab keine Ahnung, wie das geht oder was das kostet) …

Rolf Heuser beugt sich vor. »Was machst du da?«

»Nur ein paar Ideen notieren, was der zukünftige Landarzt verbessern könnte.«

»Dann war mein Besuch für etwas gut?«, freut er sich.

»Ja. Aber Sie müssen es wegen der Überweisung leider trotzdem in Moerz versuchen.«

»Vielleicht geht das ja telefonisch. Was meinst du?« Besonders glücklich darüber wirkt er nicht.

Als er fort ist, hängen Leni und ich die staubigen Vorhänge ab, um sie in die Waschmaschine im Keller zu werfen. Danach setzen wir uns an den Küchentisch und gönnen uns ein Stück Heuser-Kuchen.

»Wann machen wir eigentlich mit deinem Buch weiter?«, möchte Leni wissen. »Immerhin haben wir den Ring noch nicht gefunden.«

Ich greife mir in den Nacken. Mir tut alles weh vom ständigen Bücken und Räumen, weshalb ich froh bin, dass sie mit ihrer Frage eine ausgedehntere Ruhepause einläutet. »Bis auf die dubiose Postkarte, von der ich dir erzählt habe und auf die ich mir immer noch keinen Reim machen kann, haben wir keine Hinweise. Dafür hab ich Moms Lieblingsbuch dabei.« Flugs ziehe ich es aus meiner Handtasche, die über der Stuhllehne hängt, und reiche es ihr. »Hier. Such dir was aus.«

Sie blättert blind durch, bis sie innehält und das Buch vollständig aufklappt. »Lass uns das direkt mal ausprobieren.« Sie hat die von mir markierte Seite mit dem Rollenspiel gefunden. Vielleicht, weil ich ein kleines Eselsohr in das Papier gefaltet hatte. »Schlüpfe für einen Tag in die Rolle deines Gegenübers. Tue das, was er oder sie normalerweise tut, und benimm dich genauso«, liest sie vor. »Das klingt gut. Aber vielleicht kürzen wir es ab und machen es nur für eine Stunde? Du bist ich und ich bin du. Was hältst du davon?« Sie richtet sich auf, als wäre sie eine Erwachsene. Ich wusste, dass ihr diese Aufgabe Spaß bringen würde.

»Alles klar, Tantchen. Ich bin ja jetzt du.« Ich eigne mir ihre Rolle sofort an, indem ich mir ihre Kopfhörer vom Tisch schnappe und in meine Ohren schiebe. Dabei tue ich so, als würde ich laut Musik hören und sie nicht mehr beachten. Denn das macht Leni überwiegend, was ich aber nicht schlimm finde. Teenager sind eben manchmal so. Sie schürzt die Lippen, als sie ihr Ebenbild in mir erkennt. Jetzt muss ich mir nur noch diesen coolen Blick antrainieren, den sie immer drauf hat.

Sie wiederum nimmt so wie ich die Gabel in die andere Hand, um mich beim Kuchenessen nachzuahmen. Dabei trennt sie die Erdbeeren vom Biskuitboden und isst zuerst das Obst und danach den trockenen Rest – was stimmt, ich esse Obstkuchen exakt so. Ich muss lachen.

»Wenn es richtig echt wirken soll, müssen wir auch die Handys tauschen«, behaupte ich, damit ich zu ihren Kopfhörern das passende Telefon mit der Discokugelhülle in der Hand halten kann, auf das sie normalerweise nonstop schaut. Ich schiebe ihr mein Gerät rüber. Ich habe nichts zu verbergen und werde nicht durch Lenis Chats oder Ähnliches scrollen. Mir geht es um den spielerischen Effekt.

»Deal!«, vertraut sie mir, schiebt mir ihr Discokugelgerät zu und wirft den Kopf in den Nacken, so wie ich es immer mache. Graziös schlägt sie die Beine übereinander – meine bevorzugte Sitzhaltung.

Irre, wenn man sich auf einmal selbst im Miniaturformat gegenübersitzt. »Du bist verdammt gut, Leni.«

»Danke, aber ich bin Saskia.« Sie lässt sich nicht aus der Rolle bringen. Stattdessen blättert sie in »Die Reise zu dir« und sinniert bei jeder Seite. »Ich bin mir nicht sicher, ob Mom mir mit dem Buch was sagen will. Welche Aufgabe sollen wir machen? Was denkst du, Leni?«, fragt sie mich.

Ich muss zugeben, dass ich das ziemlich witzig finde.

»Wenn wir jetzt noch unsere Kleidung tauschen, ist es abnormal«, fügt sie hinzu.

»Ich wüsste zu gerne, was Nick oder deine Mutter dazu sagen würden. Eigentlich müsste man das filmen«, stimme ich ihr zu.

Leni zieht ihren bunten Häkelcardigan aus und wirft ihn mir rüber, ich gebe ihr im Gegenzug meine leichte Kapuzenweste, die sie sich umgehend über den Kopf streift. Nur die Frisur können wir ad hoc nicht perfektionieren.

»Lass uns ein ›BeHonest‹-Foto machen. Ich werde es dann zu den anderen vom Ausflug packen. So haben wir eine gemeinsame Erinnerung.« Sie springt neben mich und möchte ihre Foto-App auf dem Handy öffnen. Doch sie hat mein Telefon statt ihrem in der Hand und ich habe so gut wie gar keine Apps. »Ähm …«

»Moment.« Ich suche auf dem Disco-Handy nach der App.

»Okayyy.« Sie lässt sich zurück auf den Stuhl plumpsen. »Mach zuerst mal die ›BeHonest‹-App auf und schau dir an, wie sie funktioniert. Du kannst dir die Fotos meiner Freunde ruhig anschauen, bist ja ich. Es werden immer zeitgleich zwei Bilder gemacht, wenn du auf den Auslöser drückst: eins mit der Front- und eins mit der hinteren Kamera.«

Das ist mir jetzt schon zu kompliziert. Ich bin eben über dreißig. Trotzdem öffne ich das Programm, wie Leni mich geheißen hat, und scrolle durch die Bilder. Offiziell bin ich nämlich erst fünfzehn und in dem Alter sollte so was ein Klacks sein. Ich kenne Lenis Freunde nicht, außer Oliver, der sich am Strand mit einem Surfboard in Szene gesetzt hat. Er ist also auch Surfer wie mein Ex-Mann. An letzter Stelle sehe ich ein Meer-Foto, das Nick gepostet hat. Ich lege den Kopf schief. Der Ausblick ähnelt dem, den man hat, wenn man neben dem Fels beim Hohen See steht. Das Bild wurde vor ungefähr zwei

Minuten aufgenommen. Er sagte doch, er wäre nie mehr dort gewesen, und es klang so, als hätte er auch in naher Zukunft nicht vor, den Ort zu besuchen.

Leni positioniert sich hinter mir, weshalb ich schnell auf das Kamerasymbol klicke. »Nein, das ist falsch. Du musst hier drücken«, korrigiert sie mich und tippt auf den Auslöser. Ping! Auf dem Hauptbild ist sie nun mit ganzem Oberkörper und Kopf zu sehen, ich nur halb. Das zweite kleinere Foto am unteren Rand zeigt den Esstisch, auf dem sich die Kuchenteller und die Deko-Fliesen befinden, die ich zur Ansicht aus dem Blumenladen mitgenommen habe. Sie postet es, als es an der Tür klingelt. Aha, die neue Kaffeemaschine! Gestern bestellt, heute geliefert, wie vom Hersteller versprochen.

Beim Auspacken des Kaffee-Equipments freue ich mich so sehr darüber, als wäre es mein eigenes Haushaltsgerät. Das kann noch passieren, falls sich niemand auf die Position als Landarzt bewirbt. Aber da ich zu weit weg wohne, würde ich in diesem Fall Tobi die Maschine überlassen. Leni nimmt sie in Betrieb, weil sie ja gerade ich ist – während ich mit den Füßen auf dem Tisch in den »Meer für Dich«-Podcast reinhöre. Ich strecke ihr die Zunge heraus. Gefällt mir ganz gut, jugendlich sein zu dürfen. Jetzt wischt sie mit einem Mikrofasertuch über das Gehäuse. »Nur noch fünf Minuten, dann ist die Tauschstunde rum. Und ehrlich gesagt bin ich froh, wenn ich wieder ich selbst bin«, mosert sie.

Ja, Erwachsensein ist manchmal ganz schön anstrengend.

»Den Ring haben wir dadurch auch nicht gefunden«, bemerkt sie nachdenklich.

»Wenn du eine Idee hast, was der Satz auf der Postkarte – *Den wahren Schatz findest du immer dort, wo du dein Herz gelassen hast* – bedeutet, lass es mich wissen.«

Sie starrt mich mit offenem Mund an. »So langsam ist deine Story voll gruselig. Und dann diese London-Symbole auf der

Karte. Die musst du mir nächstes Mal zeigen. Definitiv spooky! Und du hast mich überzeugt: Irgendjemand möchte dir wohl was mitteilen. Nur wer und vor allem was?«

»Wenn ich das wüsste.«

Wir hatten einen phänomenalen Tag, haben viel geschafft und der Kuchen von Rolf Heuser war so gut, dass ich spontan beschließe, auf dem Rückweg zu Dads Villa ein frisches Brot in Heusers Landbäckerei zu besorgen.

Leider keine gute Idee, denn kaum habe ich den pittoresken Laden betreten, den ich seit Kindertagen liebe, erblicke ich Professor Doktor Meier an der Auslage. Er ist legerer gekleidet als beim letzten Mal und scheint ebenfalls in den Feierabend zu gehen. Trotzdem kann selbst die betörende Geruchskombination aus frischen Backwaren, Zucker und Vanille nicht darüber hinwegtäuschen, dass mich womöglich das nächste unangenehme Gespräch erwartet. Und das ohne Nick als meinen persönlichen Begleitschutz. Ich versuche, mich in einer Ecke zwischen den Lavendelbildern und dem französischen Ecktischchen zu verkriechen, damit er mich nicht bemerkt. Aber mein Versteck ist aufgrund der Tatsache, dass wir nur zu zweit im Geschäft sind, nicht gut genug.

»Die Sanddorn.« Wie bei der Post spricht er mich lediglich mit meinem Nachnamen an. Er kramt in seinem Geldbeutel und legt die Münzen für sein Zuckertörtchen abgezählt auf den Tresen. Ein Törtchen nur. Er scheint immer noch Single zu sein. Die Bäckereifachverkäuferin zählt das Geld nach. Frau Heuser und ihr Rolf sind sicher in der Backstube. »Haben Sie unterschrieben, Sanddorn?«

»Das ist eine einschneidende Entscheidung und wir möchten das Beste für die Patienten«, antworte ich und ärgere mich darüber, dass meine Stimme so dünn klingt.

»Die Zeiten ändern sich, Herzchen. Unabhängige Hausarztpraxen sind nicht mehr gefragt. Sie können allein nicht mit dem Fortschritt mithalten – und erst die Kosten. Das MVZ dagegen bietet alle Möglichkeiten. Die Patienten sind Teil eines funktionierenden Netzwerks aus Kompetenz und Moderne.« Seine Miene ist ernst und er klingt überzeugend.

»Meine Familie und ich sehen das anders.« Ich möchte mich nicht von seiner Art einschüchtern lassen.

»Sie vielleicht schon, aber die Mehrheit der Patienten nicht. Mein Angebot steht nicht für immer. Überlegen Sie es sich gut und schnell. Sie haben bis Sonntagabend Zeit. Dann war's das.«

Hat er mir gerade ein Ultimatum gestellt? Unbeeindruckt dreht er sich zum Gehen und lupft zum Abschied kurz den Hut, den er sich zum Schutz vor der Sonne auf das blasse Haar gesetzt hat. Meine Finger fangen an zu zittern. Nicht etwa, weil ich Angst vor ihm hätte, sondern weil es mir um Mom, ihren Nachlass und um die Patienten geht. Die Lage ist verzwickt.

Als ich gedankenverloren mit meinem Vollkornbrot in der Jutetasche durch die Vintage-Tür des Ladens nach draußen gehen möchte, stoße ich auf der Türschwelle mit Belle zusammen. Auch das noch!

»Hallo, Saskia.« Sie freut sich, mich zu sehen, und für mich ist Belle besser als Meier. Allerdings kommt es mir jetzt, da ich sie treffe, komisch vor, dass ich den ganzen Tag nichts von Nick gehört habe, obwohl ich ihn mehrfach angeschrieben habe. Bestimmt haben die beiden viel zu tun und gönnen sich nachher zum Tagesabschluss ein romantisches Dinner zu zweit mit Wein und Baguette. »Wie geht's dir? Alles gut?« Ich finde, das kann man immer fragen.

»Ja, klar. Ich fahre gleich nach Rostock. Endlich mal wieder ein Wochenende mit meinem besten Freund Flo. Er ist spontan in der Gegend«, erzählt sie aufgekratzt. »Ich freu mich voll drauf. Cocktails, Juratratsch aus München und mehr. Und bei dir?«

»Ich werde wohl das ganze Wochenende in der Praxis weitermachen, ohne Party und Cocktailschirmchen. Wenn Henry und ich nächste Woche wieder abreisen, möchte ich die perfekten Bedingungen für einen Nachfolger hinterlassen.«

»Doch keine Übergabe ans MVZ?«, hinterfragt sie meinen Meinungswechsel.

»Nicht so gerne«, gebe ich zu, und sie lächelt verständnisvoll.

»Habt ihr denn schon jemanden im Auge?«

»Leider nein, aber wir hoffen auf ein Wunder.«

»Dann drücke ich euch feste die Daumen.« Sie hält den Griff der Eingangstür fest. »Nick mag diesen Meier vom MVZ gar nicht. Aber er hat ja nichts mehr mit ihm zu tun. Eben ist er zum Strand runter, surfen. Gönnt er sich selten.«

Belle erwähnt es, so als wäre es eine Besonderheit. Dabei waren Nick und das Wort Surfen früher unzertrennlich. »Macht er das nicht oft?«, frage ich deshalb.

»Er ist nicht mehr dermaßen versessen darauf, sagen wir so.« Sie lacht. »Als Gastronom muss er sich um eine Menge anderes kümmern, das wichtiger ist als das Meer.«

Schwer vorstellbar, dass Nick seine Prioritäten derart stark verändert hat. Vielleicht liegt es eher an ihr. »Surfst du auch, Belle?«

»Auf keinen Fall! Ich bin froh, dass ich auf dem Paddleboard halbwegs stehen kann. Dein Bruder hat mir das übrigens beigebracht. Er ist echt gut darin.« Sie zupft an ihrem langen roten Rock, der ihren mediterranen Look unterstreicht. »Aber mal unter uns: Am liebsten liege ich faul am Strand in der Sonne. Gerne mit einem guten Buch, ohne mich zu bewegen.«

»Geht mir ähnlich.« Ich verschweige, dass ich früher gerne gesurft bin und das auch immer noch tun würde, wäre ich hiergeblieben. Ich weiß nicht, warum ich es seit meiner Ankunft noch nicht in Betracht gezogen habe, mich aufs Brett zu stellen. Definitiv möchte ich mich nicht vor Nick blamieren, falls ich heillos untergehen sollte – das ist schon mal sicher.

Eine Dame mit Hund drängelt sich an uns vorbei, und es ist mir peinlich, dass ich Belle so lange aufgehalten und noch dazu mit intimen Fragen gelöchert habe. »Ich wünsche euch ein schönes Wochenende mit Flo. Nick kommt doch sicher mit?«

»Danke, aber nein« – sie drückt die Tür zu Heusers Bäckerei auf –, »ich fahre allein. Freunde-Wochenende, wie gesagt. Mach's gut, Saskia.« Sie verschwindet im Inneren des duftenden Ladens.

Okay. Aber hey, ich finde es gut, wie wenig die beiden sich einengen. Ein bisschen so wie Henry und ich – wir ermöglichen uns ebenfalls gegenseitig Freiräume. Man muss schließlich nicht immer alles zusammen machen, um glücklich zu sein. Apropos – ich gehe weiter und rufe meinen Freund an, obwohl wir heute bereits per Chat kommuniziert haben. Er hängt zurzeit viel in Sitzungen fest, da kann er nicht dauernd telefonieren. Doch er geht direkt ran, fast so, als hätte er auf meine Meldung aus Büdnitz gewartet. »Hi, Darling, wie läuft dein Handwerksbetrieb?«

»Hi, Schatz. Einen Betrieb haben wir zwar noch nicht, aber wir haben viel mit den Händen gearbeitet. Das ist korrekt. Heute mit Leni«, erwidere ich, als müsste ich Rechenschaft darüber ablegen, wer wann und wie dabei ist.

»Egal mit wem. Hauptsache, ihr kommt voran und du bist das Theater dort bald los«, meint Henry.

Seine Worte versetzen mir einen Stich, den ich nicht einordnen kann. Ich merke, dass ich mich anders als noch in London fühle, wenn wir über die Räumlichkeiten sprechen. »Wie läuft es bei dir?«

»Wir sind auch fast am Ziel.« Es raschelt so, als hielte er das Mikro näher an seinen Mund, damit ihn niemand belauscht.

»Und wenn es richtig gut läuft, bin ich sogar früher in Büdnitz als geplant.«

»Echt?« Mehr sage ich nicht. Ich habe hier noch so viel zu tun, dass ich ihn vor allem als Helfer brauchen könnte. Ihm dagegen schweben sicher eher Cocktails, Sandstrand und anschließend die schnelle Rückreise nach London vor.

»Du freust dich ja gar nicht richtig«, gibt er enttäuscht zurück. Anscheinend hatte er einen ausufernden Jubelschrei von mir erwartet.

»Doch, sehr. Ich bin nur so gefangen in der Praxisrenovierung. Entschuldige. Erzähl mir mal was von dem Projekt, das du betreust. Oder ist das immer noch topsecret?«, schmolle ich leicht, weil ich nichts Konkretes darüber weiß. Sollte man als Paar nicht über das reden können, was den jeweils anderen beschäftigt?

»Geht leider momentan nicht. Der Job hat absolute Geheimhaltungspflicht. Sorry, Darling.«

»Deckt ihr die Affäre eines Staatspolitikers auf?«, bohre ich nach und lasse die Jutetasche mit dem Brot beim Gehen nach vorne und zurückschwingen.

»Sei bitte nicht sauer, aber ich muss das echt für mich behalten. Sonst platzt unsere groß angelegte Kampagne. Ich denke zwar nicht, dass du das weitererzählen würdest, nur … wir haben einen riesigen Redaktionsplan weit über die Landesgrenze hinaus entworfen. Den darf ich nicht gefährden. Das verstehst du doch, oder?«

»Sicher.« So wie ich immer alles verstehe. So wie ich High Heels trage, wenn wir bei Henrys Eltern eingeladen sind, und so wie ich mit ihnen ausreite, obwohl ich nicht gut reiten kann und kein Pferdemädchen bin.

»Sobald das Projekt beendet ist, sage ich dir Bescheid. Ich möchte, dass du es als Erste von mir erfährst. Du wirst so was von überrascht sein! Wie alle. Mein Vater wird Augen machen.

Endlich mal! Er ist nämlich heute noch ein Riesenfan von …
Oops!« Henry lacht. »Jetzt hab ich mich beinahe verplappert.
Du darfst raten, um wen es geht.«

»Jemand von den Rolling Stones?«

»Nope.«

Wie alt ist Henrys Vater noch mal? Ich habe mich noch nie
mit Beauchamps senior über Boulevardthemen unterhalten. Ich
weiß nicht, welchen Star er verehrt oder welche Musik er mag.

»Du errätst es sowieso nicht«, feixt mein Freund.

»Na gut, ich gebe auf. Du hast gewonnen.« Er ist total süß,
wenn er so aufgedreht ist. Deswegen lasse ich ihm seine kleine
Geheimniskrämerei. Außerdem haben wir in der Medizin das
Arztgeheimnis, und ich liefere ihm schließlich auch keinen
ausführlichen Bericht über Rolf Heusers Schnarchprobleme.
»Ich freu mich, wenn du früher fertig und schneller hier bist«,
beende ich das Gespräch, da ich bei Dads Villa angekommen
bin. »Und ich möchte dich endlich wiedersehen.«

»Ich tue alles dafür. Ehrenwort.«

Kapitel 6

Henry wird also bald da sein und dann werden wir abreisen, weshalb ich vorher noch eine Menge abzuarbeiten habe. Am heutigen Samstag zum Beispiel werden Tine und Nick mich teilweise bei der restlichen Renovierung unterstützen, und ich versuche schon seit gestern Abend, Tobi zu erreichen, damit er mir auf den letzten Metern ebenfalls zur Seite steht. Er ist gar nicht mehr bei Dad aufgetaucht wie sonst. Und ans Handy geht er auch nicht. Äußerst seltsam. Ich mache mir fast Sorgen um ihn. Andererseits telefonieren Tobi und ich, wenn ich in London bin, naturgemäß selten. Wir halten uns meistens via ausführlicher Sprach- und Textnachrichten auf dem Laufenden. Jetzt hätte ich ihm gerne brühwarm von der ersten offiziellen Bewerbung erzählt, die in das E-Mail-Postfach geflattert ist, das ich extra dafür eröffnet habe. Zugegeben, dieser Max Förster ist aktuell der einzige Kandidat unter der Ostseesonne, aber immerhin ein Anfang. Wir sollten uns darüber austauschen, ob er für uns infrage kommt oder nicht. Damit mein Bruder sich schon einmal einlesen kann, leite ich ihm Herrn Försters Unterlagen per E-Mail weiter.

Weil es bereits am frühen Morgen so heiß ist wie sonst erst zur Mittagszeit, trage ich Jeansshorts, dazu ein helles Top.

»Heute wäre der perfekte Tag, um am Meer abzuhängen und eine Runde auf dem Brett zu stehen.« Nick stöhnt genervt und zieht mit der Walze über die Tapete in einem der Patientenräume. »Man sieht immer noch alles durch. O Mann, wie konnte ich mich nur zu dieser Aktion überreden lassen?« Mit einem Spatel kratzt er über die Wand, auf der Mom eine Art Streifenlook verklebt hatte. »Das müssen wir zuerst entfernen.«

»Du findest, ich habe dich überredet?«

»Ich bin wohl einfach nur zu gutmütig«, spottet er, und seine Mundwinkel wandern nach oben. Dann knufft er mich belustigt in die Seite. Er trägt ein altes Feinrippunterhemd, vielleicht von Jannis, und streicht sich eine helle Strähne aus der Stirn. Bei jedem anderen würde das bescheuert aussehen. Bei Nick wirkt es sportlich. Seine Muskulatur ist deutlich sichtbar, was mich im Normalfall nicht tangieren würde. Bei ihm allerdings erinnert mich das an vergangene Zeiten: Daran, wie wir aus Spaß zu zweit Windsurfen waren und er mich auf dem Brett gehalten hat, und daran, wie ich an seiner Brust eingeschlafen bin, wenn wir frisch geduscht nach einem langen Strandtag im Bett gelegen haben …

Rums! Er lässt die schwere Kiste mit den Pappakten direkt neben meinen Füßen auf den Boden fallen. »Den Kram musste ich rausnehmen, damit wir den Schrank verschieben können, beziehungsweise, um ehrlich zu sein, solltest du die Akten mal sortieren«, unterbricht er die Bildabfolge, die eben wie ein Film durch mein Gehirn gezogen ist.

»Och nö«, jammere ich, doch Nick lässt sich nicht umstimmen.

»Wenn ihr schon kein digitales System aufweisen könnt, solltet ihr dem Nachfolger wenigstens alles ordentlich übergeben.«

Wo er recht hat … Mein Handy vibriert an meinem Hintern und ich ziehe es hervor, auch um mich noch eine Sekunde länger vor der stupiden Sortierarbeit drücken zu können. Tobi hat sich per Sprachnachricht gemeldet, endlich.

»Hi, konnte nicht ans Handy, als du angerufen hast. Ich treffe mich mit einem Kommilitonen und bin morgen Abend wieder zurück. Nächste Woche helfe ich dir ganz viel. Dickes Sanddorn-Ehrenwort.«

Mit dem Studium an der Fernuni scheint es ihm ernst zu sein. Aber ist man dabei nicht nur online unterwegs? Gut, Mitstudenten will man vermutlich auch gerne mal persönlich kennenlernen. Geschenkt.

Hab viel Spaß und mach dir keinen Kopf!, schreibe ich zurück, denn ich möchte nicht die ständig herumnörgelnde Schwester sein. Schließlich kümmert er sich überwiegend um Dad und ich bin diejenige, die sonst immer abwesend ist.

»Und?«, fragt Nick interessiert.

»Nichts und.« Ich meine, einen Anflug von Eifersucht in seiner Stimme gehört zu haben. »Muss ich dir gegenüber noch Rechenschaft darüber ablegen, mit wem ich kommuniziere?«, ziehe ich ihn auf und knuffe ihn nun meinerseits in die Seite.

»Ach was«, entgegnet er ein bisschen beleidigt. »Ich meinte das ›Und‹ wie in: Und, machen wir endlich weiter?«

»Yep, schon klar.« Ich genieße den unbeschwerten Augenblick zwischen uns und wir arbeiten mit Spaß so lange, bis Tine am Nachmittag kommt, um Nick abzulösen.

Sie hat ihr gewohntes Petticoat-Kleid gegen eine Latzhose getauscht und ziemlich üble Laune mitgebracht – das komplette Gegenteil von meinem Vormittagsprogramm.

»Was ist denn los?«, frage ich mehrfach in den kommenden Stunden, doch sie bleibt mir die Antwort schuldig. Stattdessen redet sie über Einrichtungsstile und schimpft über die schlechte Bausubstanz der Gebäude in Büdnitz, ihr eigenes Häuschen eingeschlossen. Da sie normalerweise eher eine Quelle der Inspiration ist, bin ich leicht überfordert mit ihrer Stimmung. So kenne ich sie gar nicht. Aber ich kann sie nicht dazu zwingen, sich mir zu öffnen, falls sie etwas belastet. Vielmehr frage ich mich, ob ich ihr nicht auch von den Gedanken, die mich in Nicks Gegenwart heimsuchen, berichten müsste. Ein offenes Buch bin ich momentan wohl auch nicht gerade.

Und so gehen wir an dem Abend auseinander: innerlich verbunden und doch ein wenig entfremdet, weil es nicht mehr so leicht ist wie früher, sich auf Anhieb alles zu erzählen.

Vielleicht bringt Erwachsensein das mit sich.

Der Sonntag startet exakt so, wie der Samstag begonnen hatte. Mit viel Power und Nick – und bis zum späten Nachmittag haben wir es geschafft, dass die beiden Patientenzimmer, der Vorraum und die Küche in neuem Glanz erstrahlen. Während er überall das Klebeband abnimmt, wische ich noch einmal durch. Bis auf die fehlenden Anschaffungen sind wir auf der unteren Etage fertig und haben sogar die Decken mitgestrichen.

»Glückwunsch, Prinzessin!« Nick gratuliert mir per Handschlag. Unsere Hände sind schmutzig, feucht und verschwitzt. Wir brauchen dringend eine Dusche. Doch stattdessen bekommen wir erneut Besuch von Tine, obwohl sie heute gar nicht als Ablösung vorgesehen war. Sie ist zwar nicht viel besser gelaunt, aber deutlich weniger angespannt als gestern. Vielleicht konnte sie halbwegs klären, was bei ihr los war. Der Petticoat-Rock weht um ihre Waden, dazu trägt sie wie Rotkäppchen einen Bastkorb über dem Arm.

»Hallihallo, ihr Hübschen! Da ist meine beste Freundin in der Stadt und wir sind ständig in dieser Praxis«, beschwert sie sich mit einem Augenzwinkern. »Heute bin ich als Fotografin hier, Süße.« Sie deutet auf die Spiegelreflexkamera, die um ihren Hals baumelt.

»Ehrlich? Das kommt ja wie gerufen.« Ich bin verblüfft, dass sie daran gedacht hat, die Räume professionell in Szene zu setzen.

»Na ja, ich bin ja auch gerufen worden. Nick hat gefragt, ob Leni Bilder machen könnte, weil sie ein Händchen dafür hat. Aber sie ist mal wieder mit diesem Oliver verabredet.« Der Junge scheint keinen guten Stand bei meiner Freundin zu haben. Tine legt die Kamera auf dem Anmeldeschreibtisch ab. »Jetzt bin ich als Überraschungsgast eben selbst gekommen und hab euch für die getane Arbeit eine kleine Stärkung mitgebracht.« Demonstrativ hebt sie den Korb in die Höhe. Neben einer Tüte Chips lugt eine Flasche Sekt daraus hervor. »Irgendwann müssen wir doch mal zusammen auf dieses Schmuckstück anstoßen, solange du noch da bist.« Sie dreht sich einmal um die eigene Achse. »Es sieht phänomenal aus!«

»Danke, Tinchen, das ist lieb!« Wie ein Kind spähe ich in den Korb und lupfe das Küchenhandtuch, das sie über dem Inhalt ausgebreitet hat: frische Himbeeren, drei Sektgläser und ein Fläschchen mit irgendetwas Selbstgebranntem. Himbeerschnaps, schätze ich. Interessante Mischung!

Tine hantiert schon mit der Sektflasche. »Auf euch!« Sie lässt den Korken knallen, dabei haben Nick und ich heute noch gar nichts Richtiges gegessen. Ich bin echt eine schlechte Gastgeberin, denke ich beschämt. Ich hätte wenigstens eine Pizza oder so für uns bestellen sollen. Aber wir waren so ins Schaffen vertieft, dass wir darüber das Essen vergessen haben.

»In der Klause gibt's später die Reste vom Mittagstisch«, errät meine Freundin meine Gedanken und befüllt die Gläser. »Man muss die Feste feiern, wie sie fallen. Schließlich weiß man nie, wie lange man noch seinen Frieden hat.«

Ich runzele die Stirn, weil die Redewendung weder zu ihr noch zu uns passt. Nick und ich haben auch nicht vor, uns wieder zu zerstreiten. Im Nachhinein war es den ganzen

136

Ärger rund um die Scheidung nicht wert und hat uns nur kaputtgemacht. Es ist viel schöner, miteinander befreundet zu sein und sich gegenseitig zu unterstützen. So wie jetzt und so wie in unserer Anfangszeit.

Tine mischt Schnaps und Sekt und scheint ein Gläschen Alkohol nötiger zu haben als wir.

»Dein Himbeerschnaps hat immer ordentlich Umdrehungen und wir haben noch nichts Vernünftiges im Magen«, merkt Nick an. »Aber von mir aus. Sei's drum.« Er geht ins Patientenzimmer, um die letzte Rolle Vlies, die übrig ist, in den Flur zu schaffen und auf dem Boden zu verteilen, damit wir uns setzen können. Direkt vor die Anmeldung, mit dem Rücken an den schweren Schreibtisch gelehnt. »Bitte schön.«

»Du lädst uns auf den Boden ein? Sehr galant. Du bist und bleibst ein Hippie, Bühler.« Tine lässt ein paar Beeren in die Gläser purzeln. Ihr eigenes Sektglas ist nur zur Hälfte mit Alkohol gefüllt. »Falls ich Leni irgendwo abholen muss, möchte ich ein Vorbild sein. Vor allem nach dem, was zuletzt passiert ist.«

Wir prosten uns zu, jeder aus seiner Position, und Nick trinkt einen großen Schluck, was ich verstehe, denn in der vergangenen Stunde ist uns zudem noch das Mineralwasser ausgegangen. Als ich das Glas an die Lippen setze, klingelt Tines Smartphone. Sie zieht es aus der Rocktasche, schaut desinteressiert und viel zu kurz drauf, offensichtlich genervt drückt sie den Anrufer weg. Ihrem Gesichtsausdruck nach scheint es jemand gewesen zu sein, der das Potenzial hätte, ihr den Tag zu verhageln.

»Ich mach mal die Fotos«, setzt sie uns kurzerhand in Kenntnis, platziert Telefon und Sektglas auf dem Schreibtisch und zieht mit der Kamera ins Nebenzimmer. Doch sie hat wohl nicht damit gerechnet, dass es wenige Sekunden später erneut bimmeln würde. Nick schaut mich unschlüssig an.

Als er sich gerade erheben will, um das Gespräch zu beantworten, schießt Tine aus dem Zimmer nebenan. »Lass das! Ich kann später zurückrufen.« Wir beobachten, wie sie den Anrufer wiederholt wegdrückt. Sie hält das Gerät noch in der Hand, um es lautlos zu stellen, da klingelt es erneut. Offenbar ein hartnäckiger Zeitgenosse. »Herrschaftszeiten!«, schimpft sie.

»Ist alles okay?« Nick zieht die Brauen zusammen. Sicher hat er das gleiche ungute Gefühl wie ich. »Geh lieber ran. Scheint wichtig zu sein«, insistiert er, und ich spüre, wie sehr er sich um seine langjährige Mitarbeiterin und unser beider Freundin sorgt.

»Bitte. Wie du meinst.« Tine verdreht die Augen. »Hallo«, spricht sie in den Hörer, und sofort ist klar, dass sie den Raum verlassen wird. Beim Hinausgehen ist sie ganz fahrig. Ich erlebe sie selten zerstreut, höchstens mal, wenn es um Leni geht.

»Was? Nein. Wovon redest du? Ich habe nichts gesagt. Zu niemandem. Warum sollte ich, nach all den Jahren? WAS willst du von mir?« Sie biegt in die Küche ab, den Raum, der am weitesten von uns entfernt liegt.

Nick und ich tauschen einen verständnislosen Blick, weil keiner von uns zuordnen kann, mit wem sie telefoniert. Er kennt die meisten Leute, mit denen Tine zu tun hat, denke ich, und ich eigentlich auch, zumindest vom Hörensagen.

Durch die Wände vernehmen wir ihr aufgeregtes Gemurmel. Als sie zurückkommt, hat sie einen hochroten Kopf.

»Kann ich dir helfen?« Ich kann mich nicht zurückhalten, irgendetwas ist komisch an ihr.

»Nur eine kleine Meinungsverschiedenheit innerhalb der Familie.« Sie bringt die Spiegelreflexkamera um ihren Hals wieder in Position und schiebt sich das Haarband in den Locken zurecht. Mir kommt es nicht so vor, als hätte es sich um ein Familienmitglied gehandelt, denn ich kenne Tines Verwandtschaft und niemand davon löst bei ihr derartige

Gefühle aus. Ich begleite sie während des Fotografierens, doch sie lässt sich auf kein Gespräch bezüglich des Anrufers ein. »Familie kann nervig sein«, wiederholt sie und hält mir nach wenigen Minuten in Raum 1 das Display vor die Nase. »Wie findest du das?« Sie flippt durch die Schnappschüsse.

»Wow! Da sieht man, von wem Leni das Talent hat.« Parallel knipse ich zwei Bilder mit dem Handy, die ich direkt per Mail an Max Förster weiterleite, damit er sich anschauen kann, wie sein zukünftiger Arbeitsplatz aussieht. Dazu schreibe ich, dass ich ihn wegen eines konkreten Termins kontaktieren werde. Tobi wird schon nichts dagegen haben. Wir müssen froh sein, dass sich überhaupt jemand gemeldet hat. »Man könnte deine Bilder super für den Aufbau einer Website nutzen, Tine.«

»Leni kann so was programmieren.«

»Kann sie auch ein Buchungstool einbauen, wo die Patienten direkt online einen Termin ausmachen können?«, setze ich noch einen drauf.

»Bestimmt. Vergiss nicht ein Servicetool für die Beantragung von Rezepten und Krankmeldungen.« Wie beim Tennis spielen wir uns gegenseitig Ideen zu. »Ich wusste immer, dass du eine hervorragende Ärztin bist, Süße, aber dass du mit solcher Leidenschaft an der Praxisentwicklung arbeitest, obwohl du sie nicht übernimmst, hätte ich nicht gedacht.« Tine klopft mir anerkennend auf die Schulter. Dabei ist ein bisschen Einsatz doch ganz normal, oder nicht?

»Ja, ich habe deine Begeisterung für die Medizin irgendwie unterschätzt, Saskia.« Nick ist im Türrahmen erschienen. »Damals schon. Eine Zeit lang war ich sogar enttäuscht, weil du meine Entscheidungen nicht nachvollziehen konntest.«

»Falsche Erwartungen. Es liegt meistens an falschen Erwartungen, Leute.« Tine tippt ihm auf die Brust und schiebt sich an uns vorbei. »Ich bearbeite die Dateien zu Hause und sende sie dir. Eventuell aber erst, wenn ich morgen mit Leni aus Rostock zurück bin. Ein Mutter-Tochter-Ding.«

»Wie schön. Dann wünsche ich euch viel Spaß! Und danach hänge ich dir nur noch auf der Pelle. Du wirst mich gar nicht mehr loswerden.« Ich zwinkere ihr zu. Die letzte Zeit hier möchte ich auf jeden Fall mit ihr verbringen.

Sie geht und Nick und ich bleiben allein im Flur zurück. »Ich glaube, ich habe dich und deine Bedürfnisse am Ende unserer Ehe nicht mehr wahrgenommen.«

Ich muss mich bemühen zu verstehen, was Nick eben gemurmelt hat. »Ich weiß nicht. Vielleicht haben wir uns beide nicht mehr ausreichend beachtet«, antworte ich ihm.

Einträchtig gehen wir zurück zur Anmelde und setzen uns wieder auf den Boden, den Rücken an den Schreibtisch gelehnt. Es riecht nach frischer Farbe.

»Am liebsten hätte ich Tine geholfen oder wenigstens erfahren, was sie bedrückt. Sie war gestern schon so komisch«, erzähle ich ihm.

»Sie ist seit Längerem irgendwie unruhig.« Er gießt uns Sekt und Himbeerlikör nach, während er spricht. Ehrlich gesagt schmeckt diese Mischung ziemlich gut, vor allem mit den frischen Beeren.

Nach dem dritten Glas öffne ich das Fenster gegen den stechenden Farbgeruch, weshalb wir die Vögel zwitschern hören. Die Flaschen sind leer und wir reden noch über Tine, alte Bekannte und Büdnitz. Schließlich verabreden wir uns für den nächsten Tag zum Surfen.

»Okay, ich breche dann mal auf. Gehst du mit?«, fragt Nick und meint damit, ob er mich zu Dads Villa begleiten soll. Obwohl es eine ganz normale Frage ist, klingt es wie das »Willst du mit mir gehen?« eines Teenagers. »Saskia Sanddorn, willst du mit mir zusammen sein?«, hatte er mich mit vierzehn Jahren feierlich gefragt und mir selbst gepflückte Blumen überreicht.

Meine Wangen hatten geglüht und ich konnte nicht glauben, dass dieser sportliche, gut aussehende Junge sich in mich verliebt hatte.

Heute ist ihm lediglich daran gelegen, dass ich sicher nach Hause komme.

»Nein, geh nur. Ich schließe noch die Fenster, reinige die Kaffeemaschine, lasse die Rollläden runter, all so was. Danke für deine Hilfe! Wenn wir dir als Familie deine Arbeitszeit bezahlen können, tun wir das sehr gerne, Nick.«

»Das wäre eine echte Beleidigung«, wehrt er ab und packt seine Sachen zusammen. »Verbuch es als Wiedergutmachung.« Er umarmt mich freundschaftlich, und wenig später stehe ich allein in dem verwaisten Praxisflur. Ich atme tief durch und räume die Flaschen zurück in Tines Korb. Mir ist ein bisschen schwindelig, als ich die Lichter in der Küche lösche. Der Alkohol hat seine Spuren hinterlassen. Es ist dunkel, lediglich an der Anmelde brennt noch die Schreibtischlampe.

Da quietscht plötzlich die Haustür und ich höre Schritte im Flur. Sicher Nick, der was vergessen hat. Ich muss mich morgen unbedingt darum kümmern, die Tür zu reparieren.

»Nick?« Ich trete aus der Küche.

»Bühler ist nicht hier«, antwortet mir eine Stimme, von der ich mir gewünscht hätte, sie bis zu meiner Abreise nicht mehr hören zu müssen. »Sie sind allein, Sanddorn!« Es ist Professor Doktor Meier. Woher weiß er, dass ich hier bin, und was will er von mir? Er muss das Licht gesehen haben. »Sie haben mein Angebot nicht unterzeichnet«, fasst er den Grund seines Erscheinens zusammen.

»Das ist Hausfriedensbruch.« Ich stemme die Hände in die Hüften, während er in den Angebotspapieren blättert, die auf dem Schreibtisch liegen. Sein Blick streift den Bastkorb.

»Die Tür war nicht verschlossen, insofern ist das kein Hausfriedensbruch, Sanddorn. Und wir hatten eine

Verabredung, Sie und ich. Aber vielleicht konnten Sie meine Telefonnummer in der Kopfzeile des Vertrags nicht lesen, um sich zurückzumelden.« Unschuldig steckt er die Hände in die Taschen seines dunklen Trenchcoats. Ich frage mich prompt, ob es draußen so kühl ist oder ob er ihn nur trägt, um noch unheimlicher zu wirken. »Ich möchte, dass wir uns einigen, Sanddorn. Im Guten. Oder nicht im Guten, wenn Sie es drauf anlegen.«

»Wollen Sie mir drohen?« Er ist ein älterer Herr und er hat keine Waffe in der Hand, trotzdem kriecht nun doch die Furcht in mir hoch. Was hat er vor? Ich habe gesehen, wie er mit dem Skalpell umgeht, ich kenne seine Emotionslosigkeit im Operationssaal und mit den Patienten. Er hat zahlreiche wichtige Kontakte in der Medizinbranche. Es gibt viele, die ihn und seine Arbeit sehr schätzen. *Er hilft und doch ist er kein guter Mensch*, schießt es mir durch den Kopf, als würde Mom mich warnen wollen.

»Ich fühle mich unwohl mit Ihnen und muss Sie bitten zu gehen. Da ist die Tür.« Jede Faser meines Körpers ist zum Zerreißen gespannt, weshalb ich unfähig bin, mich zu bewegen.

»Das ist ein schwerer Fehler, Sanddorn! Ich werde Sie fertigmachen! Sie und Ihre ganze Sippschaft.« Er wird keine Spur laut, was es umso beklemmender macht. »Sie wollen einen neuen Arzt in Büdnitz, den niemand kennt?«, spuckt er verächtlich aus. »Meine Pressekontakte warten. Sie sollten Ihre Meinung schnell ändern, denn wenn ich mit Ihnen fertig bin, wird niemand mehr diese Praxis betreten. Nie wieder.«

»Raus!«, schreie ich, und meine Stimme zittert. Wie konnte ich diesen Mann jemals bewundern? Ich drehe mich weg und schlage die Hände vors Gesicht. Das habe ich nicht gewollt. Ich möchte, dass Moms Erbe wertgeschätzt wird. Ich möchte, dass es allen gut geht.

»Hey, Saskia, ich wollte nur noch mal fragen, ob du nicht doch mitgehen willst. Wir sind beschwipst und du solltest nicht allein … hey, hey, hey, was ist denn hier los? Warum stehst du im Halbdunkel?« Nick macht das Licht an, kommt zu mir und legt sofort von hinten beide Arme um mich. Mein Körper bebt. Tränen bahnen sich den Weg über meine Wangen. Ich kann sie nicht aufhalten.

»Meier war da«, stoße ich schluchzend hervor, und es fühlt sich an, als stünde sein Geist immer noch vor mir.

»Hier drin?« Nicks Blick verfinstert sich. »Ich habe ihn gar nicht gesehen, als ich zurückgekommen bin. Hat er dir etwas getan? Wir sollten ihn anzeigen.«

»Nein, nein«, beschwichtige ich ihn.

Er lässt mich los. »Du nimmst ihn doch nicht etwa in Schutz? Nur, weil er mal ein guter Chirurg war.«

Ich fasse mir an die Stirn, als würde ich fiebern. »Nick, ich weiß nicht, was mit mir los ist. Er hat gesagt, er macht mich fertig«, bringe ich hervor. »Damit macht er auch Mom fertig. Ich wollte doch ihr Erbe weitergeben und für alle das Richtige tun.«

Nick nimmt mich in den Arm. »Eine Drohung ist auch eine Straftat, und man kann es nicht immer allen recht machen.«

»Aber was, wenn die Patienten an Meier fallen? Jannis und die Heusers und viele andere. Ich möchte das nicht, Nick.«

»Das können wir nicht ändern.«

»Was, wenn Meier diesen Doktor Mark Förster auflaufen lässt, wenn er die Praxis übernommen hat?«

»Saskia, beruhige dich bitte und lass dieses Was-wäre-wenn-Denken sein. Meier macht überhaupt niemanden fertig. Das werden wir verhindern.« Tröstend wischt er mir mit dem Handrücken über die Wange. »Du bist noch genauso emotional wie früher«, stellt er fest und versucht, eine meiner Strähnen um seinen Zeigefinger zu wickeln, was nicht funktioniert, weil sie zu kurz ist. »Trotz der unpraktischen Frisur.«

Damit entlockt er mir ein kleines Lächeln.

»Nein, ernsthaft – im Grunde bist du dieselbe geblieben: deine Augen, dein Gesicht, die Ausstrahlung. Du bist nach wie vor … ich meine, ich mag …«, stammelt er. »Sorry, liegt wohl am Sekt«, bricht er ab.

»Können wir noch ein bisschen hierbleiben?«, bitte ich ihn und setze mich wieder auf das Vlies. »Ich bin erschlagen. Wäre das okay?« Die benebelnde Wirkung des Likörs rauscht durch meine Adern. Wie hochprozentig war der, zwanzig oder vierzig Prozent?

»Okay, wir bleiben noch ein bisschen. Ich hole die Fleecedecken und Kissen aus den Patientenzimmern. Der Boden ist zu kalt und die Fliesen zu ungemütlich.«

»Meinst du, ich sollte Teppichboden verlegen?«, scherze ich, um die gedrückte Stimmung erträglicher zu machen.

»Das schaffen wir nicht mehr bis Freitag, Sassi«, ruft er von drüben. »Ist in dem Korb von Tine noch was drin?« Zu seinen besten Zeiten war Nick genauso umsichtig wie jetzt. Zu seinen schlechtesten war ihm an niemandem gelegen.

Ich wühle in dem Bastkorb und nehme eine kleine Plastikflasche heraus. »Hier ist noch Wasser.« Hastig trinke ich einen großen Schluck. Vielleicht wird mein Verstand dadurch wieder klarer. »Und im Kühlschrank liegt eine Schachtel Pralinen, falls du Hunger hast«, rufe ich ihm zu.

Er lacht. »Nichts Essbares im Haus außer Schokolade.« Bepackt kommt er zurück, breitet die Decken auf dem Vlies aus und ich helfe ihm. Wie aus einem Mund sagen wir: »Wir essen nun mal gerne Süßes, Schätzchen!«

»Du weißt das noch?« Es zerreißt mir fast das Herz, als ich an Mom denke, wie sie an dem einen Abend mit einer Schachtel Merci durch die Praxis getanzt ist und sich gefreut hat, dass eine Patientin sie ihr vorbeigebracht hatte. Mein Bruder und ich waren damals im Grundschulalter. »Das sind die kleinen Freuden des Lebens, die man wertschätzen muss, bevor es vorbei ist«, hat sie gesagt und meine Hände ergriffen, um sich mit mir im Kreis zu drehen. Tobi hat mitgemacht. Seit ich hier bin, überkommen mich all die Erinnerungen an sie, die ich verdrängt hatte, damit sie mir nichts anhaben konnten.

Nick verteilt die Kissen auf den Decken und setzt sich mit der Pralinenschachtel in die Mitte des Lagers. »Geht doch, oder?«

»Perfekt«, murmele ich und rutsche zu ihm, nicht ohne mir eine Praline zu nehmen.

»Ich erinnere mich ebenso gut an deine Mutter wie du. Ich war ja die meiste Zeit bei euch und Tobi ist schon ewig mein bester Freund. Außerdem bist … warst du, du weißt schon … meine Freundin«, reißt er sich zusammen.

»Es ist ziemlich lange her, dass wir so miteinander geredet haben.« Es fällt mir schwer, die richtigen Worte zu finden. Er antwortet nicht mehr, doch ich spüre seinen Blick auf mir ruhen. Werden wir melancholisch oder liegt es daran, dass Meier eben hier war und ich deswegen so durcheinander bin?

»Wir sind nur beschwipst. Warte mal.« Nicks Hand nähert sich meiner Wange. »Du hast da Schokolade.« Behutsam reibt er sie weg.

Obwohl ich eine Armlänge von ihm entfernt sitze, beginnt meine Haut zu prickeln. Aus irgendeinem Grund möchte ich kein schlechtes Gewissen deshalb haben müssen. »Wird Belle nicht versuchen, dich anzurufen?«

»Ich habe gar kein Handy dabei.«

»Tine hat recht: Du bist ein Hippie, Bühler«, rufe ich lachend. »Henry beschwert sich schon, wenn ich mal nicht direkt zurückschreibe, zumal ich außer dem Messenger keine Social-Media-Kanäle nutze.«

»Das Smartphone stört mich vor allem in der Kneipe, wenn ich fokussiert arbeiten muss, und Belle weiß, dass ich kein Freund von dem digitalen Kram bin. Klar ist es praktisch, aber im Grunde wird man doch ständig in dem, was man tut, unterbrochen.«

»Habt ihr euch dann heute gar nicht gesprochen?« Ich nehme mir noch eine Praline, eine klassische Übersprunghandlung.

»Wir haben gestern telefoniert. Warum interessiert dich das so?« Er verschränkt die Arme vor der Brust. Das Licht der Schreibtischlampe lässt seinen Körper als Schatten auf der dahinterliegenden Wand größer wirken. »Wie oft sprichst du denn mit deinem Freund?«

»Eigentlich täglich.«

»Eigentlich oder uneigentlich?«

»Täglich«, versichere ich.

»Werdet ihr heiraten?« Die Frage kommt unverblümt und hallt in dem kleinen Flur wie ein Echo wider.

»Wir hatten es mal vor.« Ich winkle die Beine an und stütze mich mit den Ellenbogen darauf ab.

»Und was ist dann passiert?« Nick sieht mich so fragend von der Seite an, dass mir noch schwindeliger wird, als mir eh schon ist.

»Wir waren noch nie so lange getrennt wie jetzt. Mal sehen.« Ich lege mich auf den Rücken und schiebe eins der Kissen unter meinen Kopf. Nick tut es mir gleich. »Willst *du* denn noch mal heiraten?«, frage ich ihn vorsichtig. Wir liegen nebeneinander, als würden wir gemeinsam in den Sternenhimmel schauen.

Nick hat die Arme hinter dem Nacken verschränkt. Er überlegt. »Warum eigentlich nicht? Aber dieses Mal möchte ich in Vegas heiraten. Nur zu zweit. Definitiv gibt es nicht mehr so ein großes Fest mit so vielen Gästen, fettem Essen und tausend verschiedenen Kuchen. Ich möchte den Moment nicht für andere kreieren, sondern für mich.«

»Das sehe ich auch so«, stimme ich zu, obwohl ich weiß, dass für mich eine Hochzeit mit Henry weder klein noch intim werden würde. Seine Mutter hat bereits vor Monaten eine Liste mit ungefähr dreihundert Leuten vorbereitet, die sie im Falle einer Verlobung einzuladen gedenkt. Und das wäre nur die Verlobung. Sie bestehen förmlich auf einer pompösen Hochzeitsfeier. »Henrys Mutter wünscht sich Enkelkinder, und sein Vater will, glaube ich, vor allem, dass sein Sohn unter der Haube ist.« Ich schlage die Hand vor den Mund. »Das war gemein, sorry. Aber manchmal fühlt es sich so an.« Wieder bin ich so ehrlich zu Nick wie sonst nicht mal zu mir selbst.

»Man sollte die Flinte nie zu früh ins Korn werfen.« Er kratzt sich am Kopf. Ich bin mir nicht sicher, ob er mit dem Spruch meine Lage mit Henry oder etwas anderes gemeint hat.

»Bist du nicht auch ein gebranntes Kind, was das Heiraten betrifft?«, frage ich ihn.

»Wenn man immer direkt aufgibt, nur weil man eine schlechte Erfahrung gemacht hat, kommt man nicht weit. Das ist zumindest meine Meinung.« Er dreht sich auf die Seite, um mich anzusehen.

Ich tue dasselbe und halte instinktiv die Luft an, weil unsere Gesichter einander dermaßen nah sind, dass ich seinen Atem an meinem Hals spüren kann. Das Türkisblau seiner Iris ist so strahlend wie damals.

»War ich derart unerträglich, dass du mich nicht mehr lieben konntest?«, fragt er leise und senkt den Blick.

»Du warst scheiße unerträglich, Nick!« Ich stoße Luft aus und schüttele den Kopf. »Aber ich habe dich immer geliebt. Sehr sogar. Deswegen hat es mir richtig wehgetan, als ich gehen musste.«

»Ich hab mich einsam gefühlt ohne dich, Sassi. Aber ich habe es irgendwann verstanden.«

Ich habe diesen Mann selten so traurig gesehen wie gerade jetzt – außer bei der Beerdigung seiner Großmutter. Behutsam setze ich mich auf und möchte mich über ihn beugen, um ihn zu trösten, doch das wäre ein falsches Signal. Deshalb sitze ich nur da und lasse die Erinnerungen wie Wolken schweigend an mir vorbeiziehen. Wie er mir das Surfen beibringt und ich bei der kleinsten Welle mit dem Brett umkippe. Wie wir auf Handtüchern im Sand in der Sonne liegen und das Leben genießen. Wie wir uns am Strand geküsst haben. Es hat salzig geschmeckt und ich wollte mehr.

Im Raum ist es still und ich bete inständig, dass Nick keinen meiner Gedanken errät.

In dem Moment setzt er sich auf und gibt mir einen flüchtigen Kuss auf den Mund. Unvermittelt, schnell und plötzlich. Ich bin sprachlos. Ob er das Pochen meines Herzens ebenso laut hört wie ich? Er schmeckt nach Himbeeren und Alkohol und wir sitzen immer noch so dicht beieinander, dass ich die Wärme seines Körpers spüren kann. Und dann tue ich einfach, was ich tun will: Ich küsse ihn auf die weiche Wangenstelle. Langsam und vorsichtig, weil ich nicht weiß, ob er das möchte. Instinktiv lege ich meine Hände an sein Gesicht und meine Lippen zärtlich auf seine. Ich habe Angst, richtig viel Angst. Zuerst glaube ich, ihm geht es genauso, doch dann wird sein Kuss stürmischer und leidenschaftlicher. Ich atme schneller und er auch. Er drückt mich sanft zurück und bringt mich dazu, mich auf den Rücken zu legen. Wir können gar nicht mehr damit aufhören, uns zu küssen. Ich schiebe mich immer näher an ihn und seine Hand wandert von meiner Wange über meinen Hals bis zu meiner Hüfte. Es ist, als ob jemand die Zeit zurückgedreht hätte. Als ob im Hier und Jetzt nur noch wir beide existieren und alles andere bedeutungslos geworden wäre. Er küsst meinen Hals und ich ziehe ihm wie aus Gewohnheit das Shirt vom Oberkörper, um mehr von ihm zu fühlen. Er lächelt und ich richte mich sanft auf. Wir reden nicht, stattdessen versteht er meine Geste, zieht mir ebenfalls das Shirt über den Kopf und wirft es zur Seite.

Als er mich wieder nach hinten drückt und ein weiteres Kissen unter mir platziert, spüre ich einen Hauch Nervosität. Seine Küsse erkunden jeden Zentimeter meiner Haut. Ich will ihn genauso sehr, wie ich ihn früher gewollt habe. Er schiebt sich über mich und atmet schwer.

Und dann versinken wir in etwas, das niemals hätte passieren dürfen.

»Fuck, Saskia! Saskia, wach auf!«

Ich öffne ein Auge und blinzle gegen das Schreibtischlicht an. Ich liege in Nicks Arm, eng an seine Brust gekuschelt, über uns eine Fleecedecke. Welches Jahr haben wir und wo bin ich? »Guten Morgen«, presse ich heraus. Das Jahr fällt mir ein und ich hebe die Decke. Ich trage keine Kleidung. Hervorragend.

»Guten Morgen. Wir sind eingeschlafen.« Nick bewegt sich hektisch. Er zieht seinen Arm unter meinem Kopf hervor und greift nach den Boxershorts, die neben ihm liegen. »Fuck«, wiederholt er. »Ich müsste längst in der Kneipe sein. Wir haben schon acht Uhr. Um die Uhrzeit kommt die erste Getränkelieferung.«

»Scheiße.«

»Yep, Sassi – auch ein nettes erstes Wort, direkt nach guten Morgen.« Schwer einzuschätzen, ob er sauer ist, weil ich mich genauso wahllos ausdrücke wie er, oder weil wir letzte Nacht Mist gebaut haben. Was bedeutet »Mist gebaut« in dem Zusammenhang überhaupt genau?

Er wirft mir einen Blick zu, den ich nicht deuten kann. Aber ich weiß, wie sehr er Lügen hasst, und dass er Belle heute gegenübertreten muss, wird ihm nicht leichtfallen.

»Vielleicht behalten wir es für uns?«, schlage ich dezent vor.

Er legt den Kopf in den Nacken und atmet aus. Dann steigt er in seine Jeans. Ich verstehe, dass er unter Zeitdruck steht, und ich kann ihm keinen Vorwurf machen. Es wäre trotzdem gut, wenn er mir antworten würde, wie wir uns verhalten wollen. Er verschwindet auf die Patiententoilette und ich greife nach meinem Handy: mehrere verpasste Anrufe. Von unbekannt und Tine. Darüber hinaus drei neue Nachrichten, zwei von Henry und eine von Tine, in der nur steht, dass ich mich melden soll. Mir wird übel. »O Mann, Nick«, seufze ich, als er wieder aus dem Bad kommt.

»Ich weiß. Aber bitte nicht jetzt. Das bringt nichts.«

»Wann dann?«

»Ich habe keinen Plan. Ich habe nicht damit gerechnet, dass wir ...« Hektisch zieht er seine Schuhe an. »Ich war auch noch nie in so einer Situation. Wir schreiben, okay?« Er gibt mir einen Kuss auf die Stirn wie in einem dieser Filme, wo sich der Mann danach nie mehr bei ihr meldet.

»Es sollte besser niemand erfahren, oder?«, versuche ich es noch einmal.

Er schaut mir nicht in die Augen und geht zur Haustür. Dort dreht er sich doch noch mal nach mir um. »Ich fand es nicht scheiße, Prinzessin. Auch wenn mich dafür der Teufel holt. Es war wunderschön!«

Nach dieser Ansage geht er und ich fühle mich, als hätten wir uns zum zweiten Mal getrennt.

Ich ziehe mich an und überlege gleichzeitig, was ich Henry zurückschreiben könnte. Just im Moment kann ich nicht so tun, als wäre nichts passiert, deshalb verschiebe ich das erst einmal. Nicks Berührungen gehen mir nicht aus dem Kopf, so sehr ich mich auch bemühe. Tine werde ich auch erst zurückrufen, wenn ich zu Hause bin. Sie würde mir meine Unsicherheit sofort anhören. Die verpasste unbekannte Nummer war bestimmt Meier. Mir rutscht das Herz in die Hose, als mir einfällt, wie er mir gestern gedroht hat. Ich falte die Decken und bringe die Kissen dahin zurück, wo sie hingehören. Anschließend ziehe ich alle Rollläden hoch. Es gibt keinen Schalter dafür, das System ist aus den Achtzigerjahren. Danach bin ich total flatterig, weswegen ich mich dazu entscheide, mit Tobi über alles zu sprechen, doch sein Handy ist aus. Er ist nicht erreichbar.

Als ich das Vlies auf dem Boden zusammenrolle, komme ich mir vor wie eine Täterin, ohne eine Straftat begangen zu haben. Meine Haare sind durcheinander, die Kleidung sitzt schief und man kann mir den Sex bestimmt ansehen. Ich trage Tines Korb im Arm, als ich endlich, nach gefühlt stundenlangem Grübeln, die Praxistür hinter mir schließe. Natürlich könnte ich meine Freundin besuchen und mir alles von der Seele reden, aber ich möchte sie nicht mit hineinziehen. Sie arbeitet für Nick und ist auch mit Belle befreundet.

Auf dem Weg zu Dads Villa begegne ich zuerst Frau Heuser, die mich nicht wie sonst freudestrahlend begrüßt. Sie schenkt mir vielmehr einen argwöhnischen Blick oder es kommt mir nur so vor. An der nächsten Straßenecke, in der Nähe des Rathauses, werde ich dann von Herrn Niemeyer, unserem ehemaligen Grundschullehrer, abgefangen. Niemeyer hatte schon mit vierzig eine hohe Stirn und kahle Stellen am Hinterkopf. Er sah und sieht exakt so aus, wie man sich einen Lehrer des alten Schlags vorstellt.

»Saskia. Furchtbare Sache, oder?«

Ich habe keine Ahnung, wovon er redet. »Hallo, Herr Niemeyer.«

Er öffnet den obersten Knopf seines Poloshirts, als müsste er sich Luft machen. »Ich wusste nicht, dass du wieder da bist. Bis ich nach der Tragödie gestern davon gehört habe. Wie dem auch sei, ich habe eine Frage, wenn du erlaubst«, kommt er ohne Umschweife zum Punkt.

Seine private sogenannte Tragödie des Vortages geht mich nichts an. Ich habe die Erfahrung gemacht, dass ich noch nicht einmal in den Blumenladen gehen kann, ohne wegen eines medizinischen Aspekts angesprochen zu werden. Mir ist mittlerweile bewusst, dass das Fehlen einer vernünftigen Arztpraxis in Büdnitz ein echtes Problem darstellt. Ich entspanne mich, ich kann das. »Wie kann ich Ihnen helfen?« Ich stelle den Korb zwischen meinen Füßen ab und höre bereitwillig zu, was er erzählt. Doch obwohl ich mich voll konzentriere, geht die Hälfte an mir vorbei. Er berichtet etwas von Herzstolpern, Stechen und einem gelegentlichen Engegefühl in der Brust. So wie er vor mir steht und gestikuliert, sieht er jedoch recht fidel aus. Aber das muss nichts heißen.

»Schlimmstenfalls könnte es wiederkehrendes Vorhofflimmern sein. Ich gehe nicht von Panikattacken oder Stress aus. Sie sollten schnellstmöglich einen geeigneten Kardiologen aufsuchen. Ich habe zwar eine Zusatzausbildung, aber weder ein Ultraschallgerät noch andere technische Möglichkeiten«, bedauere ich. »Wenn der Kardiologe nichts findet, kann man weitersehen. Erst mal lieber abklären lassen.«

Er sieht nicht enttäuscht aus, obwohl ich ihn nicht weiterbehandeln konnte. »Danke für den Tipp, Saskia. Und: Mach dir nichts draus wegen gestern.« Er klopft mir auf die Schulter. »Du weißt ja, die Leute reden gern.« Er schüttelt den Kopf und geht weiter.

Ich schaue ihm hinterher und bin einigermaßen verwirrt. Was für ein Tag! Ich greife nach dem Korb, komme aber nur bis zum Blumenladen, in dem Merle, die Tochter von Doktor Martens, neben hübsch gebundenen Sträußen auch den handgefertigten Schmuck ihrer Mutter anbietet. Helene Martens ist Goldschmiedin und ich würde mir die Schmuckstücke zu gerne ansehen, doch aktuell muss ich dringend unter die Dusche und meine Kleidung wechseln. Ich hoffe darauf, dass Dad weg ist, wenn ich heimkomme, um vielleicht einen Abstecher in die Kanzlei zu unternehmen, mit Nepomuk spazieren zu gehen – na ja, nicht wirklich –, einfach irgendwas. Er ist nämlich ein richtiger Fuchs darin, Geheimnisse zu ergründen, und ich habe eins. Meine Finger zittern und mein Herz holpert – und das liegt nicht an einem kardiologischen Problem wie bei Herrn Niemeyer. Ich fühle mich schäbig.

»Huch!« Ich kann gar nicht so schnell ausweichen, wie Belle und Tine aus der Tür des Blumenladens schießen. Belle hält einen großen Strauß in der Hand und ihre Gesichtszüge sind entspannt. Die Frau sieht fabelhaft aus – im Gegensatz zu mir.

»Guten Morgen, Saskia!«, grüßt sie mich freundlich, und mein Hals ist dermaßen trocken, dass ich mich räuspern muss, bevor ich antworten kann. Sie ist immer so nett zu mir. Warum muss sie mir ausgerechnet jetzt begegnen?

»Hey, ihr zwei. Ihr seid schon unterwegs?«, kommt es unbeholfen aus meinem Mund. »Tine, ich wollte dir deine Sachen zurückbringen.«

Der Blick meiner Freundin wandert von dem leeren Bastkorb direkt in mein Gesicht. Sie weiß, dass ich aus der Praxis kommen muss. Ich brauche mich nicht zu fragen, ob sie etwas ahnt. »Saskia«, sagt sie ernst. »Wir konnten dich nicht erreichen. Es ist zwar nicht deine Verantwortung, aber ...«

»Ist es wirklich nicht«, pflichtet Belle ihr bei. »Du bist nur Gast in Büdnitz.«

Aus ihrem Mund klingt es, als sollte ich besser hurtig die Koffer packen. Irgendwie habe ich den Eindruck, als ob die beiden Wissen teilen, von dem ich keine Ahnung habe. »Was ist los?« Mit einer Hand versuche ich, den desolaten Zustand meines Outfits und meiner Frisur in Ordnung zu bringen, als würde das etwas nutzen. Aber selbst wenn sie denken, dass ich mich mit einem Mann getroffen habe, muss es ja nicht zwangsläufig Nick sein. Ich bin so aufgeregt, dass ich den Korb immer fester umklammere, obwohl ich ihn an Tine übergeben müsste.

»Du hast es nicht gehört?«, fragt sie fassungslos. »Wir haben Blumen besorgt und Belle fährt gleich mit Nick ins Krankenhaus nach Moerz.«

Okay, das sind definitiv zu viele Informationen auf einmal, was man mir wohl ansieht.

»Jannis hatte gestern Nacht eine Art Krampfanfall«, erklärt sie weiter. »Zum Glück war er bei Heusers zum Kartenspielen und die haben direkt versucht, dich zu erreichen. Herr Heuser hat deine Nummer?«

»O mein Gott. Ja, ich hatte Herrn Heuser meine Nummer gegeben, als er bei mir in der Praxis war, für den Fall, dass er Fragen hat.« Ich kombiniere, dass er der verpasste unbekannte Anrufer gewesen sein muss. »Was ist mit Jannis?«

»Keine Sorge, es geht ihm inzwischen wieder gut. Er hat anscheinend ein falsches Medikament genommen«, beruhigt Tine mich.

»Nick war total außer sich.« Belle riecht an den Blumen. »Ich weiß gar nicht, wo er war. Er hat ja oft sein Handy aus oder irgendwo rumliegen.«

»Seit wann bist du zurück?«, frage ich. Ich muss es einfach wissen.

Sie kneift die Augen zusammen. »Seit einer Stunde. Wieso?«

»Nur so.«

Tine kommt mir zu Hilfe. »Na, weil du ja sonst neben ihm aufgewacht wärst, Belle.« Meine Freundin schenkt mir einen scharfen Blick, woraufhin ich ihr den Korb in die Hand drücke. Am liebsten würde ich im Erdboden versinken.

»Danke noch mal, Tine. Ich muss zu Dad«, stammele ich.

»Dein Vater ist in die Kanzlei gegangen, kennst ihn ja: Er ist selbst und ständig, wie er immer sagt. Ich habe ihn eben auf der Straße getroffen, musste mich aber beeilen, weil ich Nick begleiten möchte. Er war schrecklich aufgelöst wegen seinem Opa.«

»Jannis ist aber so weit wieder okay«, führt Tine Belles Bericht weiter, vermutlich, damit ich mir keine allzu großen Vorwürfe mache – was ich natürlich trotzdem tue. »Nick hat in der Klause mit dem Krankenhaus telefoniert und ich stand daneben. Er wird wieder.«

Meine Muskeln verkrampfen sich, besonders im Nacken. Ich kann das alles nicht glauben. »Ich werde Jannis besuchen, sobald ich mich umgezogen habe.«

»Das wird nicht nötig sein«, beschwichtigt mich Belle. »Du hast sicher heute Nacht schrecklich lange in der Praxis geschuftet.« Sie studiert mich, als würde sie versuchen, hinter meine Fassade zu blicken. Eine Fassade, die ich kaum imstande bin, aufrechtzuerhalten. »Erhol dich erst mal. Und mach dir keine Umstände, Saskia.«

Dass Jannis für mich absolut kein Umstand ist, schlucke ich hinunter. Ebenso wie die Tatsache, dass ich nicht allein in der Praxis geschuftet habe und mich deshalb fürchterlich fühle. »Meldet ihr euch bitte bei mir, wenn ihr etwas Neues wisst?«

»Selbstverständlich.« Tine hakt sich bei Belle unter. Selten habe ich mich derart fehl am Platze gefühlt. Ich bin eine waschechte Betrügerin und es gibt keine Entschuldigung für das, was gestern Nacht passiert ist.

Bis auf die kleinen Glühwürmchen, die zaghaft in meinem Magen umherflattern, jedes Mal, wenn ich an Nick denke.

Und es werden stetig mehr.

Kapitel 7

Obwohl ich gestern unendlich gern zu Jannis ins Krankenhaus gefahren wäre, war ich letztendlich doch nicht mehr dort. Erstens, weil ich Nick und Belle nicht begegnen wollte. Zweitens, weil es mir extrem unangemessen vorgekommen wäre, und drittens, weil ich sowieso kein Auto gehabt hätte und das öffentliche Verkehrsnetz hier so gut wie nicht vorhanden ist. Selbst an der Bahnstation hält kaum ein Zug.

Mit dem Handy in der Hand sitze ich allein am Küchentisch. Neben mir bewegt sich Nepomuk in seinem Gehege. Langsam. Dad hat mir die Anweisung hinterlassen, unseren kleinen Freund gegen Mittag raus in den eingezäunten Gartenbereich zu setzen, aber wir haben erst elf Uhr und ich fixiere aktuell lieber mein Handydisplay. Obwohl es diesen schlimmen Zwischenfall gab, hat sich Nick seit gestern Morgen nicht mehr bei mir gemeldet. Natürlich hatte ich ihm geschrieben und ihm mitgeteilt, dass mir das mit Jannis unglaublich leidtut, aber er hat nicht darauf reagiert. Vielleicht ist er sauer auf mich oder auf sich selbst, dass wir es so weit haben kommen lassen.

Ich bin froh, dass Dad und Tobi, der auch wieder zurück ist, mich keine Sekunde dafür verurteilt haben, dass ich bei einem Notfall nicht zu erreichen war. Aber ich bin mir sicher, wenn sie den Grund dafür kennen würden, würden sie es nicht so leicht tolerieren.

Statt also das verzwickte Verhältnis mit Nick zu klären, habe ich vorhin noch mal mit Henry telefoniert. Wie bereits gestern ist er total stolz auf mich wegen der Praxis. Wenn er wüsste! Das komplette Telefonat über habe ich mit Dads Kugelschreiber still Ecken und Kanten auf den Kanzleinotizblock gezeichnet. Mein Freund ist dagegen am anderen Ende der Leitung förmlich übergesprudelt wie ein Wasserfall: wie aufregend alles bei ihm sei, er aber noch nicht über ungelegte Eier mit mir sprechen könne. Dass er es im Übrigen auch gar nicht dürfe. Na, prima.

Ich ärgere mich darüber und tue mich schwer damit, diese Aussage zu akzeptieren, obwohl ich eigentlich diejenige bin, die einen Vertrauensbruch begangen hat.

In dem Moment vibriert das Gerät auf dem Küchentisch. Es ist immer noch nicht Nick.

Es ist eine Nachricht von Henry:

Hello again, Darling. Weil unser Telefonat eben bisschen blöd gelaufen ist: I love you, I need you and I will be there for you soon. Vergiss das nicht.

Ich schicke ihm ein Herzchen-Smiley und es fühlt sich irgendwie falsch an, so als wäre ich nicht ich selbst. Es macht mich richtig fertig, dass ich ständig zwischen »Ich muss ihm meinen Ausrutscher sofort beichten« und »Ich werde es ihm niemals sagen« hin und her schwanke. Was will ich überhaupt? Und was ist das Beste für alle Beteiligten? Ich habe deswegen letzte Nacht kein Auge zugetan und die Schlaflosigkeit wird sich wohl nicht so schnell geben. Ob Nick unser verbotenes Geheimnis für sich behalten oder ob er es Belle schon gestanden hat? Ich wünschte, ich wüsste es. Auch wenn dadurch meine persönliche Situation nach wie vor gleich bleibt. Es macht mich trotzdem kirre.

Um mich abzulenken, wähle ich Max Försters Nummer, da er noch nicht auf die Praxisfotos reagiert hat, die ich ihm geschickt hatte. Wenigstens das werde ich geregelt bekommen. Ich werde einen Nachfolger für die Praxis finden, damit sich in Büdnitz alle wieder medizinisch gut aufgehoben fühlen können.

Es tutet.

»Yep, Förster.«

»Hallo, Herr Förster. Hier ist Saskia Sanddorn. Ich rufe Sie wegen der Ausschreibung unserer Praxis an. Sie hatten sich bei uns beworben und ...«

»Ach ja, natürlich. Entschuldigen Sie bitte, Frau Sanddorn, dass ich mich nicht sofort zurückgemeldet habe. Ich habe Ihre Bilder erhalten. Danke schön dafür. Das sieht alles wirklich sehr nett aus.«

Meine Brust hebt sich automatisch, bis ich kerzengerade am Tisch sitze. Er ist der Richtige. Ich fühle es. Max Förster ist verantwortungsbewusst, höflich und entschuldigt sich sogar für einen nicht begangenen Fehler. Es war immerhin nicht seine Verpflichtung, sich zurückzumelden. Er ist perfekt für den Job. Gott sei Dank! Wir haben ihn gefunden. Alles wird gut.

»Aber«, druckst er, »ich habe mittlerweile leider andere Pläne.«

Ich bin so perplex, dass mir der Mund offen stehen bleibt. »Was bedeutet ›andere Pläne‹? Kann man die noch ändern?«, rutscht es mir heraus, bevor mir bewusst wird, wie unseriös ich dadurch rüberkomme. Ich bin vom Stuhl aufgestanden und laufe hektisch umher. Die Chance, das Richtige tun zu können, zerrinnt zwischen meinen Fingern wie der feine Sand der Ostsee.

Mein Gegenüber bleibt, ungeachtet meines kleinen Ausfalls, professionell. »Es freut mich, dass Sie sich so sehr für meine Bewerbung interessiert haben, Frau Sanddorn, aber ich habe mich anderweitig entschieden. Nichts für ungut. Ich wünsche Ihnen einen schönen Tag.«

Bevor ich ihn noch einmal damit behelligen kann, es sich anders zu überlegen, legt er auf. Ich glaube, das war eines der kürzesten Telefonate, die ich je geführt habe. Resigniert lasse ich den Hörer sinken. Innerhalb weniger Minuten hat sich meine große Hoffnung zerschlagen, für die ich das ganze Wochenende mit Nick und den anderen gearbeitet habe. Ich streiche über den bordeauxroten Bademantel, den ich über dem Pyjama trage – zu mehr bin ich in meinem übermüdeten Zustand heute nicht gekommen.

In diesem Moment klingelt es auch noch an der Tür. Das ist bestimmt der Postbote, der die Sachen liefert, die ich für die Praxis bestellt und an Dads Adresse habe schicken lassen. Ich mag so, wie ich aussehe, nicht an die Haustüre gehen. Soll er es doch davor ablegen. Wird schon niemand klauen, und schlimmer als es gerade bei mir läuft, geht es ohnehin nicht mehr. Ich hebe Nepomuk aus seinem Gehege, um ihn in den Garten rauszubringen. Beim dritten Klingeln antworte ich über den Türöffner, der sich im Flur befindet.

»Hallo? Legen Sie die Päckchen einfach vorn ab.«

»Mensch, Saskia, hör auf mit dem Quatsch und mach die Tür auf. Es ist wichtig!« Nicks Stimme.

O je. Ich trage einen Frotteebademantel, bin nicht frisiert oder geschminkt und halte eine Schildkröte im Arm. Meine Motivation, zur Tür zu gehen, liegt unter null. Aber ich habe keine Wahl, er klopft jetzt.

»Du hast ein Problem«, äußert er sich ziemlich klar, als er sich kurz darauf an mir vorbei in den Flur drängt. Anders als ich riecht er frisch geduscht, trägt ein gebügeltes Ahoi-Klause-Shirt und sehr gut sitzende Jeans. Das mit den Jeans sollte mir gar nicht auffallen.

»Nicht ich, sondern wir beide haben ein Problem, Nick. Aber danke, dass du mich noch mal darauf hinweist«, kontere ich und binde den Bademantel enger zusammen.

»Das meine ich nicht, Sassi. Ist dein Dad zufällig da?«, erkundigt er sich verhalten und späht die Flurtreppe hoch.

»Nein, wieso?«

»Es könnte sein, dass du einen Juristen brauchst, und ich denke, Belle ist nicht die Richtige für den Job. Vielleicht könnte Hein dich vertreten? Auch wenn es nur um Social Media geht.«

»Meine Güte, was ist denn los? Komm endlich zum Punkt.« Geschieden sind wir schon. Wozu sollte ich einen Anwalt brauchen? Wenn das hier seine neue Art von Humor ist oder sein Weg, mit Untreue umzugehen, dann weiß ich auch nicht. »Mir geht's auch nicht gut mit dem, was wir getan haben«, wage ich einen Vorstoß.

»Darum dreht es sich nicht.« Er tippt irgendetwas auf seinem Handy herum, während ich ihm mit der Schildkröte in die Küche folge. Dort hält er mir sein Telefon unter die Nase. »Das ist los!«

Ich überfliege, was auf dem Social-Media-Kanal ›Friendsbook‹ unter dem heutigen Wochentag getitelt wird.

Dienstag

Unterlassene Hilfeleistung am Ostseestrand!

Ein Hoch auf unser medizinisches Versorgungszentrum in Moerz

Am malerischen Südstrand von Büdnitz ereignete sich kürzlich ein tragischer Vorfall. Am Samstag erlitt ein älterer Mann dort einen schweren Krampfanfall. Die einzige Ärztin des Ortes, Doktor S., war zu dem Zeitpunkt leider nicht erreichbar.

Ist ein Versäumnis dieser Art als

unterlassene Hilfeleistung zu werten?

Wir sagen Ja und möchten hiermit eine offensive Diskussion über die medizinische Versorgung in den abgelegenen Gebieten unserer schönen Ostsee einleiten.

In einem Notfall zählt jede Minute und es kann tödliche Konsequenzen haben, wenn ein schnelles medizinisches Eingreifen nicht möglich ist.

Der genannte Vorfall unterstreicht einmal mehr die Notwendigkeit, das medizinische Versorgungszentrum (MVZ) in Moerz zu unterstützen und seine Präsenz zu stärken. Das MVZ kann und wird in dieser Region als Erstversorger künftig Leben retten.

Die Bevölkerung muss sich dafür einsetzen, dass jede Bürgerin und jeder Bürger unabhängig von seinem Standort die bestmögliche Betreuung erhalten kann.

Unterlassene Hilfeleistung ist nebenbei bemerkt auch eine moralische Kapitulation, denn jeder Mensch hat normalerweise die Verantwortung, anderen in Not zu helfen.

»Nick, an dem Artikel ist so viel falsch, dass ich gar nicht weiß, wo ich anfangen soll! ›Doktor S.‹? Ich bin nicht Jannis' behandelnde Ärztin und es ist nicht am Strand passiert. Außerdem war Nacht, da wäre sowieso das Krankenhaus zuständig gewesen. Und ich hätte ihm auf jeden Fall geholfen, wenn ich es gewusst hätte!« Meine Finger sind ganz feucht und schwitzig. Ich lasse

Nepomuk zurück in sein Küchengehege gleiten und setze mich auf einen von Dads wackligen Küchenstühlen. Die Hände lege ich zur Beruhigung ineinander.

Nick lässt das Smartphone sinken und setzt sich ebenfalls. »Es wurde mir von einem unserer Bandmitglieder weitergeleitet.«

»Ich bin auf keiner dieser Plattformen angemeldet und ich habe keinen Social-Media-Account, Nick. Zeig noch mal.« Unter dem Text befinden sich ein blauer Pfeil und eine hohe Zahl. »O mein Gott. Wie oft ist das geteilt worden?«

»Ziemlich oft«, lautet die ernüchternde Antwort. »Angeblich kursiert im Ort auch ein fieser Flyer dazu. Ich habe ihn noch nicht gesehen – nur, damit du Bescheid weißt. Jannis selbst hat mit niemandem gesprochen und er würde dir so was niemals antun.«

»Natürlich nicht.« Ich stütze die Ellenbogen auf und lege beide Handflächen an die Schläfen. »Wer war das nur?«

»Sicher Meier.« Nick muss nicht lange überlegen. »Sonst fällt mir niemand ein. Er hat dich bedroht und das, was er gemacht hat – wenn er es war –, ist klassische Verleumdung, Saskia. Du musst Anzeige erstatten.« Er scrollt durchs Handy und schlägt sich gegen die Stirn. »Es ist sogar auf unserer lokalen Stadtseite im Netz zu sehen. Vielleicht weiß dein Freund Rat, Journalismus ist doch sein Job.«

Wie kommt er denn jetzt darauf? Am liebsten würde ich mit der Faust auf den Tisch hauen, aber ich will mich nicht lächerlich machen und Nepomuk nicht erschrecken. »Henry ist kein Nullachtfünfzehn-Content-Creator, der irgendwelchen Müll produziert. Er ist ein ernst zu nehmender Journalist und ich werde ganz sicher nicht mit ihm über dieses Geschreibsel von wem auch immer diskutieren. Sonst müsste ich auch mit ihm über diese Nacht, in der ich … in der wir …« Mir stockt der Atem. »Er würde mich fragen, wo genau ich bis morgens war und mit wem.«

»Hat er das noch nicht?«

»Nein. Er vertraut mir.«

»Klar tut er das.« Nick befeuchtet sich die Lippen mit der Zunge und schweigt einen Moment. »Ich muss es sagen, obwohl du es nicht hören willst: Die Nacht zwischen uns war kein Fehler!«

»Als wenn das gerade etwas zur Sache tut.« Ich greife nach der Schildkröte und bringe sie nach draußen auf die Terrasse, von wo aus ich sie vorsichtig ins Gras setze. Ich brauche frische Luft, wenigstens eine Sekunde.

Dann gehe ich wieder hinein und postiere mich neben Nick. »Lass es mich bitte noch mal lesen.«

»Nein«, wehrt er ab. »Es reicht.«

»Bitte.« Widerwillig händigt er mir sein Telefon aus und ich studiere den Artikel in Ruhe. »Ich hätte für Jannis da sein müssen. Und: Natürlich war das mit uns ein Fehler, Nick. Ein riesengroßer sogar. Da steht es!«

»Ich kann nicht glauben, dass ausgerechnet du dir von einer Meinung im Internet dein Leben diktieren lässt.«

»Es geht um Moms Praxis.«

»Korrekt, es war ihre Praxis, nicht deine.«

»Und was ist mit Belle und Henry?«

»Was soll mit ihnen sein? Die beiden sind eigenständige Menschen. Saskia, es geht nicht um deine Mutter, Meier, Belle oder Henry. Versteh das doch endlich!« Impulsiv schlägt er mit der Faust auf den Tisch. So wütend habe ich ihn schon lange nicht mehr erlebt. »Es geht um dich! Um uns!«

»Das ist egoistisch von dir«, zische ich.

»Mal wieder? Das denkst du?«

»Dein Opa ist im Krankenhaus gelandet, weil wir uns nicht beherrschen konnten.« Ich rede mich in Rage, da ich weder aus noch ein weiß. Bevor mir die Tränen kommen, drehe ich mich weg.

»Nein, er ist im Krankenhaus, weil das MVZ ihm ein falsches Medikament verschrieben hat und Meier das mit der Aktion gegen dich vertuschen will. Er wird schon längst nachvollzogen haben, wo der Fehler lag, nämlich bei seinen Leuten und nicht bei dir. Ich habe mich im Krankenhaus erkundigt. Jannis selbst hat mir erzählt, dass du ihm geraten hast, die falschen Tabletten nicht zu nehmen, sondern sie umzutauschen. Aber er hat es vergessen und wollte wahrscheinlich niemanden belästigen. Du kennst ihn doch!«

»Ich hätte darauf bestehen und nachfragen müssen.«

»Du bist in diesem Bezirk keine verdammte Ärztin. Also benimm dich auch nicht so!«

»Du weißt, dass wir immer zuständig sind. Wir haben einen Eid geschworen. Ich hätte mich nicht ablenken lassen dürfen.«

»Von mir?« Er starrt mich an.

»Du nimmst mich und meinen Beruf nicht ernst, Nick. Es ist wie früher!«

»O doch, Saskia, ich nehme dich verdammt ernst! Nichts ist wie früher, rein gar nichts!« Er wird laut. »Oder tue ich dir wieder nicht gut? Dann sag es mir.«

Ich presse die Lippen aufeinander. Er hat mir gutgetan.

»Verdammt, Saskia, sag was!«

Ich weiß nicht, wie oft er in den vergangenen Minuten geflucht hat. Resigniert stützt er den Kopf in die Hände.

Keiner von uns redet, bis ich das Schweigen breche. »Ich glaube, es ist besser, du gehst.«

Ich fühle, dass es ihm widerstrebt, sich rausschmeißen zu lassen. Statt zu kontern, beißt er sich jedoch auf die Lippen und widerspricht mir nicht. Vielleicht habe ich mir eine andere Reaktion von ihm erhofft, weil ich immer noch möchte, dass er um uns kämpft. Beziehungsweise um das, was von uns übrig geblieben ist.

Doch stattdessen geht er, so wie ich es von ihm verlangt habe.

Als die Haustür mit einem lauten Krachen ins Schloss fällt, würde ich am liebsten schreien. Ich bin so wütend – auf mich selbst, auf Nick und sogar auf diesen Mark Förster, der uns, ohne mit der Wimper zu zucken, abserviert und damit unbewusst eine wichtige Existenz an der Ostsee zerstört hat. Außerdem bin ich extrem beunruhigt wegen dieses Textes auf Friendsbook und dem, was tief in mir drin los ist und was ich nicht wahrhaben will.

Das mit Nick und mir würde niemals funktionieren. Hat es nicht und wird es nicht. Keine Frage. Abgesehen davon, dass weder Belle noch Henry so eine Aktion verdient haben. Wir hätten uns zusammenreißen müssen. Soweit ich bei Nick herausgehört habe, hat er Belle gegenüber bislang Stillschweigen bewahrt, und dabei sollten wir es belassen. Die Nacht hat es nie gegeben, fertig! Ich schiebe die Erinnerung, wie Nicks starke Arme mich fest umschließen und wir anschließend erschöpft eng aneinander gekuschelt einschlafen, weit weg. Nur mein Magen spielt das Spiel nicht mit und das verdächtige Kribbeln beim Gedanken an ihn bleibt.

Ich schüttele den Kopf und nehme das Handy aus der Tasche meines Bademantels, um online nach dem verleumdenden Titel des Beitrags zu suchen. Ich finde ihn umgehend – auch ohne auf der Plattform angemeldet zu sein. Er ist öffentlich einsehbar und irre oft geteilt worden. Schlechte News verbreiten sich immer rasant. All die negativen Kommentare unter dem Artikel wie »Was ist das für eine Ärztin?«, »Hat die kein Gewissen?« oder »Ekelhaft!« von Menschen, die mich nicht kennen, machen etwas mit mir. Ich möchte mich verstecken, mich in Nicks Arme werfen. Ich möchte, dass er mich wie früher auf die Stirn küsst und »Alles wird gut, Prinzessin« sagt, obwohl ich keine

Prinzessin bin und nie sein werde. Aber das ist Vergangenheit und er ist nicht da. Ich schließe Friendsbook und atme traurig aus. Wäre ich bloß nicht hierhergekommen!

Nachdem ich geduscht und noch mal nach Nepomuk gesehen habe, beschließe ich, allein zum Strand zu gehen, da sich die Verabredung zum Surfen mit Nick ja erledigt hat. Viele Tage bleiben mir nicht mehr hier oben an der See. Vielleicht sollte ich Henry anrufen und nach Köln reisen. Alles Weitere bezüglich der Praxis könnte ich genauso gut von dort aus regeln. Doch als ich an Dad denke, verflüchtigt sich diese Option in meinem Kopf sofort. Er wirkt so froh darüber, dass ich bei ihm bin. Just heute Morgen ist mir wieder aufgefallen, wie bedächtig und langsam er sich bewegt. Seine Schritte sind nicht mehr so dynamisch wie früher, und den Regenschirm, den er immer mitnimmt, nutzt er nicht als Schutz vor schlechter Witterung, sondern um sich beim Gehen darauf abzustützen. Ein leiser Seufzer entweicht mir. Ich habe ihn lieb.

Auf dem Weg zum Strand schreibe ich Tine. Sie trägt ihr Handy normalerweise auch während der Arbeitszeit in der Kellnerschürze bei sich – für den Fall, dass Lenis Schule oder Leni selbst anruft. Entsprechend antwortet sie postwendend.

Hi, kann erst gegen 16 Uhr. Hab schon von Friendsbook gehört. Lass dich deswegen nicht runterziehen, Süße!

Es war keine unterlassene Hilfeleistung.

Was du oder ihr an dem Abend gemacht habt, ist dagegen eine andere Sache …

Bisher wollte ich sie nicht in eine Zwickmühle bringen, da sie mit Belle befreundet ist und mit Nick zusammenarbeitet. Aber sie ist auch meine Freundin und sie hat die Wahrheit verdient.

Ich erzähle dir nachher alles wegen Nick und mir, schreibe ich daher zurück und biege auf den Südstrand ab, wo ich sofort die Flip-Flops von den Füßen ziehe, um den weichen Sand zu spüren.

Ihr wart schon immer wie 2 Magnete, Saskia. Aber ich habe Nick noch nie so nervös erlebt wie jetzt. Er hat heute Morgen vergessen, dass ein österreichischer Reisebus mit 42 Reisenden ankommt, und eben ist ihm ein Tablett mit vier Kaffeetassen runtergefallen. So was passiert ihm nie. Saskia, ihr müsst das in den Griff bekommen. Schnell.

Ich weiß, dass sie recht hat, und möchte daher gerade jetzt unsere gegenseitige Offenheit nutzen. Es ist nicht der eleganteste Weg, das in einer Nachricht per Messenger anzusprechen, aber besser so als gar nicht.

Du hast zu 100 Prozent recht, Tinchen. Aber hast du mir nicht auch etwas zu erzählen?

Ihre Antwort kommt unverzüglich.

Später.

Mehr erfahre ich nicht von ihr.

Ich breite das große Handtuch, das ich in Dads Badezimmerkommode gefunden habe, direkt neben der Surferbude aus, die immer noch denselben lässigen und weltverbessernden Charakter aufweist wie damals. Hier hat sich definitiv nichts verändert. Die Strandtasche, die ich extra aus England mitgebracht habe, platziere ich auf einer Handtuchecke, damit es bei der sanften Ostseebrise nicht fortfliegen kann. Dann schlüpfe ich aus meinem Sommerkleid und leihe mir bei der Surferbude ein rosafarbenes Surfbrett mit aufgedruckten Hibiskusblüten, das ich neben dem Handtuch im Sand aufstelle. Ich habe mir ganz fest vorgenommen, mich heute aufs Wasser zu trauen. Das Meer hat Badewassertemperatur, was ich eben schon mit den Füßen getestet habe. Die Gegebenheiten sind ideal. Eingecremt bin ich, Brett, Bikini – was brauche ich mehr?

»Hallo, Saskia. Wir haben uns noch gar nicht getroffen, seit du da bist«, erklingt es hinter mir. Ich schrecke zusammen. Hoffentlich ist es nicht wieder jemand, der mich dringend als Ärztin braucht, oder jemand, der diese Online-Attacke gelesen hat und mich nun live angreifen möchte.

Ist es nicht.

Es ist Hein Wesseling, Belles Vater, oder besser gesagt McJulius vom Podcast »Meer für Dich« und gleichzeitig Kompagnon meines Dads. Er ist kein Mann, den man großartig beschreiben kann. Man muss ihn erleben. Mit seinem intellektuellen Witz ist er äußerst charmant, aber insgesamt eher zurückhaltend. Optisch entspricht er einem gealterten Mafiapaten – in freundlich natürlich. »Ach, hallo, Hein!« Ich verkneife es mir, ihn auf Belle anzusprechen. »Bist du heute nicht in der Kanzlei?«

»Nein, ich arbeite nur noch zu fünfzig Prozent als Anwalt. Wegen des Podcasts.« Er fummelt in einer Art Kameratasche herum. »Ich konnte einen Exklusivvertrag mit einem Streamingdienst ergattern und nehme gerade eine Folge am Meer auf. Die Leute warten sehnsüchtig auf Sommerfeeling.« Er zwinkert mir zu. »Hast du schon mal reingehört?«

Man kommt ja quasi nicht daran vorbei, denke ich. »Erst eine Episode«, antworte ich knapp. Irgendwie ist mir nicht nach Reden zumute. »Gefiel mir.«

»Danke.« Er murmelt etwas Unverständliches, während er sein Equipment neben meinem Handtuchplatz aufbaut. »Ich hoffe, es stört dich nicht, wenn ich mich hier ausbreite.«

»Nur zu. Ich bin sowieso gleich auf dem Wasser.«

»Ui! Stimmt, das geht ja in London nicht mehr. Vermisst du unsere See dort manchmal?«, fragt er mich ganz direkt und kneift ein Auge zu, während er die Mikros richtet.

Das hat mich bisher noch niemand gefragt und ich habe darüber nie konkret nachgedacht – zum einen, weil ich keine Zeit hatte, und zum anderen, weil ich froh war, fort zu sein, was nicht an Büdnitz, sondern an Nick gelegen hat. Ich befühle das Surfbrett. »Manchmal, ja.«

»Und wie ist London so, Saskia?«

Eigentlich kann ich mir nicht vorstellen, dass ein Mann von Welt wie Hein noch nie in London war, aber es scheint ihn zu beschäftigen, denn er hält in seiner Aufbauaktion inne und wartet auf die Antwort.

Gedanklich gehe ich die Sehenswürdigkeiten und verborgenen Ecken der Stadt durch, inklusive der feinen Restaurants, die ich mit Henrys Familie besucht habe. »Es gibt viele tolle Plätze und Bauwerke da. Echt cool«, schließe ich.

»Cool also.« Er nestelt wieder in der Arbeitstasche. »Genau dasselbe sagt Belle auch über Büdnitz. Ich bin mir ehrlich gesagt nicht sicher, ob ›cool‹ für ein Zuhause reicht. Aber ihr Mädchen werdet schon wissen, was ihr tut.«

Es ist anrührend, dass er uns mit Anfang dreißig als Mädchen bezeichnet. Als hätte er als in die Jahre gekommener Vater immer noch die Sorgepflicht für seine Tochter. »Man ist doch überall zu Hause, wo der Partner ist, oder nicht, Hein?«

»Das denken leider viele.« Er ist fertig mit dem Zusammenschrauben seiner Mikros und hat sich sogar einen Klappstuhl und einen Sonnenschirm mitgebracht. »Aber ob's stimmt?«

»Ich verstehe nicht ganz«, beginne ich, doch er hat sich schon die großen Kopfhörer aufgesetzt und deutet mit dem Zeigefinger darauf, um mir zu signalisieren, dass er mich nicht mehr hören kann.

Während ich das Brett zum Meer trage, denke ich darüber nach, was er gemeint haben könnte. Vielleicht sollte man nicht alles vom Partner abhängig machen. Ich weiß es nicht und paddele weiter raus, weil das Wasser am Strand nicht tief genug ist.

Die Sonne spiegelt sich in den Wellen und der Duft nach Algen und Seetang lässt Leichtigkeit in mir aufkeimen. Ich bin allein draußen und der Horizont wirkt unendlich. Ich habe es vermisst. Bei der nächsten Gelegenheit versuche ich, mich aufzurichten, plumpse jedoch wie ein Sandsack ins Nass. Obwohl ich Salzwasser in die Augen und in die Nase bekomme, pruste ich vor Lachen. Es ist lange her, dass ich das erleben durfte. Während ich mich mehr und mehr auf den Rhythmus der Wellen einstelle und sicherer werde, überschwemmen mich innerlich die Gefühle der endlosen Sommertage in Büdnitz. Surfen war zwar noch nie meine absolute Lieblingsbeschäftigung, aber es ist eine Lebenseinstellung, die wir hier oben haben und die mich glücklich macht – ob man es gut kann oder nicht, ist dabei egal.

Als ich nach einer gefühlten Ewigkeit aus dem Wasser steige, bekomme ich Lust auf den altbewährten Yogi-Tee auf Eis. So was gibt es in London nicht. Vielleicht mag Hein auch einen. Doch der ist schon weg. Entsprechend genieße ich meinen Eistee allein. Anschließend lege ich mich auf mein Handtuch und lasse mich von den warmen Sonnenstrahlen trocknen. Die Augen halte ich geschlossen, durchkämme mit den Fingerspitzen leicht den feinen Sand neben meinem Körper. Es gibt kaum etwas Schöneres. Beinahe wäre ich dabei eingeschlafen, wenn nicht diese Wasserspritzer auf meiner Nase gelandet wären. Wer um alles in der Welt …?

»Na du!« Dann wird es schattig über meinem Gesicht. Ich öffne die Augenlider und schaue in eine Ansammlung heller Sommersprossen. Leni beugt sich über mich, in der Hand eine Plastikflasche mit Wasser. »Mama hat gesagt, dass ich dich hier finde. Ich war gerade in der Klause. Sie kommt gleich nach.«

»Okay, setz dich doch.« Ich taste nach meiner Sonnenbrille und richte mich auf. Es ist traumhaft, keine Wolke am Himmel. »Wie war's in der Schule?«

»Ich habe eine Eins in Bildende Kunst und eine Zwei in Mathe bekommen.« Sie setzt sich mit ihren Shorts in den Sand.

»Das ist klasse!« Ich kenne mich nicht mit Erziehung aus, schätze jedoch, wenn es in der Schule rundläuft, müsste alles andere ebenfalls in Ordnung sein. »Läuft bei dir«, sage ich folglich.

»Geht so. Mama meint, ich soll Oliver besser nicht mehr treffen.«

»Ist er auch in deiner Klasse?«

»Nein, in der Parallelklasse.« Sie kratzt sich an der Nase. »Hast du Sonnencreme? Ich bekomme so leicht Sonnenbrand.«

Ich reiche ihr die Creme aus der Strandtasche. »Deine Mama hat bestimmt recht, wenn sie sich unwohl mit diesem Jungen fühlt. Irgendetwas scheint bei ihm ja nicht zu stimmen.« Ich denke an die Platzwunde und den blauen Fleck. Vielleicht prügelt er sich in seiner Freizeit gerne.

»Nee, sie hat einfach nur keine Ahnung!« Leni verteilt den Sonnenschutz stärker als nötig auf ihren Armen.

»Was mag sie denn nicht an ihm?«

Sie zögert und wägt wohl ab, ob sie weitersprechen soll. »Dass Oliver ab und zu mal Alkohol trinkt, gefällt ihr nicht. Dabei ist das doch heutzutage normal, oder nicht? Sie kann froh sein, dass er nicht kifft.«

»Sollte alles nicht normal sein. Nicht in dem Alter und erst recht nicht im Übermaß.«

»Oliver hat mir versprochen, dass er nicht mehr so viel trinken wird.« Sie kaut auf ihrem Daumennagel. »Ich weiß nur nicht, ob er das schafft.«

»Wenn nicht, Leni, dann hat der Junge ein ernsthaftes Problem.« Ich rutsche zur Seite, damit sie sich neben mich aufs Handtuch legen kann.

»Manchmal kann er nicht anders, sagt er.« Sie legt sich auf den Rücken und hält den Arm zum Schutz über ihre Augen. Ich möchte etwas erwidern, doch sie spricht schnell weiter. »Hast du die Suche nach dem Ring deiner Grandma aufgegeben?«

Ich kann nicht mehr ohne viel Aufhebens zur vorherigen Angelegenheit zurückspringen. Sie will nicht darüber reden, weshalb ich auf ihre Frage eingehe. »Zwangsläufig. Das Letzte, was ich habe, ist immer noch diese Postkarte, von der ich dir erzählt habe, und die könnte auch von irgendeinem Spinner stammen.«

»Aber der Satz klang voll nach deiner Mom, meintest du doch. Wie war er noch mal?« Sie zieht eine Tupperdose aus ihrem Rucksack und öffnet sie. Heute hat sie Trauben dabei und ist wie immer bestens vorbereitet. Ob das daran liegt, dass sie allein mit ihrer Mom aufwächst und zwangsläufig früh gefordert war mitzudenken? Sie schiebt sich eine Traube in den Mund.

»Den wahren Schatz findest du immer dort, wo du dein Herz gelassen hast«, zitiere ich. »Ich hab ihn so oft gelesen, dass ich ihn auswendig kenne. Kapieren tue ich ihn trotzdem nicht.

Heißt das, dass Henry Gold für mich ist, weil London auf der Karte abgebildet ist?«

»Ich glaube nicht, dass man das Ganze wie eine Matheaufgabe lösen kann, Tante Saskia«, überlegt Leni. »Was sagt denn dein Bauchgefühl? Wo hast du dein Herz gelassen?«

Ich klaube mir auch eine Traube aus der Box und kaue darauf herum. »Jetzt versuchst du genauso wie ich, es zu analysieren.« Ich muss lachen und setze mich ebenfalls aufrecht hin. »Keine Ahnung. Mein Herz ist in London, würde ich sagen. Mit Henry. Oder in meinem Job als Ärztin?« Ich tüftele herum und erhalte dennoch kein vernünftiges Ergebnis.

»Deine Mom war krass speziell, wenn sie das mit der Karte und allem anderen war«, fasst Leni zusammen. Sie sitzt im Schneidersitz und faltet die Hände, als wolle sie eine Meditationssession starten. »Aber meine ist auch schräg.«

»Wegen Oliver?«

»Nicht nur. Sie telefoniert in letzter Zeit ziemlich oft mit irgendeinem Typen. Es scheint so, als hätten sie ständig Stress. Ich soll es nicht hören und bekomme es trotzdem mit.«

»Letztes Mal in der Praxis war es genauso«, erwähne ich. »Steckt sie in Schwierigkeiten? Finanziell?«

»Immer. Aber Nick hilft uns. Wir können zum Beispiel seinen Garten mitbenutzen und über die Klause Getränke bestellen. Das macht schon was aus, sagt Mama. Ist trotzdem heftig, wie sie das alles allein schafft, vor allem die Ratenzahlungen fürs Haus.«

»Ist halt deine Mama.« Ich betrachte Leni und sehe, wie sich ihre Mundwinkel vor Stolz nach oben biegen.

Wir entspannen noch eine ganze Zeit lang in der Sonne und lassen es uns gut gehen, bis Leni irgendwann noch mal fragt. »Ist die Ringsuche wirklich abgehakt?«

»Ich reise bald ab.« Mühsam gehe ich in dieselbe Schneidersitzposition wie Leni und nehme mir noch eine Traube. Das ist Sommer für mich: Meer, Obst und Sonnencremegeruch.

»Voll schade. Nichts gegen deinen Henry.« Leni hebt ergeben die Hände. »Aber es ist total doof, dass du bald weg bist.« Sie ist sichtlich enttäuscht. »Sollen wir noch mal die Challenge aus dem Lieblingsbuch deiner Mom machen, bis Mama kommt? Das war lustig. Also, ich bin jetzt du.« Achtsam zieht sie mir die Sonnenbrille von der Nase, setzt sie sich auf und lehnt sich entspannt zurück. Dann startet sie die Scharade, ohne meine Zustimmung abzuwarten. Freche Göre. Ich grinse.

»Mein Prinz aus London holt mich in ein paar Tagen ab und wir ziehen in ein Schloss in Cornwall. Ich bin Saskia von und zu Beauchamps.«

Wenn's denn mal so einfach wäre, würde ich gerne sagen. Doch das ist nicht meine Rolle. Ich bin im Moment Leni. »Gut, Saskia, dann schicke ich dir was von meinen selbst gehäkelten Sachen, die du als meine Influencerin präsentieren kannst. Damit du eine königliche Aufgabe hast«, spiele ich stattdessen mit. »Allerdings brauchst du dazu erst mal einen Social-Media-Account.« Kaum habe ich ›Social Media‹ ausgesprochen, wird mir flau. Was dieses blöde Friendsbook betrifft, bin ich froh, wenn ich nicht mehr hier bin.

»Ich wäre also dein persönlicher Royal Influencer?«, betont Leni in Form meiner Person und hebt bedeutungsvoll den Zeigefinger in die Luft. »Tu ich gerne. Machst du auch Klamotten für Männer?«

»Kann ich. Für Tobi? Wird dein Bruder durch deine Heirat ebenfalls adlig?«, frage ich sie, weil ich es selbst nicht weiß. Glaube aber nein.

»Uh, der! Brüder sind so anstrengend!« Sie streicht sich über die Stirn. »Ich hab Tobias am Samstag mit Belle in Rostock im Café getroffen. Die beiden waren übelst überrascht, als ich sie erkannt habe, und sind danach direkt abgehauen.« Leni spricht ziemlich eindeutig aus ihrer eigenen Perspektive. Die Rostock-Story mit Belle und Tobi scheint wahr zu sein, so wie sie guckt. Außerdem weiß ich ja, dass Tine mit ihr dorthin wollte.

Es macht mich sprachlos. Gedankenfetzen wirbeln durch mein Gehirn. Wenn das stimmt, hat Tobi mich dann angelogen? Oder gibt es eine Erklärung für diesen ominösen Ausflug mit Belle? Ich kriege es nicht zusammen.

Leni mustert mich von der Seite. »Spielst du nicht mehr mit?«

»Bei was?«, will Tine wissen, die plötzlich wie aus dem Boden gewachsen vor unserem Handtuch steht und ihre Tochter zur Begrüßung auf den Oberkopf küsst. »Hallo, ihr Badenixen.«

Ich habe gar nicht mitbekommen, wie schnell die Zeit vergangen ist. Wir schlüpfen wieder in unsere eigenen Rollen, doch ein schaler Beigeschmack bleibt.

Leni verkrümelt sich kurz darauf zu einer Freundin und wir zu Tines schlumpfblauem Fischerhäuschen, wo wir auf den Liegestühlen im Vorgarten die Füße hochlegen. Wir haben Redebedarf. Allerdings justiere ich zunächst nur den Liegestuhl neu, um möglichst bequem zu sitzen, wenn schon die Themen so unbequem werden könnten. Tine hat uns derweil alkoholfreie Erdbeercocktails mit essbarem Glitzer zubereitet. Über die Bluetooth-Box dudelt leise Loungemusik und Tine schlürft von ihrem Drink. Sie trägt ihren Zuhause-Look: Jogginghose und Top, keinen Petticoat und kein gepunktetes Haarband. »Was macht deine große Hoffnung Max Förster?«, startet sie harmlos in die Konversation.

»Die ist leider geplatzt.«

»Warum das?« Obwohl sie mich auffordert, von mir zu berichten, höre ich diesen Tonfall in ihrer Stimme, den sie schon neulich bei dem Telefonat hatte. »Du und Nick habt euch so bemüht, die Räumlichkeiten auf Vordermann zu bringen. Vielleicht müsst ihr aggressiver um einen Landarzt kämpfen und eure Anzeige breiter streuen?«

»Stimmt, das könnte eine lohnende Investition sein.« Ich werde mit Tobi darüber sprechen müssen, weil es mit Kosten verbunden wäre, eine Werbeanzeige zu schalten. »Wie ist es bei dir in der Klause?«

Sie berichtet von den Gästen und den Reisebussen, die meist von älteren Leuten oder ganzen Kegelclubs besetzt werden. »Ich mag die Vereine gerne. Sie sind immer freundlich und geben viel Trinkgeld«, schließt sie, dann stöhnt sie auf. »Aber ansonsten ist es momentan echt anstrengend mit meinem Boss.« Überaus konzentriert angelt sie mit dem langen Löffel eine eingelegte Erdbeere aus dem Cocktailglas, als hätte sie zu viel gesagt. »Er war wie besessen davon, dir zu helfen. Ständig war er auf dem Sprung zu dir. Und jetzt ist er total launisch.« Sie stellt das Glas auf der weiß gestrichenen Holzpalette ab, die als Tisch dient, und schiebt die Hände in die Taschen ihrer Jogginghose. »Ich hoffe bloß, dass euer Drama nicht von vorn losgeht.«

»Wird es nicht«, verspreche ich, statt zuzugeben, dass sich immer wieder Szenen dieser Nacht in mein Bewusstsein schieben. Die Jahre und Erfahrungen scheinen Nick beherrschter und reifer gemacht zu haben. Hoffe ich und trinke den letzten Schluck des Erdbeergemischs aus.

»Ich mache uns noch einen.« Tine wackelt mit ihrem Glas und nimmt mir meins ab.

»Durch den Glitzer will man immer mehr davon. Gut, dass kein Alkohol drin ist«, sage ich lachend. »Ich komme mit rein. Ich muss mal für Mädels.«

Das Bad ist eng, aber zweckmäßig eingerichtet. Meine Freundin benutzt immer noch das gleiche Duschgel und die gleiche

Handseife wie damals – überall riecht es nach ihrem blumigen Duft. Ich erinnere mich daran, wie wir nach unserer ersten gemeinsamen Zigarette den Tabakgestank so furchtbar fanden, dass wir uns hinterher mindestens zehn Mal die Hände mit dieser Seife gewaschen haben.

Sie poltert aus der Küche. »Cocktails sind fertig«, ruft sie, und ich höre sie durch den Flur nach draußen gehen. »Kommst du?«

Ich schmunzele. Vermutlich ist es nicht unsere beste Idee, in einer Art Übersprunghandlung x Getränke zu uns zu nehmen, bevor wir ein ernsthaftes Gespräch beginnen, aber irgendwie passt es zu uns.

Die Badezimmertür ist schwerfällig. Umso schwungvoller biege ich im Flur um die Ecke und stoße dabei gegen das Wandregal. Argh! Es wackelt bedenklich, weshalb ich fix das Bild auffange, das droht, von der Ablagefläche zu purzeln. Es zeigt Tine und mich auf einer Party. Auf einem anderen gerahmten Foto sind ihre Eltern zu sehen. Daneben gibt es ein zuckersüßes Kinderfoto von Leni mit hellblonden Flechtzöpfchen. Ich liebe dieses Bild! Um es eingehender zu betrachten, schleiche ich mich, als könnte ich etwas Kostbares zerstören, vorsichtig näher heran und greife nach dem Rahmen, wobei ein Teil der Rechnungen und Briefe, die darunter lagen, auf den Boden segelt. Mist. Kopfschüttelnd sammele ich alles auf. Tine bewahrt ihre Post also immer noch wochenlang irgendwo auf, bis sie sie bearbeitet und gegebenenfalls abheftet. Das ist so typisch für sie.

Beim Sortieren des Papierbergs fällt mein Blick auf die Betreffzeile eines Briefes. Ich lese das Schreiben quer. Es ist ein Anwaltsbrief, der wegen der fetten Druckschrift und des außergewöhnlichen Emblems in der Kopfzeile aus allen anderen heraussticht. Ein Wachssiegel, wie man es heutzutage nirgendwo mehr sieht, ziert das seidige Blatt. Die Kanzlei scheint renommiert zu sein. Van Andersen, Berlin. Nie gehört.

Betreff: *Verschwiegenheitsvereinbarung,*
Strafzahlung

Die lange Zahlenabfolge in der Mitte des Textes alarmiert mich. Was sollte Tine denn zu verschweigen haben und warum sollte sie eine Strafe dafür zahlen müssen? Das Ding wurde sicher falsch zugestellt. Mein Blick wandert zu der oben angegebenen Adresse. Sie stimmt.

> *... Wir haben Anlass zu der Vermutung, dass Sie sich nicht an die vertraglich vereinbarten Bestimmungen gehalten haben. ... Aufgrund des bezeichneten Vertragsbruchs entsteht unserem Mandanten ein Schaden, den wir momentan mit 423.825,63 Euro beziffern. Eine genaue Aufstellung der Posten folgt [Berechnung noch nicht abgeschlossen].*

Vertragsbruch?

»Dein Getränk wird warm«, erklingt es von draußen. »Wenn du so weitermachst, kocht es gleich in der Sonne und wird zu Erdbeerkaffee.« Als hätte sich nicht gerade ein Gewitter epischen Ausmaßes zusammengebraut, stellt Tine die sommerliche Strandmusik lauter.

Meine Finger zittern in Anbetracht des sechsstelligen Betrags, der auf dem Schreiben verlangt wird und den meine Freundin auf keinen Fall auf ihrem Konto hat. Hastig lege ich die Zettelwirtschaft so ähnlich wie möglich wieder zurück an ihren Platz. Gerade rechtzeitig, bevor Tine im Flur auftaucht.

»Wie klein Leni auf dem Bild ist«, lenke ich geistesgegenwärtig ab und deute mit dem Kopf auf das Foto im Rahmen.

»Ja, nicht wahr.« Lächelnd kommt sie ihren Cocktail schwenkend dazu und nimmt mir das Bild ihrer Tochter ab. »Meine kleine Maus.« Sie stellt den Rahmen nicht an dieselbe Stelle zurück, sondern positioniert ihn auf dem Papierstapel, weshalb das brisante Anwaltsschreiben nun verdeckt ist. Sanft zieht sie mich am Arm in Richtung Vorgarten. »Komm mit. Unsere Auszeit wartet.«

»Stopp, Tine. Ich muss dich was fragen. Es kann nicht mehr warten.« Ich bleibe auf dem Terrassenabsatz stehen, was sie dazu zwingt, ebenfalls neben mir innezuhalten. »Du hast doch dieses Telefonat geführt, als wir gemeinsam in Moms Praxis waren. Es klang ziemlich seltsam und ich mache mir Sorgen um dich. Wenn es irgendetwas gibt, worüber du reden möchtest … ich höre dir zu und helfe dir auf jeden Fall – immer, egal ob von hier aus oder aus England.«

Kurz huscht ein Schatten über ihr Gesicht, dann lacht sie meine Bedenken etwas zu hysterisch beiseite. »Mach dir bitte keine Gedanken um mich. Du solltest dir lieber welche um dich machen. Zum Beispiel um die Nacht mit Nick und vor allem um dein Herz«, lässt sie keinen Zweifel daran, dass sie ganz genau weiß, was bei mir los ist. Damit hat sie einen Punkt getroffen, der mich augenblicklich zum Schweigen bringt. Touché.

Und so setzen wir uns wieder – jede mit ihrem Glas in der Hand – in den lauen Sommerabend, in der Hoffnung, dass die Sonne all unsere Geheimnisse überstrahlt.

Ich befrage Tine nicht weiter und schätze es sehr, dass sie dasselbe für mich tut. Ob das nun gut ist oder reine Verdrängung – es ist uns egal.

Denn wir haben wertvolle Freundinnenzeit, die uns keiner nimmt.

Kapitel 8

Mittlerweile ist Donnerstag, und seit Nick überstürzt aus Dads Villa abgehauen ist (okay, weil ich es von ihm verlangt habe), sind einige Tage vergangen. Ich habe nichts mehr von ihm gehört und nehme an, dass er sauer auf mich ist und wenig Verständnis für meinen Gefühlsausbruch hat. Vielleicht zu Recht. Aber ich bin nun mal wütend auf ihn, weil er zugelassen hat, dass wir Sex haben, und weil deswegen alles aus dem Ruder gelaufen ist. Selbstverständlich weiß ich, dass ich genauso schuld daran bin. Ganz tief in meinem Herzen möchte ich diese eine Nacht, die wir hatten, noch nicht einmal missen – unabhängig davon, dass sie falsch war. Vielleicht kann man so was für immer für sich behalten und nur hin und wieder still und allein im Herzen daran zurückdenken. Geht das? Darf man das?

Obwohl ich nicht viel Zeit mit ihm verbracht habe, fehlt er mir irgendwie. Vielleicht ist es genau dieses Gefühl des Vermissens, das ich nicht mehr fühlen wollte, was mich immer davon abgehalten hat, nach Büdnitz zurückzukehren. Seit Jannis' Notfall wünschte ich, ich hätte mich an diesen Vorsatz gehalten.

Denn nun beäugen mich selbst die Heusers kritisch. »Guten Morgen«, rufe ich dennoch zur anderen Straßenseite hinüber, wo Frau Heuser mit ihrem Dackel spazieren geht. Sie tut so, als hörte sie mich nicht. Wahrscheinlich nimmt mir in der aktuellen Situation sowieso niemand mehr ab, dass ich noch versuche, Dinge geradezurücken und einen Nachfolger für Moms Praxis zu finden.

Tobi und ich bringen Dad heute Morgen zur Kanzlei im Möwenweg. Anschließend wird mein Bruder ebenfalls zur Arbeit gehen. Für mich ist es der letzte Morgenspaziergang mit den beiden – danach werde ich in der Villa meine Koffer packen.

»Wir könnten eine Gegenoffensive zu Friendsbook starten«, schlägt Tobi neben mir vor, während Dad einen Flyer aus dem Kanzleibriefkasten zieht.

»Könnten wir, aber das hat schon jemand übernommen«, entgegnet Dad. »Die Vorteile Ihrer persönlichen medizinischen Betreuung«, liest er vor und klappt das Flugblatt, das ganz in Weiß gehalten ist und in der Mitte ein rotes Kreuz trägt, bedächtig auseinander.

Tobi stemmt gespannt die Hände in die Hüften und lugt ihm über die Schulter. »Da sind die Vorteile einer Landarztpraxis aufgelistet. Sauber! Und darunter ist erklärt, wie schwer dieser Job in der Realität ist«, fasst er zusammen. »Es freut mich, dass das auch mal jemand sieht.« Mein Bruder weiß, wie hart unsere Mutter immer gearbeitet hat, wie schwierig manche Patienten waren und wie oft sie zusätzliche Hausbesuche sowie unbezahlte Überstunden eingeschoben hat. Das alles wurde von ihr und wird auch heute noch von Ärzten und Pflegepersonal erwartet – oft ohne Gegenleistung.

»Heieiei.« Dad zieht scharf die Luft ein. »Das ist wirklich gut gemacht. Besonders die Fotos.«

»Da sind Bilder drauf? Darf ich?« Jetzt bin ich richtig neugierig und nehme ihm den Zettel aus der Hand. Die

Fotoqualität, in der unsere neu gefertigten Räumlichkeiten dargestellt sind, erstaunt mich. »Brillant!«

»Woher sind die?« Tobi wedelt mit dem Arm eine Mücke zur Seite, als könnte er dann besser gucken.

»Keine Ahnung«, antworte ich und drehe den Flyer hin und her, während Dad mit seinem Schlüsselbund klappert und die Kanzleitür aufschließt. Eigentlich kommen nur ganz wenige Menschen infrage, die in der Lage gewesen wären, derart gute Bilder von den Innenräumen zu schießen: Tine natürlich, Leni und eventuell Nick. Und ich. Gut, ich falle raus und Nick sowieso. Er hat andere Prioritäten, als einen Flyer zu gestalten – seine Belle zum Beispiel. Der Text erinnert mich außerdem sehr an eine schulische Hausarbeit. Vielleicht die einer Gymnasialschülerin, und zwar einer ganz bestimmten Gymnasialschülerin.

Folgendes haben wir für Sie zusammengefasst:

1. In einer privaten Hausarztpraxis kann die Ärztin oder der Arzt eine enge Beziehung zu seinen Patienten aufbauen und eine ganzheitliche Behandlung gewährleisten.

2. Persönliche Betreuung bedeutet: Man kennt sich.

3. Die Krankengeschichte wird über einen längeren Zeitraum verfolgt, was hilft, die Bedürfnisse und die Versorgung der Patienten besser im Blick zu halten. Das ist besonders bei chronischen oder komplexen Erkrankungen wichtig.

4. Flexible Termine

5. Gute Gespräche

6. Schnelle Versorgung vor Ort!

So geht der Text weiter. »Mein Bauchgefühl sagt mir, dass es Leni war«, spreche ich meine Vermutung aus und stecke den Flyer zusammengefaltet in meine Hosentasche.

»Und mein Bauch sagt mir, dass ich Hunger habe. Wir hätten doch bei Elkes Kaffeebude am Strand vorbeigehen sollen«, schließt Tobi. Das ist mein Bruder. Ich schenke ihm einen herausfordernden Blick. »Was? Ich war es nicht«, merkt er überflüssigerweise an.

»Ach!« Ich verdrehe die Augen.

»So oder so, eine herausragende Aktion!«, lobt Dad, der mit Lobhudeleien normalerweise mehr als sparsam ist. »Kinder, wir sehen uns heute Abend zum Essen. Ich kann einfach nicht glauben, dass du morgen schon wieder abreist, Schätzchen.« Er drückt mich fest. Ich bin so überrumpelt von seiner spontanen Geste, dass ich ihn ebenfalls an mich drücke. Etwas, das ich in dieser Intensität zuletzt als Teenager bei schlechten Noten oder Liebeskummer getan habe. Wie viele Jahre mir wohl noch mit meinem Vater bleiben? Ich schiebe die destruktiven Gedanken weg. Schließlich wollte ich immer im Ausland leben und arbeiten. Das ist ein Traum, den ich mir endlich erfüllt habe. Dad räuspert sich. Er lässt selten einen derartigen Anflug von Traurigkeit zu wie jetzt. Wir lösen uns voneinander.

Tobi schweigt betreten und wendet schnell den Blick ab. Mir wird schwer ums Herz, ich spüre einen Druck auf meiner Brust und einen Kloß im Hals.

»Wann ist Henry da?« Bisher hat mein Bruder sich nicht großartig für den Zeitplan meines Freundes interessiert. Die

183

Frage kommt mir daher hier in der Büdnitzer Idylle, in der die Vögel von den Bäumen zwitschern und die Sonne scheint, fast deplatziert vor.

»Morgen Abend. Und wir werden vermutlich zeitnah nach England aufbrechen«, beantworte ich sie trotzdem. Ich bin eine erwachsene Frau und führe mein eigenes Leben. So ist das nun.

»Schade.« Dad gibt mir ungeachtet der erwachsenen Frau, die ich sein will, zum Abschied einen Kuss auf die Stirn und seufzt mal wieder. Es fällt ihm sichtlich schwer, dass wir bald nicht mehr zusammen durch die Straßen schlendern und gemeinsam zu Abend essen werden. Mir geht es ehrlich gesagt genauso. »Bis nachher, Schätzchen.«

Ich begleite meinen Bruder zum Rathaus. Tobi schwatzt hie und da mit Passanten, während ich in Gedanken bei der Tagesplanung bin. Am liebsten würde ich zuerst mit Leni den Flyer besprechen, wenn es denn ihrer ist, und dann Tine in der Klause besuchen. Eigentlich müsste es mich erleichtern, dass mit meiner Abreise auch die Schmach wegen Jannis' Notfall bei den Büdnitzern in Vergessenheit geraten wird. Doch das tut es nicht. Dunkel schwant mir, dass mein Verschwinden mehr einer Flucht als einer echten Lösung gleicht. Außerdem mag ich Tobi irgendwie nicht allein lassen – obwohl er mein älterer Bruder ist. Vielleicht braucht er mich ja? Genauso wie Tine. Ich betrachte ihn von der Seite, während wir zielgerichtet über den Markt auf seine Arbeitsstelle zusteuern. Die Sonne lässt seine Haare kastanienfarben glänzen und es ist nicht abwegig, dass Belle ihn attraktiv finden könnte. Sie verbringen ungewöhnlich viel Zeit miteinander. Und dann die Rostock-Sache. Umgekehrt ist Belle natürlich auch eine tolle Frau. Nur moralisch wäre es nicht ganz vertretbar. Oder?

»Kann es sein, dass Belle und du euch ziemlich gut versteht?«, hake ich vorsichtig nach.

»Wenn du damit unser gemeinsames juristisches Interesse meinst, dann ja«, weicht er aus. Sein Gesichtsausdruck ist so undurchschaubar wie der Winternebel über der Ostsee. »Sieh mal, Elke hat heute einen Stand auf dem Markt. Sollen wir uns doch noch schnell einen Muffin gönnen?«

»Habt ihr euch wegen der guten Muffins in dem Café in Rostock getroffen?«, nutze ich die Überleitung.

»Elke und ich?« Er ist so schlagfertig wie immer.

»Nein, Belle und du.«

Gereizt schaut er auf seine Armbanduhr, allerdings nicht, um wie sonst seine Schrittanzahl zu überprüfen. »Vergiss das mit Belle. Es ist unwichtig, sie ist mit Nick zusammen. Ich habe außerdem gleich eine Trauung und muss mich beeilen.«

Eben wollte er noch Muffins kaufen, jetzt hat er Termine. Seine Gesichtsfarbe wechselt von sonnengebräunt zu Dunkelrot.

»Tobi, du kannst nicht …« Das Klingeln meines Handys unterbricht das, was ich zu seinem vermeintlich geheimen Date sagen wollte. Ich krame in meiner Handtasche, während ich trotzdem weiterrede. »Ich meine, Belle und du.« Tines Name steht auf dem Display. Um diese Uhrzeit ruft sie mich sonst nie an. Ist bestimmt wegen des Flyers, den Leni in Eigenregie verfasst und verteilt hat. Es klingelt weiter.

»Merk dir doch einfach, was du mir sagen wolltest, wir sehen uns nachher bei Dad zum letzten Abendmahl.« Mein Bruder klopft mir auf die Schulter und ergreift die Gelegenheit, sich heimlich aus der Affäre zu ziehen – im wahrsten Sinne des Wortes. Aber wer bin ich, ihn deshalb zu verurteilen? »Mach's gut.« Schon springt er die Stufen zum Rathaus hinauf und verschwindet durch die breite Eingangstür. Tja.

Ich bleibe stehen und nehme Tines Anruf entgegen. »Hi, Süße.« Unter der Linde neben dem altehrwürdigen Gebäude finde ich einen Schattenplatz. »Ich hab schon gesehen, was Leni gemacht hat. Das ist echt einsame Spitze!« Ich lasse mich auf der Holzbank nieder.

»Wie bitte?!« Ihre Stimme ist schrill und sie klingt kein bisschen stolz auf ihre Tochter. »Das war ganz bestimmt nicht Lenis Werk!«

»Oh, okay«, rudere ich zurück. Eine Gruppe Frauen geht vorbei und ich sehe, wie sie tuscheln und mich beobachten. Lenis Flyer zeigt hoffentlich Wirkung, wie Medien das immer tun – die Menschen scheinen sich nun nicht mehr so einig zu sein, was sie die *medizinische Versorgung an der Ostsee* betreffend glauben sollen. »Ich finde es super, der fiesen Attacke von Meier oder von wem auch immer ordentlich Gegenwind zu geben. Ich bin selbst gar nicht darauf gekommen, so was zu drucken. Leni ist ein echter Goldschatz!«

»Hä?!«, fragt Tine superlaut zurück, als wäre sie schwer von Begriff. Ich halte den Hörer kurz von meinem Ohr weg. »Wovon redest du eigentlich?«

»Na, von dem Text.« Meine beste Freundin ist wohl noch nicht ganz wach heute. »Der Flyer ist richtig schick. Mit Liebe zum Detail. Und so klug argumentiert, wie eine Hausarztpraxis funktioniert. Wie Leni halt ist«, fahre ich fort, und am anderen Ende der Leitung klingt es, als hätte Tine eine Spülmaschine zugeschmettert. Entweder ist sie zu Hause in der Küche oder in der Klause.

»Mensch, Saskia – das hat doch gar nichts mit dieser MVZ-Sache zu tun. Wo lebst du? Es geht um das hier.«

Ich bin vollends verwirrt, als sie mir einen Screenshot von dem schickt, was bei ihr zu Hause auf dem Küchentisch liegt und alle anderen Gesprächsthemen in diesem Ort mit einem Schlag für lange Zeit ablösen wird. Es gibt in der Tat nichts Größeres, nichts Aufregenderes und nichts Verrückteres, worüber die Leute reden könnten.

Es ist kein Flyer. Es ist die »Neues«, Deutschlands größte Tageszeitung, die über Büdnitz schreibt. Oh. Mein. Gott.

Auf der Titelseite ist ein Foto von Leni abgebildet, auf dem sie nicht mal ansatzweise so unkenntlich gemacht wurde, wie es sich für seriöse Medien, die die Privatsphäre einer Minderjährigen achten sollten, gehört. Das Bild wurde vor Lenis Schule aufgenommen, einfach so. Und das, was sie in der Zeile darüber getitelt haben, ist nicht lustig.

Ich finde keine Worte, um zu beschreiben, was ich denke. Noch weniger vermag ich mir auszumalen, wie Tine sich angesichts dessen fühlen muss. Das Ganze ist nicht nur schier unglaublich, es könnte eine richtige Welle lostreten und Lenis Leben für immer verändern. »Was ist das?«, frage ich atemlos.

»Ich weiß nicht, wer so was veranlasst haben könnte«, ruft Tine verzweifelt, und ich lese hastig. »Was machen wir denn jetzt, Saskia?«

Enthüllt! Alex Kristiansen!

Das geheime Leben seiner Tochter im Schatten seines Ruhms.

Seit Jahrzehnten bewundern Millionen Fans die Schnelligkeit, Ausdauer und magischen Momente des Weltfußballers auf dem Platz. Weltweit wurden unzählige Trikots mit seinem Namen verkauft. Er ist das Werbegesicht großer Sportmarken und auf allen namhaften Events dieses Planeten zu Hause.

Okay, ein Profifußballer. Die Rede ist von keinem Geringeren als dem Briten Alex Kristiansen. So weit, so gut, aber was hat das mit Leni zu tun? Ich muss weiterlesen.

> Kleine Jungs wollen sein wie er und ihre Väter schwärmen von dem Mann, der einst alle Titel gewann. Doch neben dem ganzen Ruhm tritt nun die Schattenseite des echten Alex Kristiansen zutage.
>
> Die »Neues« erfuhr exklusiv, dass der ehemalige Profisportler eine Tochter hat, die vor der Öffentlichkeit geheim gehalten wurde.
>
> Eine Schweigepflichtvereinbarung sollte die Enthüllung seiner Vaterschaft unter Androhung rechtlicher Konsequenzen für immer verhindern. Während Kristiansen in England einem ausschweifenden Lebensstil frönt, wächst seine Tochter in ärmlichen Verhältnissen ohne väterliche Zuwendung und liebevolle Anerkennung auf.

»Sie hat sehr wohl liebevolle Anerkennung!«, platze ich heraus. »Ärmliche Verhältnisse? O Mann, Tine. Das ist Lenis Vater?«

Schweigen am anderen Ende der Leitung. Ich weiß, was das bedeutet. Mit dem Handy am Ohr schleiche ich in eine Ecke des Rathauses, wo mir definitiv niemand mehr zuhören kann, und lese weiter.

> Die Details der Schweigepflichtvereinbarung waren bislang unter Verschluss, doch wir konnten uns Einsicht verschaffen. Wie wenig Moral hat unsere Prominenz? Ist es akzeptabel, dass eine Person des öffentlichen Lebens sein

eigenes Fleisch und Blut verleugnet, um sein Image zu schützen? Nicht nur wir, sondern auch die Medien anderer Länder sind bei diesem Fall an Bord. Welche Konsequenzen drohen Kristiansen? Was bedeutet diese rücksichtslose Vereinbarung für seine Karriere?

Und vor allem: Wie geht es der kleinen Leni?

Ja, wie geht es ihr? Sie haben nämlich nicht nur ihr Foto gezeigt, sondern obendrein auch noch ihren Vornamen preisgegeben. Als abschließenden Satz schreibt die Zeitung:

Wir gehen den tragischen Enthüllungen um den Profifußballer Alex Kristiansen in einer vierteiligen Serie nach, hier und in unserem Podcast.

»Das musstest du all die Zeit vor mir und allen verheimlichen, Tine?« Ich zweifle die Geschichte nicht an, denn so vieles ergibt auf einmal einen Sinn. Die Verschwiegenheitsvereinbarung und die Tatsache, dass Tine nie über Lenis Vater sprechen konnte.

»Es ging nicht.« Sie schluchzt.

»Ich verstehe das.« Das tue ich wirklich.

»Wie soll ich das nur meiner Tochter erklären?«

»Es wird vielleicht etwas dauern, bis sie es begreift, aber mach dir keine Sorgen.«

»Saskia, hier sind jede Menge Fotografen vor der Haustür. Wie haben die so schnell herausgefunden, wo wir wohnen?« Tine ist im Panikmodus.

»Ich komme zu dir.«

»Okay, ich fahre noch zur Schule und hole Leni ab. Der Direktor hat vorhin angerufen – da sind auch Paparazzi. Sie stören den Schulbetrieb. Ich muss mit meiner Tochter reden, bevor es jemand anderes tut. Ihr alles erklären. Ich muss …«

»Bleib ruhig. Wir haben das im Griff.« Durch meine Gehirnwindungen rattern all die Apps, die Leni nutzt. Sie wird die Meldung, die im Netz sicher viral gegangen ist, mit all den freundlichen und gehässigen Kommentaren längst gesehen haben. Hundertprozentig. Ich versuche, etwas Hilfreicheres von mir zu geben. »Wir bekommen das hin. Ganz sicher.« Hoffentlich bekommen wir das hin.

Zu Fuß breche ich in Richtung Fischerhäuschen auf. Ich brauche mindestens fünfzehn Minuten. Bis dahin sollte Tine mit Leni zurück sein.

Unterwegs versuche ich, Nick zu erreichen, doch er hebt nicht ab. Mir ist heiß und ich verfluche die langen Jeans, die ich heute Morgen angezogen habe, weil es so frisch war. Ich sollte den Wetterumschwung hier oben an der See nun wirklich besser kennen. Die Sonne brennt jetzt regelrecht, weshalb ich den Cardigan ausziehe und mir um die Hüfte binde. Dabei beobachte ich aus der Entfernung, dass sich mehrere weiße Lieferwagen vor Tines Schlumpfhaus postiert haben. Das müssen Reporter sein. Die Szenerie wirkt beunruhigend und irgendwie gruselig, besonders für ein Kind. Dürfen die das überhaupt? Na, denen werde ich was erzählen!

In Rage laufe ich an den Vorgärten vorbei, ohne nach rechts und links zu schauen.

»Du bist ja geladen!«, spricht Hein mich kurz vor Tines Haus von der Seite an. Er ist ihr Nachbar und natürlich steht er, den Arm auf einen Rechen gestützt, draußen in seinem Lavendelfeld, um das Spektakel zu begutachten. »Du musst dich unauffälliger verhalten, wenn du nicht auch noch auf der

Titelseite landen willst«, rät er mir und öffnet das hüfthohe Törchen zu seinem Grundstück für mich.

Mehr oder weniger widerwillig entschleunige ich und trete ein. »Aber man kann die doch nicht einfach gewähren lassen.« Mit dem Kopf deute ich auf die Fotografenmeute. »Man muss sich wehren, oder nicht?«

»Aktuell eher nicht«, nimmt er mir die Überzeugung, dass Kämpfen die richtige Wahl ist. »Alles, was ihr tut, ergibt nur eine nächste Schlagzeile. Wusstest du das von Alex Kristiansen eigentlich?«

»Nein.« Ich schüttele den Kopf, ohne die Fotografen nebenan aus den Augen zu lassen. »Sie hat mir nichts gesagt.«

»Verständlich unter den Umständen«, murmelt Hein und stützt sich wieder auf den Rechen.

»Was hältst du als Anwalt von dieser Schweigepflichtvereinbarung?« Am liebsten würde ich die Hände vors Gesicht schlagen, wenn ich darüber nachdenke, dass Tine so was ernsthaft unterzeichnet hat. Aber ich will den Reportern nicht doch noch eine unnötige Story liefern. Folglich tue ich es Hein gleich und verhalte mich neutral. »Warum hat sie das gemacht?«

Mit seinem Werkzeug recht er ein paar Blätter zusammen. Ich weiß, dass er angestrengt nachdenkt, und auch wenn er Belles Vater ist – in der Tine-Sache sind wir alle eine Familie und können uns aufeinander verlassen, weil wir ihr helfen wollen.

»Sie muss ziemlich eingeschüchtert gewesen sein, schätze ich. Kein Wunder bei so einem Typen: reich, sportlich, selbstbewusst und weltweit erfolgreich. Außerdem ist es fünfzehn Jahre her, da war man im Denken noch nicht so weit wie heute. Damals hat man nicht viel über Ungerechtigkeit, ungleiche Machtverhältnisse oder Benachteiligung von Frauen gesprochen.«

Wahrscheinlich. In den letzten Jahren sind schwierige Themen zwar öffentlich diskutiert worden, dennoch hat sich in der Gesellschaft erschütternd wenig verändert. Aber immerhin ist heutzutage mehr Wissen und Aufklärung da.

»Ich halte gar nichts von diesem Schweigepflichtding«, fährt Hein fort. »Ich glaube nicht einmal, dass es rechtsgültig ist. Man darf andere nicht mit einer unverhältnismäßigen Strafe einschüchtern. Abgesehen davon haben beide auch vor dem Gesetz elterliche Pflichten zu erfüllen. Er ebenso. Tine müsste der Vereinbarung außerdem freiwillig zugestimmt haben, was ich für sehr unwahrscheinlich halte. Das muss man alles prüfen und gegebenenfalls vor Gericht beweisen.«

»Das ist doch Wahnsinn, Hein! Allein die Tatsache, dass der Kerl sie als Mutter in eine solche Situation gebracht hat, macht mich wütend.« Ich balle die Fäuste und er legt eine Hand auf meine.

»Wut ist nie ein guter Ratgeber. Wirklich nie, Saskia. Wir müssen sachlich überlegen, was zu tun ist.« Er stellt den Rechen zur Seite und nimmt die grünen Handschuhe von den Mauersteinen neben sich. Als er sie übergestreift hat, greift er nach der Gartenschere, bückt sich und schneidet vertrocknete Lavendelzweige ab, die er danach in einen Eimer fallen lässt. Es hat etwas Meditatives und ich bin mir nicht sicher, ob er das tut, weil er es sowieso vorhatte, oder ob er für die Reporter damit Normalität ausstrahlen möchte. Wie dem auch sei, ich hocke mich zu ihm und streiche so interessiert über die lila Lavendelstiele, als hielten wir eine Expertenrunde zum Thema Gartenpflege ab. »Wie geht's jetzt weiter, Hein?«

»Ich werde ein paar Anwaltskollegen in Hamburg kontaktieren und mit Belle und deinem Vater Rücksprache halten. Danach melden wir uns bei Tine. Sag ihr das, wenn du rübergehst. Sie muss Ruhe bewahren und darf öffentlich keine unüberlegten Aussagen machen.« Hein spricht leise und mit

Bedacht, obwohl es sehr unwahrscheinlich ist, dass uns jemand zuhört.

»Ich sag's ihr.«

»Die Aufmerksamkeit wird nicht lange anhalten. Leni ist quasi unwichtig im Gegensatz zu ihrem Vater. Trotzdem muss man Maßnahmen treffen, um ihr Privatleben zu schützen.«

»Und prüfen, inwiefern man die ›Neues‹ verklagen kann«, schnaufe ich, obwohl ich keinen blassen Schimmer habe, wie die Boulevardwelt funktioniert und was dort rechtlich erlaubt ist. Allerdings kenne ich jemanden, der Ahnung davon hat: Henry. Ich brauche ihn jetzt mehr denn je.

Wir erheben uns und ich verabschiede mich von Hein.

Mein Freund beantwortet meinen Anruf jedoch leider genauso wenig wie mein Ex-Mann, weshalb ich erst mal keine neuen Erkenntnisse erlange. Genervt stecke ich das Handy weg und werde dabei prompt vor Tines Gartentörchen fotografiert. »Hey, das dürfen Sie nicht!«, keife ich den Glatzköpfigen mit der stylishen Retrokamera an, doch er lässt sich nicht beirren. Ich höre, wie die Reporter sich auf einmal in unterschiedlichen Sprachen unterhalten. Es scheint etwas Spannenderes passiert zu sein, als darauf zu warten, dass Leni sich an den Fenstern, die Tine alle verdunkelt hat, zeigt. O weh, hoffentlich taucht dieser Kristiansen nicht hier im Ort auf.

Die Ersten schwingen sich in ihre Wagen, während das sonst so fröhliche Häuschen meiner Freundin einem Geisterhaus gleicht. Ich habe bis vor Kurzem nicht gewusst, wie viel digitale Medien und Presse anrichten können.

Tine öffnet die Tür und fällt mir um den Hals. Hastig zieht sie mich in den Flur. »Es tut mir so leid. Ich wollte es dir dauernd sagen, aber ich hatte Angst. Was, wenn ich diese Strafe hätte zahlen müssen? Vielleicht muss ich das sogar noch. Saskia, ich muss doch mein Kind ernähren.«

Leni steht daneben. Sie scheint das alles schon einmal von ihrer Mutter gehört zu haben, denn sie ist weniger aufgeregt und verstört, als ich es erwartet hätte. Liegt vermutlich an ihrer Persönlichkeit. Jetzt da ich es weiß, erkenne ich in ihrer schlanken Statur, dem hellblonden Haar und den Sommersprossen auf der Nase ihren Vater wieder. Sie trägt ein helles Kleid, die Mähne zum Pferdeschwanz hochgebunden. Sie wäre der perfekte Star! Ich presse mir die Hand auf den Mund, wenngleich ich den Gedanken nicht laut geäußert habe.

Wir gehen in die Küche, da der Teil des Raumes mit dem Fenster nach hinten ausgerichtet ist, und Tine traut sich, die Rollläden halb hochzuziehen. »Das ist total verrückt!«, sagt sie immer wieder.

Leni schiebt den teuren Hightechmixer, den ihre Mutter vom Geld ihres leiblichen Vaters gekauft hat, zur Seite und macht sich einen Milchdrink, indem sie einen Handshaker benutzt. »Die wenigen Male, die ich ihn per Facetime gesehen habe, wo er diese Kappe ins Gesicht gezogen hatte, hab ich ihn nie als den erkannt, der er ist.« Es klingt, als machte sie sich Vorwürfe, dass sie es nicht selbst herausgefunden hat.

»Er hat zwei Muttersprachen, Englisch und Deutsch«, erzählt Tine und rückt sich gerade den Hocker an der Küchentheke zurecht, als ihr Handy auf der Ablage klingelt. »Das ist er!«

»Wer? Alex Kristiansen ruft ernsthaft hier an?!« Ich bin so perplex, dass mir die Spucke wegbleibt. »Soll ich für dich rangehen, Tine?«

»Nein, ich mache das für dich, Mama.« Schon hat Leni nach dem Gerät gegriffen. Eine Fünfzehnjährige reagiert schneller als wir beide.

»Hallo, Dad«, nimmt sie den Anruf an und schaltet den Lautsprecher ein, damit wir mithören können. Mit ihrer Ansprache scheint sie den Mann am anderen Ende überrascht und dermaßen getroffen zu haben, dass zunächst nur ein Schweigen die Antwort ist. Ich überlege, ob es klug wäre, das Gespräch aufzuzeichnen, lasse es jedoch, weil es nicht der richtige Moment für derartige Taten ist.

»Leni.« Mehr bringt er erst mal nicht hervor. »Fucking shit. How can I explain … Wie kann ich dir das erklären?«, stottert er halb auf Deutsch, halb auf Englisch. Ist das Show, oder ist er als Mittvierziger nun eine Spur rührselig, weil er – soweit ich weiß – weder offiziell verheiratet ist noch Kinder hat?

»Try it. Versucht es, beide. Ich höre zu, aber nur einmal«, erwidert Leni.

Tine streicht ihrer Tochter über den Rücken und ich kann sehen, wie sehr ihr das überlegte Verhalten imponiert. In ihren Augen glänzen Tränen. Ich lehne mich an das Holz des Küchentresens und schiebe ein schmutziges Shirt zur Seite, das wahrscheinlich schon ein paar Tage auf der Platte liegt. Leni setzt sich unterdessen auf den Hocker neben ihre Mutter. Wir befinden uns zwischen Wäschebergen, Zeitschriften und Tines Zettelwirtschaft. Ganz normaler Alltag. Mir wird schlagartig bewusst, dass Alex Kristiansens Management wohl diesen Einblick in sein Privatleben verhindern musste. Als VIP und Spitzensportler soll er nicht normal erscheinen, sondern überirdisch, hyperorganisiert sowie diszipliniert und laut der Fotos, die seit Jahren von ihm in der Presse kursieren, äußerst modebewusst (wie Leni). Vermutlich sollten die Verurteilungen, dass er eine Frau geschwängert hat, die kein Model ist und nicht in der Glamour-Öffentlichkeit steht, umgangen werden. Ich bin mir auch ziemlich sicher, dass Tine ihr Leben nicht für seine Glitzerwelt aufgegeben hätte. Sie liebt Beständigkeit und die See. Außerdem legt sie weder Wert auf teure Handtaschen noch möchte sie die Bezeichnung »Moderatorin« oder »Spiegel-Bestsellerautorin« eines Buches tragen, das sie nicht selbst geschrieben hat. Sie ist das Gegenteil einer klassischen

Spielerfrau, auch wenn das nur ein Klischee ist. Aber warum hat Kristiansen den Kontakt zu ihr nie ganz abgebrochen, wenn er es doch per Vertrag so perfekt vorbereitet hatte?

»Ich habe vor sechzehn Jahren in einem privaten Luxushotel auf Mallorca ausgeholfen. Es hat bloß wenige Zimmer. Die Gäste waren alle berühmt, aber es hat uns Angestellte nicht interessiert. Ich glaube, deshalb wurden wir auch dafür ausgewählt«, startet Tine mit brüchiger Stimme, und ich erinnere mich daran, wie sie dieses Jobangebot seinerzeit freudestrahlend angenommen hat.

»So war es. Und, ähm ... ja, ich war einer dieser Gäste.« Der Mann stöhnt schwer und ich bekomme nicht zusammen, warum er überhaupt anruft und irgendeiner Vaterrolle nachkommen will, die er nie innehatte. Immerhin hat er diese Schweigepflichtvereinbarung aufsetzen lassen. Ich muss mich zurückhalten, damit mir nichts Unsachliches herausrutscht.

Tine spielt mit den Ringen an ihren Fingern. Es geht ihr sehr nahe. »Du hattest mir die große Liebe versprochen. Pah!«, macht sie. »Wir haben exklusive Kurztrips unternommen, wenn ich Feierabend hatte. Ich habe mich verliebt.«

»Warum gibt es dann keine Bilder von euch? Paparazzi sind doch überall«, merke ich nach der jüngsten Erfahrung damit an.

»Seine Assistentin hat unsere Treffen gut geplant. Ich war naiv, beeindruckt und dumm.«

»Damn, it's not that simple!«, stößt der Mann auf der anderen Seite hervor. »Du machst es dir zu easy, Tine! Du hast nicht mein Leben gelebt.«

»Ich will die ganze Geschichte wissen und mir ist scheißegal, wer wessen Leben lebt.« Leni hat länger nichts mehr gesagt, ist aber auch zu schlau, um sich vorschnell eine Meinung zu bilden. Oder sie will ihren Eltern eine Chance geben. Ob ihr Vater die verdient, muss sie später entscheiden.

»Ich habe mich hochgearbeitet, jahrelanges Training, gesundheitliche Probleme und kaum Freizeit.« Kristiansen ist aufgebracht. »Das habe ich mir so auch nicht ausgesucht, meine Eltern hatten nichts. Ich habe meine ganze Familie mitfinanziert. Hätte ich das aufs Spiel setzen sollen?«

»Man kann nicht alles auf seine Herkunft schieben, Alex«, schnaubt Tine in gereiztem Ton.

»Das tue ich nicht. Ich hätte keinen Treuhandfonds für sie anlegen können, wenn meine Karriere mit einem Schlag vernichtet worden wäre. Ich weiß, dass Geld dir egal ist, Tine. Aber mir nicht, und es wird auch für Leni nicht irrelevant sein. Abgesehen davon, es gibt einen Haufen Leute, die von mir abhängig sind. Ich habe nicht nur die Verantwortung für mich, sondern für viele. Deshalb haben ich und mein Management es als die beste Lösung angesehen.«

»Scheiß auf dein Management!« Tine haut auf den Tisch. So habe ich sie nie zuvor in Gegenwart ihrer Tochter erlebt.

»Es klingt beschissen, richtig. Aber Leni ging es gut bei dir. Deine Welt ist so viel besser für sie als meine. Und ich habe mich immer bei dir erkundigt, wie es ihr geht. Ich hätte dir mehr Geld geschickt, wenn du gewollt hättest. Du weißt genauso gut wie ich, Tine, dass der Vorschlag mit der Schweigepflichtvereinbarung nicht von mir, sondern vom Management kam, und du hast ihn unterschrieben.«

»Dir zuliebe. Ich war verblendet und verliebt und ich wollte dein Geld nicht.« Tine wird rot. »Außerdem haben deine Leute mir Druck gemacht.«

»Mir auch. Es ist ein Millionengeschäft. Was hast du erwartet, als du dich mit mir eingelassen hast?«

Alle schweigen. Es ist eine Frage, die in einer Diskussion, die sehr schnell unübersichtlich geworden ist, niemand beantworten kann. Mit einem Mal kann ich beide Seiten verstehen.

»Es ändert nichts daran, dass du ein Geschenk für mich bist, Leni«, sagt Tine an ihre Tochter gewandt. »Ich hoffe, du kannst mir irgendwann verzeihen, dass ich nicht ehrlich zu dir war. Aber ich wollte es uns ersparen, eine Unsumme an Strafe zahlen zu müssen.« Meine Freundin ist den Tränen nahe. Auch Leni schluckt schwer.

»Jetzt bin ich allein der Sündenbock? Obwohl ich meine Tochter nie treffen konnte?« Kristiansen hört sich an, als würde er am liebsten hier bei uns am Küchentresen stehen.

»Willst du das jetzt?«, presst Leni hervor.

»Ich will es. Ja, natürlich.«

»Weil dein Geheimnis herausgekommen ist?« Tine lacht ironisch und ich kann ihren Gedankengang nachvollziehen. Die beiden werden viel Zeit brauchen, um sich wieder anzunähern und einander zu vertrauen – für Leni.

»Nein. Weil ich dankbar dafür bin, dass die Geheimnistuerei für uns alle endlich vorbei ist.«

»Du hättest es längst beenden können.« Meine Freundin möchte die Taste zum Auflegen drücken, doch Leni hindert sie daran.

»Noch einmal: It's not that fucking simple, Tine! Hast du mir eben überhaupt zugehört?«

»Ihr habt es beide verbockt, Mama. Auch wenn du trotzdem die beste Mutter bist, die man sich wünschen kann. Und ein geheimnisvoller Vater ist besser, als vom eigenen Vater geschlagen zu werden … wie bei Oliver.«

»Was redest du denn da?« Tine entgleisen die Gesichtszüge und mir geht es nicht anders. »Oliver wird geschlagen?«

Leni nickt stumm und es erschüttert uns alle, aber irgendwie habe ich so was geahnt. Eine Platzwunde und blaue Flecke kommen nicht von ungefähr.

»Wenn ich das gewusst hätte.« Tine legt tröstend den Arm um ihre Tochter und Tränen laufen über Lenis Wangen.

Endlich lässt sie die angespannten Schultern sinken und atmet hörbar aus. »Ich mag ihn und möchte ihm helfen.«

»Das werden wir.« Eine Weile ist es so still wie auf einem Friedhof. Niemand sagt etwas, und auch der Profifußballer stellt keine unnötigen Fragen zu dem Jungen. Taktgefühl hat er, zumindest in diesem Moment.

Anders als die Presse getitelt hat, könnte die haarsträubende Boulevardgeschichte vielleicht ihr Gutes haben, denke ich. Oft gibt es Gründe, warum Menschen sich verhalten, wie sie es tun. Ohne aufeinander einzugehen und sich auf den anderen einzulassen, erfährt man die Hintergründe jedoch nur selten.

»Es kann sein, dass mein Management weiterhin darauf bestehen wird, dich zu verklagen«, kommt Alex zurück zum Thema. »Aber ich werde alles daran setzen, das zu verhindern, Tine. Mist, es kommt jemand. Ich muss Schluss machen. Aber ich melde mich wieder, okay? Gebt mich bitte nicht auf«, verlangt Kristiansen zusammenhanglos. Dann ist das Gespräch beendet.

»So ist es immer gewesen, wenn wir telefoniert haben«, erklärt Tine und schnieft in ein Taschentuch. »Es kam jemand, er musste auflegen, hatte wenig Zeit. All so was.«

»Ich denke – egal, wie sehr ich ihn für das hasse, was er euch angetan hat – er steht extrem unter Druck. Dads Kanzlei prüft schon rechtliche Schritte und Hein fordert Kollegen aus Hamburg an. Macht euch keine Sorgen. Wir schaffen das gemeinsam.« Für mich ist klar, dass ich nicht abreisen kann, solange die Situation ungeklärt ist. Ich will für meine Freundin da sein, was ich viel zu lange nicht war.

Auf dem Rückweg zur Villa will ich zum wiederholten Mal Henry anrufen, um ihn über alles in Kenntnis zu setzen. Warum denkt man eigentlich vor allem, wenn man unterwegs ist, daran, zu telefonieren oder Nachrichten zu schreiben?

Doch bevor ich wählen kann, geht ein Telefonat von Nick auf meinem Mobiltelefon ein. Stimmt, bei ihm hatte ich es ja heute auch schon probiert.

»Was gibt's?«, möchte er nicht besonders freundlich wissen – was ich ihm nicht verübeln kann, nachdem ich ihn vor ein paar Tagen rausgeworfen habe.

Ich kicke ein Steinchen vor mir her. »Hast du noch nichts mitbekommen?« Seine Ahnungslosigkeit würde mich wundern. Schließlich besitzt er die einzige Kneipe im Ort und ist sonst immer der Erste, der Neuigkeiten jeglicher Art erfährt.

»Doch, natürlich, aber ich bin im Stress, weil ich allein bediene. Warte mal einen Moment. Ja, Belle?« Ich höre ihn nur noch gedämpft, weil er das Mikro mit einer Hand verdeckt und mit seiner Freundin spricht. »Ja, melde dich, wenn du in der Kanzlei fertig bist. Dann können wir zum Strand runtergehen. Ich möchte dir etwas sagen, aber in Ruhe. Nur wir beide. Bis nachher.«

Ich schieße das Steinchen zur Seite weg und sehe Nick und Belle vor mir, wie sie auf einer Picknickdecke am Lagerfeuer vor der Surferbude sitzen, Sekt trinken und sich küssen.

»Saskia, bin wieder da«, sagt er mit rauer Stimme und bringt mich zurück in die Realität. Kurz entfällt mir der Grund meines Anrufs, weil die Schmetterlinge in meinem Bauch rebellieren. Ich unterdrücke sie. Diese Art von Gefühlen ist so was von fehl am Platze.

»Wie kann ich Tine helfen?«, erkundigt er sich.

»Sie könnte vermutlich ein paar freie Tage gebrauchen«, sage ich vorsichtig, während ich den Strandweg entlanggehe. »Ich weiß, das ist blöd, weil du viel zu tun hast.«

»Eben kam wieder ein Reisebus an. Aber ich frage die Aushilfen, ob wenigstens morgen und übermorgen jemand Tines Schicht übernehmen kann.«

»Ich kann dir heute auch helfen.« Meine Schritte beschleunigen sich automatisch wegen meines kühnen Vorschlags. Ich bin irgendwie aufgeregt, weil ich nicht weiß, ob es angemessen war, ihm das nach allem anzubieten. »Nur, wenn du willst.«

»Nicht nötig, Saskia«, erwidert er fast schon beiläufig. »Danke.«

»Bist du noch sauer?«

»Bei Gott, ja, das bin ich«, entgegnet er daraufhin, dieses Mal einen Tick zu laut. »Aber ich habe eine Entscheidung getroffen und die werde ich umsetzen. Ich kann das so nicht mehr.«

Ich bin überrascht, wie abgeklärt er sich anhört. Vermutlich hat er dieses Ding mit uns längst innerlich abgeschlossen, wenn es überhaupt ein Ding war. Vielleicht möchte er einfach reinen Tisch machen, falls er eine Zukunft mit Belle plant. Wie auch immer die aussehen wird.

»Okay«, murmele ich matt und schließe die Villa auf. Dad ist nicht zu Hause, wahrscheinlich diskutieren die Anwälte im Möwenweg noch Tines Fall. Ich werde also Nepomuk füttern und mich danach auf die Couch fallen lassen.

»Wenn du doch meine Hilfe brauchst, ruf mich an«, wiederhole ich stupide, und die Schmetterlinge in meinem Magen geben ihre Loopings auf.

Es war ein turbulenter Donnerstag, und als ich meine Muskulatur auf Dads großem Sofa dehne, spüre ich die Anstrengung in jeder Faser. Seit meiner Ankunft ist gefühlt ständig etwas Neues, Aufregendes passiert. Grundsätzlich erwartet man Aufregung ja eher in einer Großstadt, aber unser Leben in London ist dagegen recht beschaulich. Wir arbeiten, kommen nach Hause, essen, schlafen und das Ganze von vorn.

Mein Smartphone zeigt mehrere verpasste Anrufe von Tobi und eine Mobilboxnachricht an. Er möchte wissen, wie es bezüglich des Leni-Eklats und der Praxissache weitergeht. Als ich bei Tine war, habe ich einen Probedruck des Gegenflyers auf der Toilette gefunden und Leni hat zugegeben, dass sie das gestaltet hat. Diese Kleinigkeit ist aber unter den Tisch gefallen, weil es Größeres zu besprechen gab. Das kreative Talent hat sie allem Anschein nach nicht von ihrem Vater geerbt. Ich hoffe wirklich, dass Alex Kristiansen eine saftige Ausgleichszahlung für all die verlorenen Jahre blechen muss und Tine einer eventuellen Vertragsstrafe entgeht.

Hungrig reiße ich die Tüte Chips auf, die ich in Dads Wohnzimmerschrank gefunden habe, und schiebe mir eine Handvoll Kartoffelchips in den Mund. Alles andere als gesund, aber dafür beruhigend. Durchs Fenster betrachte ich den alten Kirschbaum, der im Frühling die schönsten zartrosafarbenen Blüten trägt. Schade, dass ich das verpasst habe. Neben mir liegt noch mein Mobiltelefon, doch ich bin gerade nicht in der Lage, eine vernünftige Konversation mit irgendjemandem zu betreiben. Außerdem habe ich Henrys Bandansage heute oft genug gehört. Dabei geht er sonst immer ran.

In meinem Kopf sitzt Nick jetzt händchenhaltend mit Belle am Strand und beteuert ihr seine ewige Liebe – vielleicht macht er ihr sogar einen Antrag. Wäre das tatsächlich möglich? Erschöpft schließe ich die Augenlider und schmecke der Paprikanote nach.

»Surprise, surprise! Überraschung! What's up, love?«

Mir entgleitet die Chipstüte, erschrocken reiße ich die Augen auf. Bruchstücke der Kartoffelscheibchen verteilen sich auf Dads heiß geliebtem Sofastoff.

»Henry?«

Kapitel 9

Es kommt schriller aus meiner Kehle, als es sollte. Dann springe ich auf und falle meinem groß gewachsenen Freund um den Hals. »Du bist hier! O mein Gott, ich freu mich!« Ich bin so glücklich, dass er mir zuliebe früher gekommen ist und mich aus der Tristesse rettet. Ob ich nur froh bin, weil ich nicht mehr allein bin, oder ob es wirklich um Henry geht, weiß ich nicht. Und wenn doch, verdränge ich es.

»Das ist ja mal eine stürmische Begrüßung. Du solltest die Verandatür schließen, Darling, wenn du hier so mutterseelenallein sitzt.« Er lässt mich los und zupft das Hemd mit dem Pferdchen-Emblem in Form. Dazu hat er heute eine feine Stoff-Designerhose und Slipper aus Wildleder kombiniert. Henry ist ein stilsicherer Typ und käme auch im Hochsommer niemals auf die Idee, seine Füße in Strand-Flip-Flops zu stecken. Korrektes Schuhwerk ist ihm wichtig. Turnschuhe zum Beispiel existieren bei ihm ausschließlich zum Sporttreiben. So habe ich ihn kennengelernt und so liebe ich ihn. Denke ich. »Was hast du sonst noch alles ohne mich getrieben, Darling?«

Er küsst mich auf die Wange, seine Lippen sind sanft, seine Gesichtshaut zart. Mit dem Zeigefinger streicht er über meinen Hals.

»Nichts«, erwidere ich schnell.

»Nichts geht doch gar nicht.« Er lacht und seine Augen strahlen. So was wie Augenränder oder Schwielen an den Händen kennt Henry nicht. Er geht alle drei Monate zum Medium seiner Mutter, um sich mit Chakra-Qi-Massagen wieder in seine Mitte bringen zu lassen. Ich habe nichts dagegen einzuwenden, dass er auf sich achtet. Abgesehen von dem von seiner Mutter übernommenen Hang zur Esoterik und dem ausgefallenen Job ist Henry sonst eher konservativ: Die Haare trug er schon als Jugendlicher exakt wie heute und die Stilberaterin seiner Eltern begleitet ihn seit Kindertagen. Er setzt sich neben mich und schlägt ein Bein über das andere. Seinen Koffer hat er wohl im Flur stehen lassen. Oder draußen auf der Veranda. »Leg los. Ich freu mich auf deine News.«

»Ich dachte, du machst von uns beiden hier die News«, gebe ich grinsend zurück. Mit niemandem sonst kann ich so herrlich sarkastisch und ironisch sein wie mit Henry. »Ich habe dein Taxi nicht kommen hören«, werde ich nüchterner.

»Solltest du ja auch nicht. Ich hab mich extra an der Straßenecke rauswerfen lassen, damit du mich nicht vorher siehst«, verrät er mir und küsst mich erneut, dieses Mal auf die Schläfe. »Sonst wäre es doch keine Überraschung geworden.« Er tippt sich an die Stirn, um zu zeigen, dass er das Ganze sorgfältig durchdacht hat. »Ist alles in Ordnung?«, bemerkt er meine Zurückhaltung und beginnt damit, die Chipskrümel zurück in die Tüte zu räumen.

»Sicher.« Es fällt mir schwer, einen Anfang zu finden und zu entscheiden, was ich ihm überhaupt erzählen möchte, aber ich versuche es. »Zuerst haben Tobi und ich eine neue Anzeige für die Landarztstelle aufgesetzt, damit wir die Praxis schnellstmöglich übergeben können und Büdnitz wieder einen eigenen medizinischen Ansprechpartner hat. Aber das hab ich dir ja schon erzählt. Und als Nick und ich dann die Räume generalüberholt haben – das hast du ja auch mitbekommen, ich zeig's dir morgen –, hat sich jemand beworben, der aber leider sofort wieder abgesagt hat. Total blöd!«

»Damn! Das ist Mist.« Laut knisternd knüllt Henry die Chipstüte in seinen Händen zusammen und deponiert sie auf der Ablage unter dem Couchtisch. Jetzt komme ich nicht mehr an sie heran, hm.

»Noch dazu hat Meier, dem das medizinische Versorgungszentrum in Moerz unterstellt ist, mächtig Stimmung gegen uns gemacht und sogar einen bösen Beitrag auf Friendsbook gestellt.« Den genauen Hergang von Jannis' Notfall lasse ich weg. »Leni hat daraufhin ein Gegen-Flugblatt entworfen und die immensen Vorteile unserer Hausarztpraxis aufgezählt. Der Flyer ist echt bombig geworden.« Meine Mundwinkel heben sich begeistert, als ich davon berichte.

»Sie scheint ein kluges Kind zu sein«, lobt Henry. »Und was war noch? Du siehst ein bisschen derangiert aus, wenn ich das so sagen darf, Darling.«

Im Vergleich zu ihm sowieso. »Das liegt an den letzten Stunden«, gebe ich zu. Er hat sicher längst davon gehört. Geht ja fast nicht anders. Das Luftholen, bevor ich Lenis Geschichte wiedergebe, fällt mir schwer. »In der ›Neues‹ ist ein Artikel mit einem Foto von Leni erschienen.«

»Ich habe davon gehört.« Er greift sich in die Flanke, als hätte er Seitenstechen. Aber er hatte ja auch eine lange Anreise.

»Irgendein Schmierfink hat Informationen über sie zusammengetragen. Es ist unglaublich!«, fahre ich fort. »Ich habe eben das letzte Exemplar der Zeitung an Elkes Kaffeebude gekauft.« Ich möchte aufstehen und aus in meiner Handtasche für ihn heraussuchen.

Doch er greift nach meiner Hand, wahrscheinlich, um mich zu beruhigen. »Zeig's mir später.«

»Okay. Aber kannst du dir das vorstellen? Da hat jemand einfach ein Foto von einem Kind auf die Titelseite von diesem Boulevardblatt gesetzt! Ungeschützt.«

»No, Darling. Es ist doch sicher zensiert, oder nicht? Sollte es zumindest«, widerspricht mir Henry, als hätte ich den Titel der »Neues« nicht mit eigenen Augen gesehen. »Meine ich«, wiederholt er.

»Nicht gut genug!«

»Nein?« Für einen Moment wirkt er verunsichert aufgrund meiner Bestimmtheit und zückt sein Handy, fast so, als wollte er es nachprüfen. Unterlässt es jedoch, weil ich jetzt erst so richtig in Fahrt gerate.

»Das spielt ja nun keine Rolle. Jemand hat Leni fotografiert oder ein Bild von ihr entwendet.« In diesem Augenblick habe ich ein Déjà-vu. »Ich glaube, Tine hat mir exakt das Foto mal per Messenger geschickt.« Mit einer Hand fische ich nach dem Handy auf dem Sofa. »Hoffentlich hat nicht so ein windiger Computerspion ihr Telefon gehackt!«

»Baby, bitte, du bist ja völlig von der Rolle. Mach mal langsam.« Mein Freund legt seine Hand auf meinen Oberschenkel, was mich dazu bringt, doch nicht durch alle Nachrichten der vergangenen fünf Jahre zu scrollen. »Wollen wir nicht erst mal feiern, dass wir uns wiedersehen, und später Probleme wälzen?«

Ich fühle mich schlecht, weil ich ihm nach der langen Fahrt noch nicht einmal ein Glas Wasser angeboten habe. Außerdem muss er hungrig sein. Ich weiß nicht, was Dads Vorratskammer hergibt, und treffe einen schnellen Entschluss. »Lass uns in die Klause essen gehen.«

»Ist das diese berühmte Kneipe, von der du so viel erzählt hast? Wird dein Ex da sein?«, fragt Henry, und seine neugierigen Reportergene kommen zum Vorschein.

»Ja und nein.« Ich lächle. »Nick wird nicht da sein.«

Er wirkt erleichtert. »Ich sterbe vor Hunger. Nur eine Sekunde. Ich mach mich kurz frisch, dann können wir los, ja?«

Ich kenne niemanden, der »frisch machen« so häufig benutzt wie Henry. Ich lächle, alles ist wie immer.

Die Ahoi-Klause ist mal wieder gut besucht, weshalb der Koch und die beiden Aushilfen alle Hände voll zu tun haben. Der Geruch frischer Meeresfrüchte liegt in der Luft. Es ist »Sea Day« in der Klause. Auf der Tafel über der Bar stehen die üblichen Frühstücksbretter und als Highlight heute »Raffiniertes aus dem Meer«. Der Frauenstammtisch ist ebenso anwesend wie die Heusers und die Skatrunde. Den Meerestag lässt sich wohl niemand freiwillig entgehen. Jetzt, da Lenis Flyer im Umlauf ist, ernte ich verständnisvollere Blicke als vorher. Außerdem hat die Aufregungskultur in Büdnitz längst ein neues Thema: Alex Kristiansen. Ich vernehme den Namen gleich an mehreren Tischen beim Reinkommen.

Als wir uns in eine Sitzecke begeben, greift Henry liebevoll nach meiner Hand. »Weißt du, dass das die längste Zeit war, in der wir uns nicht gesehen haben, seit wir zusammen sind?«, bemerkt er. »Danke, dass du so viel Verständnis für meinen Job hast.«

»Lass uns nicht über die Arbeit reden. Lieber darüber, dass wir wieder zusammen sind.« Ich lege meine Hand auf seine. Bestimmt ist es normal, dass wir uns ein Stück weit entfremdet haben. Wir müssen nur wieder zueinanderfinden. Sein Lächeln ist herzlich und ich fühle mich fast so wie sonst in seiner Nähe. Fast.

Unsere neu gewonnene Zweisamkeit wird jäh unterbrochen, als eine bekannte Stimme meinen Namen ruft. »Saskia?«

»Nick?«, erwidere ich. Sollte er nicht mit Belle am Strand sein? Mein Puls beschleunigt sich rasant. Wo hat er seine bessere

Hälfte gelassen? »Henry und ich wollen nur schnell was essen«, rechtfertige ich mich unnützerweise.

Nick tritt trotzdem zu uns an den Tisch, sein Blick ruht eine Sekunde zu lange auf meinem Freund. »Du bist also Henry?«, erkundigt er sich unterkühlt. Oder es kommt mir nur so vor. Warum fragt er das überhaupt?

»Das ist richtig. Saskias Freund, Partner, Zukünftiger – wie man es nennen will.« Höflich, wie er ist, erhebt Henry sich und reicht ihm die Hand. »Und du bist Nick, oder? Ich wollte mich sowieso noch bei dir bedanken, weil du meine Freundin hier vor Ort so tatkräftig unterstützt hast.«

Selbst wenn Nick vorgehabt hätte, sich Henry gegenüber unfreundlich zu verhalten, hätte dieser ihm mit seiner Dankbarkeit spätestens jetzt den Wind aus den Segeln genommen. »Kein Ding.« Mein Ex-Mann nickt und schaut zu mir, als müsste er dringend etwas exklusiv mit mir besprechen. Aber ich bin nicht in der Stimmung, mir anzuhören, unter welchen romantischen Umständen er Belle gegebenenfalls einen Heiratsantrag gemacht hat (falls das passiert ist). Muss jedenfalls schnell gegangen sein, wenn er schon wieder hier ist. »Was kann ich euch beiden bringen?«, erkundigt er sich so professionell freundlich, wie er jeden anderen Gast behandelt.

»Wir haben uns vorhin auf das Seemannsbrett geeinigt. Henry kennt das noch nicht. Zweimal, bitte.«

Er muss es sich nicht notieren. »Getränke?«

»Zwei Kir royal«, ordert Henry, ohne dass wir das vorher abgesprochen hätten, und ich weiß, dass er sich den Zusatz »mit Champagner« verkneift.

Nicks Augen verengen sich ein wenig. »Alles klar«, sagt er trotzdem. »Ihr seid morgen weg?« Er dreht sich zum Gehen.

»Yes. Was denkst du denn?«, antwortet Henry an meiner Stelle. »Wir möchten so bald wie möglich unsere neue Wohnung beziehen. Vier Zimmer, Küche, Bad, phänomenaler

Ausblick auf Big Ben und das London Eye. Traumhaft!« Er malt eine Skyline in die Luft. »Komm doch mal mit deiner Freundin vorbei. Belle und du, ihr seid herzlich eingeladen.«

»Danke, mal sehen«, winkt Nick ab, bevor ich Henrys spontaner Einladung überhaupt zustimmen kann. Mein Ex-Mann geht und bringt uns im weiteren Verlauf des Abends noch stumm das Essen – dann setzt er eine Aushilfe als Bedienung für unseren Tisch an. Irgendwie finde ich, er könnte sich ruhig zugewandter benehmen. Immerhin haben wir – stillschweigend zwar – entschieden, niemandem von der einen Nacht zu erzählen, und ich bin nur noch heute da. Wir müssen uns eben zusammenreißen.

Allerdings bin ich froh, dass ich im Gegenzug Belle nicht begegnen muss. Keine Ahnung, wie ich auf sie reagieren würde. Unser gemeinsames abendliches Pärchen-Dinner fällt wohl weg, sie hat sich diesbezüglich nicht mehr gemeldet.

In der Nacht von Donnerstag auf Freitag bin ich kaum zur Ruhe gekommen – und das, obwohl Tobi und Dad meinen Freund mit offenen Armen empfangen haben und ich mich zum Einschlafen an Henrys Brust schmiegen konnte. Zum Glück kamen wir spät nach Hause und Henry war so müde, dass es dabei geblieben ist.

Vielleicht ist das so, weil heute unser Abreisetag ist. Da wir einen Wagen gemietet haben und mit der Fähre übersetzen werden, konnten wir beim Frühstück kurzfristig entscheiden, erst abends loszufahren und eine spätere Überfahrt zu buchen. So kann Henry noch in Ruhe arbeiten und ich kann Tine und Leni ein letztes Mal treffen. Schließlich ist sowohl das Lieblingsbuch meiner Mom als auch die Ringsuche auf der Strecke geblieben, und ich möchte nicht, dass Leni den Eindruck hat, ihre Beinahe-Patentante hätte sie vergessen. Henry brennt zwar darauf, sie endlich kennenzulernen, steckt aber bis über beide Ohren in Arbeit und telefoniert pausenlos. Angeblich ist jeder Anruf dabei superwichtig und nicht aufschiebbar. Und wenn, dann höchstens für Nepomuk, an dem er – sehr zu Dads Freude – einen Narren gefressen hat. Die Schildkröte läuft draußen auf der Wiese herum, während Dad und Henry in Liegestühlen unter dem Vordach sitzen. Dad balanciert seine zweite Tasse Kaffee auf den Knien, wie üblich freitagmorgens, und philosophiert über das Strafgesetzbuch. Er referiert über die Medienwelt und seine hochkarätigen Anwaltskollegen aus Hamburg.

Henry hört trotz eigenem Stress zu. »Ich komme zu Tine nach, sobald ich kann, Darling.« Mein Freund betupft seine gegelte Frisur und schiebt das Airbook hin und her, welches er statt einer Tasse Kaffee auf seinen Beinen platziert hat. »Ich muss nur noch zwei oder drei E-Mails beantworten, dann bin ich so weit.«

Mittlerweile weiß ich, wie lange zwei oder drei Mails dauern können, aber ich halte ihm die Einbuße an Zweisamkeit nicht vor. Im Gegenteil – ich bin dankbar für die geschenkten Zusatzstunden mit meiner Freundin und deren Tochter.

»Wir zwei kommen bestens klar, geh du nur«, bestätigt Dad und klopft Henry seitlich auf die Schulter. Er hat sein halbes Leben lang genauso hart gearbeitet und kennt das. Entweder versteht er sich deshalb auf wundersame Weise besser mit meinem Freund als zuvor oder er will einfach, dass ich glücklich bin.

Ich schlendere durch die Strandlandschaft, streiche im Vorbeigehen über die langen Schilfhalme und beschließe, dass drei Uhr nachmittags zum Kofferpacken absolut ausreicht. Die Seeluft lockert meine angespannte Nackenmuskulatur. Ich ruhe in mir. Denke ich zumindest, bis mein Herz kurz aussetzt. Von Weitem sehe ich, dass zwar der Presserummel um Leni nachgelassen hat und die Reporterschar vor ihrem Haus abgeflacht ist – doch dafür erkenne ich beim Näherkommen eine Gestalt, mit der ich hier nicht gerechnet habe: Nick.

»Hey, was machst du denn hier?«, erkundigt er sich genauso verblüfft.

»Könnte ich dich auch fragen.«

Er schiebt die Hände in die Hosentaschen. »Leni hat mich herbestellt. Schön, dich noch mal zu sehen, bevor du abreist.« Er senkt den Blick.

Die Schmetterlinge in meinem Bauch erwachen so rasant, dass mir ganz schwindelig wird. »Ich finde es auch schön.«

Leni öffnet die Tür. »Hi, ihr zwei.« Sie zieht uns in den Hausflur, da sie einen Fotografen entdeckt hat, der jetzt aus der Hecke springt, um uns besser ablichten zu können. »Hau ab!«, ruft sie ihm zu, bevor sie die Haustür ins Schloss knallt. »Die sind echt lästig.«

»Hast du mich deshalb so dringend herbestellt?«, meint Nick an Leni gewandt. »Kann ich dir irgendwie mit diesen Hyänen helfen?«

»Nö. Ich hab schulfrei. Mal wieder eine Lehrerfortbildung oder sowas Ähnliches. Und Mama ist ja in der Klause. Ich wollte dem Trubel einfach für einen Moment entgehen.« Wie gewohnt hat sie einen Rucksack gepackt, den sie sich auf den Rücken schnallt.

Nick und ich haben keinen Plan, was sie vorhat.

»Bist du mit dem Auto da, wie besprochen?«, wendet sie sich an Nick.

»Ja, ich hab hinter dem Haus in Heins Carport geparkt, wie du gesagt hast.«

»Lasst euch überraschen«, freut sie sich. »Wir müssen uns nur vorsichtig durch den Garten schleichen und ungesehen durch das Loch im Zaun über Heins Wiese zum Carport gelangen.«

»Du spinnst«, sage ich lachend und fühle mich wie ein Kind, das Verstecken mitspielen soll. Aber letztendlich ist es genau das, was die Medien verlangen. Anonymität gibt es nicht mehr, wenn man einmal online stattgefunden hat. Wer das nicht möchte, kann nur versuchen, sich so gut wie möglich zu tarnen. Im realen Leben und im übertragenen Sinne. Leni lernt schnell.

Nachdem ich mir an Heins Gartenzaun einen Kratzer abgeholt habe und wir endlich im Auto sitzen, lotst Leni Nick über die große Hauptstraße am Meer entlang bis zu dem Parkplatz, von dem aus die Wanderwege starten. Schnell erkenne ich den Weg wieder, den wir letztes Mal zusammen gegangen sind. Möchte sie noch einmal die Aussicht von oben genießen oder was hat sie vor? Die Sonne scheint uns ins Gesicht und Nick lobt Lenis gestalterische Fähigkeiten, da er den Pro-Arztpraxis-Flyer mittlerweile auch in der Kneipenpost hatte. »Der Flyer ist super, aber wahrscheinlich hat hier niemand ernsthaft infrage gestellt, dass wir in Büdnitz eine Hausarztpraxis brauchen. Leider benötigt man dazu die finanziellen Mittel, und es ist schwierig, einen guten Arzt in unsere Provinz zu bekommen«, kommentiert er. Ich stimme ihm schweren Herzens zu.

»Oliver hat mir geholfen, die Flyer zu verteilen«, berichtet Leni, während sie auf ihrem Handy herumtippt.

Wir kommen an einem Häuschen vorbei, das komplett zugewachsen ist und das ich nur allzu gut kenne. »Schau mal, das Grundstück deiner Tante, das du damals geerbt hast. Sieht gruselig aus«, kommentiert Nick.

»Hat auch für viel Grusel zwischen uns beiden gesorgt.« Ich zwinkere ihm zu und er grinst.

»Leider. So oder so ist das Gelände ziemlich heruntergekommen, Saskia.«

»Kümmert sich halt keiner drum«, gebe ich kleinlaut zu. »Tobi hat null Zeit und Dad ist zu alt. Witzigerweise ist der

212

Investor von damals aber immer noch an einem Kauf interessiert. Er ruft mich jeden Monat an und macht mir ein neues Angebot. Natürlich würde er am liebsten seinen Luxus-Hotelkomplex dort hochziehen. Deswegen kam ein Verkauf für mich nicht mehr infrage. Und das ist nach wie vor so. Zwischenzeitlich hatte er auch mal überlegt, Öko-Ferienwohnungen zu bauen und zu vermieten. Aber nein, das ist keine Lösung.«

»Ferienwohnungen?«, spuckt Nick aus und runzelt die Brauen. »Als wären wir ein Touristenort. Welchen Mehrwert soll das haben?«

»Besser als eine riesige Hotelanlage, wo die Gäste ständig wechseln. Außerdem ist es ökologischer.«

»Mag sein«, lenkt er ein.

Wir laufen eine Weile schweigend nebeneinander her und ich bin außer Puste.

»Da rauf«, weist Leni an.

Leni, Leni, Leni. Ich hatte es mir schon fast gedacht und schüttele den Kopf. Zum allerersten Mal habe ich sie durchschaut. Wir kraxeln den Weg entlang, bis wir am Fels beim Hohen See ankommen. Nick und ich – und Leni.

»Ich wollte euch die Gelegenheit geben, in Ruhe miteinander zu sprechen«, entschuldigt sie sich für ihren kühnen Vorstoß in unsere Privatsphäre. »Ihr wart mal verheiratet und vielleicht verbindet euch noch irgendwas. Es kommt mir so vor.«

Ich würde es gerne abstreiten, kann es jedoch nicht. Auch Nick hat die Hände erhoben, als wolle er eine Diskussion anzetteln, doch kein Wort kommt über seine Lippen. Stattdessen nimmt er den Rucksack entgegen, den Leni ihm hinhält, und sagt: »Danke. Aber Saskia geht zurück nach England.«

»Ich habe gestern einiges über ehrliche Kommunikation gelernt. Ihr solltet miteinander reden, bevor es zu spät ist. Macht euch um mich keine Sorgen, ich habe zu tun.« Sie zieht eine Braue hoch und setzt eine bedeutungsschwere Pause.

Als ich ihr widersprechen möchte, weil es viel zu gefährlich für sie ist, allein durch die Landschaft zu streifen, taucht Oliver aus dem Dickicht auf. Ich habe den Jungen nur einmal gesehen, erkenne ihn aber sofort wieder. Die Wunde an seiner Stirn ist minimal verheilt; seine harten Gesichtszüge beschreiben, wie schwer er es hat. Ich würde ihn gerne unterstützen und kann den quasi angeborenen Drang, helfen zu wollen, kaum unterdrücken.

»Ich passe auf sie auf«, beteuert der junge Mann, und ich habe keine Zweifel, dass er um das, was er liebt, mit allen Mitteln kämpfen wird. Wenn ich hierbliebe, könnten wir gemeinsam daran arbeiten, dass es für Oliver nicht so bleiben muss, wie es ist. Aber das ist utopisch. Deshalb muss ich Tine darin bestärken, sich seiner anzunehmen. Ich bin sicher, sie wird das ohnehin tun.

»In dem Rucksack ist ein bisschen Proviant. Wir sind in einer Stunde wieder da.« Die beiden verabschieden sich händchenhaltend und werden kurz darauf von den großen Tannen verschluckt.

»Gib es zu, du hast eben darüber nachgedacht, wie du Olivers Leben besser machen könntest«, sagt Nick. »Geht mir genauso. Aber du musst die Umstände bedenken. Es ist nicht so einfach.«

»Man kann immer etwas ändern, Nick.«

»Du schon, weil du einen Dickkopf hast.« Er setzt sich ins Gras, direkt neben den Fels mit unseren Initialen. Zum Glück hat er nicht diesen ekligen Ameisenhügel erwischt, der links neben ihm aufgeschichtet ist. »Mein Gott, waren wir damals jung.« Mit der Handfläche fährt er über den Stein.

Je länger ich Nick und den Fels betrachte, umso mehr Erinnerungen kehren zurück. »Weißt du noch, wie wir nachts hier raufgeklettert sind, weil du unbedingt das Pluszeichen fertigstellen wolltest?«

»Ich war cool.«

»Zu cool, Nick.« Ich muss lachen und hocke mich ihm gegenüber auf den Boden. »Du hattest eine Lederjacke.«

»Und du das heißeste Kleid der Welt und immer eine Blumenspange im Haar.«

Wir lachen beide. Ich hab ihn gern und ich sollte ihm sein neues Glück gönnen. »Ich freu mich für dich, dass du Belle gefunden hast. Ich meine, wenn ihr vielleicht sogar ans Heiraten denkt, ist es ernst. So lange seid ihr doch noch gar nicht zusammen.«

Er reibt sich mit dem Handrücken über die Stirn, dann atmet er aus. »Heiraten?« Beiläufig greift er nach Lenis Rucksack und nimmt eine Flasche Wasser heraus. Mir wirft er die zweite zu, auf der »Apfelschorle« steht. Anschließend lässt er den Ranzen auf den Ameisenhügel fallen. Na, toll!

»Mensch, Nick, pass doch auf!« Ich springe auf, greife flugs nach dem Sack und zerstöre dabei den halben Hügel. Die armen Ameisen.

»Was machst du da?« Mein Ex-Mann beobachtet mich entgeistert.

»Hallooo? Das ist ein Ameisenhaufen«, informiere ich ihn.

Nick erhebt sich nun ebenfalls schwerfällig – er hatte es sich erst gemütlich gemacht – und inspiziert den Hügel. »Ich sehe keine Ameisen, Doktor Doolittle. Aber das Ding war definitiv vor Kurzem noch nicht hier. Vielleicht ist er von irgendeinem anderen Tier.« Er tritt mit dem Fuß dagegen, doch es kommt kein Insekt oder Ähnliches zum Vorschein, stattdessen stöhnt Nick schmerzhaft auf und hält sich die Zehen. »Aua!«

»Weichei!«, sage ich lachend.

»Von wegen.« Er lässt sich auf die Knie fallen und schiebt eilig mit beiden Händen einen Berg Erde zur Seite. Was ist bloß in ihn gefahren? »Hilf mir mal!« Er benimmt sich wie ein Verrückter. Das ist ja eine tolle Aussprache vor meiner Abreise.

Erde wegbuddeln war sicher nicht Lenis Intention für unser von ihr arrangiertes Treffen. Ich geselle mich trotzdem zu ihm auf den Boden und mache mit. »Hier!« Anscheinend redet er nur noch in Kurzform. Er greift in die Reste des Hügels und zieht ein hölzernes Kästchen mit in Eisen eingefassten Ecken hervor.

»Ach herrje, das sieht aus wie eine Schatzkiste. Die haben bestimmt Kinder hier vergraben und dann vergessen. Oder Eltern für eine Schnitzeljagd.« Ich nehme sie ihm aus der Hand. »Wir tun sie lieber wieder zurück.«

»Wenn du meinst.« Er zuckt mit den Schultern. »Sollen wir nicht sicherheitshalber mal reingucken?«

Den wahren Schatz findest du immer dort, wo
du dein Herz gelassen hast.

Augenblicklich höre ich die Stimme meiner Mutter sehr deutlich und ziehe wie in Trance meinen Schlüsselbund aus der Tasche. Zum Glück habe ich den kleinen Schlüssel, den ich neben dem Tresorschlüssel vor einiger Zeit in der Praxis gefunden hatte, daran befestigt. Einer Eingebung folgend versuche ich, das Kästchen mit einem der beiden zu öffnen.

»Ähhh, was soll das werden?« Nick sitzt wieder im Gras. Er hat sich mental von der Erkundung eines Spielzeugkästchens verabschiedet und sucht stattdessen im Rucksack nach Proviant. »Mach den Kids nicht ihre Überraschung kaputt, Sassi. Wer weiß, wem es gehört«, mahnt er belustigt.

»Als würden kleine Kinder hier hochklettern wegen einem Versteck, Nick. Unten in der Stadt gibt's bessere. Nein, und Eltern waren das genauso wenig.« Der Schlüssel steckt und passt. Hoppla! Wir halten beide die Luft an.

»Dein Ernst?« Nick versteht die Welt nicht mehr und auch ich habe tausend Fragezeichen im Kopf: Was bedeutet das und von wem ist die Kiste? »Mach auf!«

Ich klappe den Deckel hoch – und da ist er! Eine Handbreit entfernt: Grandmas Ring, den ich so lange gesucht habe. Arglos liegt er auf einem schwarzen Samtkissen. Das Blau des Aquamarinsteins, den ich schon immer bewundert habe, leuchtet in der Sonne so hell und türkis wie das Meer an einem wolkenlosen Tag.

Nicks Mund steht offen und auch ich finde keine Worte. Völlig geplättet setze ich mich auf den Boden und durchsuche das Holzding. Es gibt keine Nachricht, nichts. »Du hast ihn gefunden!« Nick beugt sich zu mir und berührt sanft meine Schulter. »Du hast ihn wirklich gefunden!«

»Wow«, hauche ich matt. Ist meine Suche damit tatsächlich beendet? Aber warum hier, warum jetzt? Wenn ich daran denke, dass ich nächste Woche in London in einem Krankenhaus arbeite, fühlt sich das nicht richtig an. Ich mag den Kontakt zu Patienten, die ich kenne, und ich mag Moms heimelige Praxis viel lieber als den sterilen Krankenhaustrakt. Was ist bloß mit mir los? Mir ist hier alles wieder so ans Herz gewachsen. Oder war dieses Gefühl immer da und nur eine Zeit lang verschüttet? Aus Reflex stecke ich mir den Ring an den Finger. Er ist wunderschön!

»Saskia, das passt vielleicht nicht hierher, aber weil wir eben unterbrochen wurden und ich es dir unbedingt selbst sagen wollte: Ich hab mich gestern von Belle getrennt.«

Rums! Das ist zu viel für mich. Ich umklammere das Kästchen ein wenig fester. »Warum?«

»Es ist kompliziert«, stammelt er und spielt mit der Schlaufe des Rucksacks, als könnte er dadurch einer Antwort entkommen. »Ich hab sie mit dir betrogen und das hatte seinen Grund. Es gibt immer einen Grund, wenn man jemanden hintergeht – für mich zumindest. Du kannst mich dafür hassen, aber …« Er beißt sich auf die Unterlippe und ich fühle die Anspannung zwischen uns. »Ich mag dich noch. Sehr sogar.« Er sitzt so steif da, als erwarte er ein Donnerwetter.

Dabei passiert etwas anderes – in mir löst sich eine Art Knoten. Er senkt den Blick und ich würde ihn so gerne umarmen. Doch ich unterdrücke den Impuls, weil ich nicht weiß, ob er das möchte. Ob ich das möchte. »Ich mag dich auch, Nick.« Ich drehe den Ring an meinem Finger. »Aber ich habe Henry lange nicht gesehen. Ich bin verwirrt.«

»Stopp, Saskia, stopp. Ich erwarte nichts von dir«, sagt er milde. »Ich wollte dich nicht damit überfahren. Es tut mir leid.«

Ich komme nicht dazu, etwas zu entgegnen, weil mein Handy klingelt. Dad. Wie immer im passendsten Moment. Hoffentlich ist nichts passiert. Nick bedeutet mir per Handzeichen, dass ich ruhig rangehen soll. Folglich schalte ich den Lautsprecher ein, um meinen Vater zwischen Meeresrauschen und Ostseebrise besser hören zu können. Außerdem habe ich hier in der Natur vor niemandem etwas zu verbergen.

»Schätzchen, hallo. Bist du dran? Hallo?«

Dad mal wieder. Manchmal denke ich, ein Handy ist für ihn immer noch eine Neuheit. »Hallo, Dad.«

»Hör mal. Ich hab da eine ganz komische Vermutung. Vielleicht schaust du dir das mal selbst an. Warte, ich schick es dir«, bietet er an, ohne genau zu erläutern, worum es eigentlich geht. »Wie macht man das noch mal?«

»Dad, es ist gerade ein ziemlich ungünstiger Moment.«

»Papperlapapp. Wo ist hier noch mal ›Weiterleiten‹, was muss ich da klicken?« Er hantiert offenbar wild an seinem Mobiltelefon herum und drückt irgendwelche Tasten. Muss irre wichtig sein, wenn er sich aus freien Stücken dazu durchringt. »Man erwischt im Leben eben nie die richtigen Momente für irgendetwas, Schätzchen. Ist was bei dir angekommen?«

»Nein.« Ich starre mein Display an. Nichts. Ich habe allerdings auch nicht den besten Empfang und, na ja, Dad schickt es. Nick dreht unterdessen das Kästchen in seinen Händen hin und her und ich kann kaum glauben, dass er wirklich mit Belle Schluss gemacht hat. Meinetwegen? Das hätte ich gerne gefragt, aber … Aha, mein Handy vibriert. »Dad«, sage ich gedehnt, »das ist ja nur der Artikel über Leni. Den kenne ich doch schon.«

»Ja, aber die Sozietät will wissen, woher das verwendete Foto kam. Es ist sehr privat, und dann die ganzen dazugehörigen persönlichen Infos. Na, na, na. Es muss eine Lücke im System geben«, kombiniert er.

»Recherche, Dad. Journalisten tun so etwas. Sonst noch was?«

»Hm …« Wenn Dad »hm« sagt, meint er damit, dass ich selbst drauf kommen soll, was an der Sache faul ist. Dabei habe ich gerade Grandmas Ring gefunden und sitze bei ungefähr dreißig Grad neben meinem Ex-Mann, der seit Kurzem wieder Single ist. Ich betrachte Nick von der Seite.

»Bist du noch da, Saskia? Jetzt schau halt mal genau hin!«, fordert Dad.

»Okay, okay«, willige ich genervt ein und überfliege den Artikel zum gefühlt hundertsten Mal.

»Willst du nicht wissen, wer das geschrieben hat, Schätzchen?«

Nick ist sichtlich bemüht, nicht hinzuhören, und ich sehe ihm an, dass er viel lieber unser Gespräch weiterführen würde.

»Kann natürlich ein blöder Zufall sein, wie schon gesagt. Aber prüf das mal. Ich melde mich später noch mal«, sagt mein Vater außergewöhnlich streng und legt auf.

»Entschuldige. Ich weiß nicht, was er hat«, bitte ich Nick um Verständnis und untersuche das Geschreibsel weiter.

»Schon okay. Ich kenn ihn ja«, winkt er lachend ab. »Wenn Alfred Percival Sanddorn sich was in den Kopf gesetzt hat, hält ihn so schnell keiner auf.«

»Du sagst es«, grummle ich. Unter dem Artikel sind beim Autor nur ein Buchstabe und eine Zahl vermerkt: H3. Ich tippe auf das Kürzel. »Sollen das zwei Leute sein? Oder wieso ruft Dad mich extra deshalb an?« Während ich Nick das frage, schwant mir Ungutes.

»Denkt er etwa, das war mein Henry der III.? Nein, das würde er Henry nicht unterstellen. Die beiden verstehen sich seit Neuestem fabelhaft.« Ich durchschneide die Luft in einer großen Geste. In diesem Moment fallen mir Gesprächsfetzen aus den letzten Unterhaltungen mit meinem Freund bezüglich seiner Arbeit ein. Es waren nicht viele, aber sie waren alle merkwürdig. Die Freude über den Fund des Ringes verblasst hinter meinem schalen Bauchgefühl. »Was denkst du, Nick?«

Behutsam greift er nach meiner Hand und sieht mir in die Augen. Wir verharren eine Sekunde zu lange in dieser Position. »Falls sich bewahrheiten sollte, dass es dein Freund war, dann überstehst du das. Okay? Du bist eine starke Frau.«

Bin ich das? Es gibt Situationen im Leben, da fällt es einem schwer, stark zu sein oder klar zu sehen. Ist das hier so eine? Meine Hände schwitzen, die Ohren sausen und mein Herz rast.

»Wir sollten zurückgehen. Ich rufe Leni an«, bestimmt er.

Kapitel 10

Ich bin absichtlich leise in die Villa zurückgekehrt, für den Fall, dass Henry mit der »Neues« telefoniert und ich ihn belauschen oder seine Sachen durchwühlen wollte. Absurd! Dabei sitzt er völlig entspannt in der Küche, mit dem Rücken zu mir, vor seinem Laptop. Anscheinend hört er Musik über seine Noise-Cancelling-Kopfhörer, denn er wiegt sich im Takt. Wie immer wirkt er zufrieden, wenn er arbeitet und alle Geräusche in seiner Umgebung ausgeschaltet hat. Er bemerkt mich gar nicht. Neben ihm liegt eine angebrochene Tafel Schokolade, was darauf hindeutet, dass er Dads Nougatvorrat im Kühlschrank gefunden und davon genascht hat. Wahrscheinlich ist das aktuell das aufregendste Geheimnis, das meinen Freund umgibt. Dad und Nick tun ihm sicher unrecht. Trotzdem möchte ich mich vergewissern, wie sehr ich mich auf ihn verlassen kann. Flink verkrümele ich mich auf die Veranda und wähle seine Nummer.

Wie gewohnt geht er sofort ran. Alles ist wie immer. »Hey, Darling.«

»Hey.« Ich versuche, unbekümmert zu klingen. Nein, ich bin es. Henry hat sich nichts vorzuwerfen. Keine Ahnung, warum ich dennoch seine Loyalität prüfe. Der Ring an meinem Finger leuchtet in den unterschiedlichsten Blautönen und ich befühle

ihn reflexartig. »Kannst du mir einen Gefallen tun, Darling?«
Ich nutze den Kosenamen, weil ich ihm das irgendwie schuldig
bin – wenn ich ihn schon zu Unrecht verdächtige. »Leni und
ich sind noch unterwegs und …«

»Wie geht es Leni denn? Hat sie was von ihrem Vater
gehört?«

Will er mich jetzt ausfragen? Ich kneife mich selbst
ein bisschen in den Oberschenkel. Warum bin ich nur so
misstrauisch ihm gegenüber? Ich habe keinen Grund dazu,
er will doch bloß nett sein. »Ja … nein«, gebe ich keine klare
Antwort. »Kannst du bitte kurz mal in meinem Jugendzimmer
nachsehen, ob du ein weißes Shirt mit pinkfarbenem Aufdruck
findest?«

»Aber du hast jede Menge weißer Shirts«, beschwert er sich.
Durch das Glas der Verandatür sehe ich, wie er sich dennoch
wohlerzogen erhebt und in Richtung Treppe bewegt. Auf Henry
kann man sich eben verlassen.

»Es hat die Größe S und passt nicht richtig. Außerdem
gehört es Leni. Ich habe es mir geborgt und würde es ihr gerne
zurückgeben, bevor wir abreisen«, erkläre ich ausschweifend.
»Wenn du ins Zimmer kommst, erschreck dich nicht. Ich hab
noch nicht gepackt.« Ich kichere, obwohl mir nicht danach
zumute ist.

»Darliiiiing! Pack doch nicht immer auf den letzten
Drücker«, mahnt er, während er die Treppe nach oben stapft
und ich in den Flur schlüpfe. »Soll ich das Packen nachher für
dich erledigen? Du weißt, ich mache das gerne.«

Wenn Henry nichts mit dem Schmierenartikel zu tun hat,
werde ich mich den Rest meines Lebens in Grund und Boden
schämen, so viel steht fest. Er würde alles für mich tun. »Passt
schon, ich schaffe das später. Ist ja nicht viel.«

»Na gut. Aber das weiße Shirt bringe ich für dich bei Leni
vorbei, ja?«

»Klasse, dann lernt ihr euch wenigstens mal kennen.«

»Fein!«, freut er sich. »Ich komme circa in einer Stunde zu Tines Haus. Und mach dir keinen Stress wegen dem blöden Kofferpacken. Ich helfe dir.«

Mir wird flau. Nicht wegen seiner liebevollen Worte, sondern wegen des Airbook-Bildschirms, vor dem ich stehe. Henry hat vor lauter Tatendrang vergessen, das Gerät zu sperren, weshalb sein E-Mail-Programm nach wie vor geöffnet ist. Anscheinend war er gerade dabei, auf etwas zu antworten. Ich scrolle nach unten. In der Betreffzeile der Mail, auf die er antwortet, steht:

Glückwunsch! Voller Erfolg, mein lieber H3!

Hilfe! Nein! Ich presse mir die Hand auf den Mund, um nicht laut loszuschreien. Henry hat mich angelogen. Ich wusste nicht, dass H3 sein Autorenkürzel ist, ehrlich, ich habe nie darauf geachtet. Wozu auch? Meine Augen fliegen über den Text, als würde er mir Lösungen liefern, während ich Henry eine Etage über mir in den Schränken wühlen höre. Was weiß ich alles nicht von diesem Mann? In der Mail ist die Rede davon, dass der von ihm initiierte Artikel sowohl in Deutschland als auch in England super angekommen sei. Selbst in den USA hätten die Neuigkeiten Wellen geschlagen.

So hohe Leserzahlen hatten wir lange nicht mehr!, schreibt der Absender, und Henry hat als Antwort in Rot schon die Worte daruntergesetzt: *Das war genau das, was wir beabsichtigt hatten.*

Es besteht kein Zweifel mehr: Er war es! Mein Magen dreht sich und ich würde mich am liebsten auf der Stelle übergeben. Ich muss nicht nach weiteren Hinweisen forschen, es ist glasklar. Taumelnd drehe ich mich um und will so schnell wie möglich das Haus verlassen. Ich brauche Abstand und muss nachdenken. Vielleicht sollte ich ein Beweisfoto der E-Mail machen, was irgendwie Blödsinn ist, denn die Presse weiß so oder so, wer der Autor des Artikels ist. Die Einzige, die es nicht wusste, war ich. Raus hier, bloß raus hier.

Es ist zu spät.

Mit dem vermeintlich Leni gehörenden Shirt in der Hand steht mein Freund vor mir und lächelt. »Hey, du bist ja schon da.«

Ich grüße ihn nicht, doch es fällt ihm nicht sofort auf, weil er damit beschäftigt ist, mir liebevoll das T-Shirt in die Hand zu drücken und gleichzeitig zügig den Laptop zuzuklappen. »Du bist ein bisschen blass um die Nase. Hast du Hunger?«, erkundigt er sich.

»Hast du mir was zu sagen, Henry de Beauchamps?« Ich spreche so leise, dass er sich vorbeugen muss, um mich zu verstehen. Angespannt drehe ich an dem Aquamarinring. *Der bewahrt dich vor den Stürmen in deinem Leben*, höre ich meine Mutter. Doch das scheint nicht ganz zu stimmen.

Henry schweigt – zu lange für mein Befinden, weshalb ich loslege. »Du hast den Artikel über Leni verfasst! Deine Initialen stehen darunter. Soll ich dich ab jetzt lieber ›H3‹ nennen?«

»Saskia!« Betroffen fasst er sich an die Brust, genau an die Stelle, wo das Herz sitzt. »Ich weiß, was du meinst. Ich habe das auch gesehen – man interessiert sich natürlich dafür, wer einen großen Coup gelandet hat, wie wir in der Branche sagen. Aber das war doch nicht ich. Dass du so was überhaupt von mir denkst!« Er atmet mit einem enttäuschten Seufzer aus. »Das nur von einer Zahl und einem Buchstaben abzuleiten, ist wirklich heftig, Saskia.«

»Du lügst, Henry!« Ich bin außer mir und wedele aufgebracht mit dem Shirt. Normalerweise würde ich bei einem unwesentlichen Streit einlenken, vielleicht klein beigeben, aber dieses Mal ist es zu wichtig, zu groß. »Ich habe die Mail auf deinem Laptop gelesen!«

Jetzt fällt Henrys Maske. »Du hast in meinem Airbook rumgeschnüffelt? Hast du mich deshalb eben angerufen? Um mich besser ausspionieren zu können?« Er sagt es so, als wäre ich die Schuldige. Aber den Schuh ziehe ich mir nicht an. Ich bin stark, wie Nick mir vorgebetet hat. Ich muss nur selbst dran glauben.

»Du hättest mir das niemals aus freien Stücken gesagt!«, werfe ich ihm vor.

»Es war nie der richtige Zeitpunkt«, verteidigt er sich mit der erbärmlichsten Ausrede, seit es Ausreden gibt. »Ich hatte dauernd ein schlechtes Gewissen deswegen.«

»Davon habe ich aber nichts gemerkt. Du hast sogar das Foto von Leni verwendet, obwohl es ein Eingriff in meine und Lenis Privatsphäre war!«

Er nestelt an seiner akkuraten Frisur. »Das war so nicht geplant. Eins kam zum anderen und dann steckte ich mittendrin.« Er windet sich und verschränkt die Arme vor der Brust, anstatt sich ernsthaft zu entschuldigen. »Das musst du mir einfach glauben, Saskia.«

»Du hast mich benutzt!«

»Nein, das stimmt so nicht – oder nur teilweise«, lenkt er ein und rauft sich förmlich die Haare. Auch sein Pferdchen-Hemd sitzt nicht mehr ganz so optimal wie vorher. Seine perfekte Fassade bröckelt. »Als ich meine Tante auf der Privatstation im Klinikum in London besucht habe, habe ich mich sofort unsterblich in dich verliebt«, lässt er sich nicht unterbrechen. »Dass du Leni kennst, wusste ich zu dem Zeitpunkt nicht, und auch nicht, dass sie Alex Kristiansens Tochter ist. Das hat sich alles im Nachhinein ergeben, weil ich meinem Chef von dir und Büdnitz erzählt habe. Er war sofort Feuer und Flamme für das Örtchen an der Ostsee: ›Kuschelig‹ und ›spannend‹ hat er es genannt, was ich zuerst nicht verstanden habe. Dann hat er mich in die Geschichte rund um Kristiansen eingeweiht. Glaub

225

mir, mir ist auch alles aus dem Gesicht gefallen, als ich von der Ungeheuerlichkeit gehört habe. Den Journalistenjob sollte ursprünglich ein Kollege von mir bekommen. Doch dann fiel diese Aufgabe an mich.«

»Ist ja wohl scheißegal, wer den Job machen sollte«, zische ich und bin froh, dass mein Vater der Tragödie nicht beiwohnen muss. Wo ist er überhaupt? »Du hättest ihn ablehnen müssen.«

»Vielleicht. Aber das ändert doch nichts an unserer Beziehung: Wir haben eine neue Wohnung gemietet, wir wollen uns ein gemeinsames Leben aufbauen. Meine Eltern mögen dich und jetzt ist auch endlich mein Vater davon überzeugt, dass ich es zu etwas bringen kann.«

»Er kennt dein Autorenkürzel und weiß Bescheid?«

»Selbstverständlich. Es war schon das Kürzel meines Ururgroßvaters.« Höre ich da etwa Stolz heraus? »Lass uns doch bitte nicht wegen irgendwelchem nichtigem Boulevard streiten. Das ist albern.« Er öffnet die Arme, als wäre es an der Zeit, sich wieder zu versöhnen. Dabei stelle ich gerade alles infrage. Wie kann es sein, dass er das nicht wahrnimmt?

»Dein ›nichtiger Boulevard‹ sind meine Freundin und ihre Tochter!«

»Ich weiß, ich weiß.« Resigniert lässt er die Arme wieder sinken. »Es tut mir auch wirklich leid, was passiert ist, und ich werde mich bei Tine und Leni entschuldigen, versprochen. Aber weißt du, wenn man ein Paar ist, dann steht man in guten und in schlechten Zeiten zusammen«, behauptet er. In guten wie in schlechten Zeiten. Das haben Nick und ich uns damals vor dem Altar versprochen. Und das, obwohl wir ursprünglich keine kirchliche Trauung und keine »Bis dass der Tod uns scheidet«-Sprüche wollten. »Ich kann es leider nicht mehr ungeschehen machen, Darling«, schiebt Henry zerknirscht hinterher.

»Ich auch nicht«, antworte ich nüchtern und lehne mich tief einatmend gegen die Arbeitsplatte. Ich dachte nicht, dass ich es ihm auf diese Weise mitteilen würde. »Ich habe mit Nick geschlafen.«

Henry schnappt nach Luft. »Du hast was?!«

»Er war für mich da und ich habe mich ihm so nah gefühlt.« Meine Stimme bricht. »Wie früher.«

»Hör auf!« Henrys Kopf wird knallrot. »Du hast mich mit deinem Ex-Mann betrogen? Mein Gott.« Er nennt mich nicht mehr Darling, sondern beobachtet meine Reaktion. »Es ist wahr«, schließt er, greift hastig nach dem Laptop und verlässt den Raum. An einer Aussprache scheint er nicht mehr interessiert. Ich höre seine energischen Schritte auf jeder einzelnen Holzstufe nach oben.

Erschöpft lasse ich mich auf einen Küchenstuhl fallen. Noch vor zwei Wochen lief alles wie am Schnürchen. Wie konnte es nur zu einem solchen Schlamassel kommen? Zur Beruhigung esse ich den Rest von Dads Nougatschokolade und versuche, ruhig weiterzuatmen. Ich werde mit ihm reden, gleich. Bestimmt.

Doch Henry wartet nicht darauf, dass ich mich bewege. Kurze Zeit später holpert er mit seinem gepackten Trolley die Treppe herunter, stellt ihn im Flur ab und verabschiedet sich zuerst von Nepomuk und dann von mir. »Es ist wohl besser, wenn wir eine Pause machen«, sagt er kühl. Henry der III. verwendet das Wort »Trennung« nicht, was an der Erziehung liegt, die ich immer geschätzt habe, weil er dadurch so ruhig wirkt. Eine trügerische Ruhe, wie ich jetzt weiß. Vielleicht ist es manchmal besser, wenn man ausspricht, was man denkt. »Ich möchte nicht mein Leben lang mit deinem Kneipen-Ex konkurrieren.«

Oder so.

Auf einmal bin ich die Verlassene. Hätte es nicht umgekehrt sein sollen? Sehr langsam wendet er sich zum Gehen, gibt mir Zeit, in mich hineinzuhorchen und zu prüfen, ob ich ihn nicht

227

doch noch zurückhalten möchte. Aber ich drehe stumm an dem Ring, den Henry nicht einmal registriert hat, während draußen ein Auto hupt. Es scheint ein Taxi zu sein. »Mach's gut, Saskia.«

Als er weg ist, wird es ganz still in der großen Villa. Nepomuk hebt in seinem Küchengehege den Kopf und sieht mich lange an. Wir sind allein. Tränen steigen mir in die Augen. Bis eben habe ich meiner Enttäuschung und meiner Wut keinen Raum gegeben, doch jetzt kann ich das Schluchzen nicht mehr unterdrücken.

***

Als Dad zu später Stunde aus der Kanzlei zurückkam, hat er mich in einem desolaten und recht betrunkenen Zustand vorgefunden. Obwohl ich normalerweise kaum Alkohol trinke, habe ich mir eine Flasche Wein geöffnet und drei Gläser hintereinander gekippt. Danach war ich ziemlich angeschickert und habe Tine informiert, dass Henry der Urheber des Artikels war und mit uns alles aus ist. Keine Hochzeit auf der Pferderennbahn. Keine Wohnung in London. Dad hat mir die ganze Nacht beigestanden.

Erst heute Morgen ist mir bewusst geworden, dass ich faktisch kein Dach mehr über dem Kopf habe. Die x Zimmer in Großbritannien wird Mister von und zu allein beziehen. Ich habe zwar die Möglichkeit, nach London zurückzugehen und meine Stelle im Klinikum anzutreten, doch ich sehe mich nicht dort. Da gibt es niemanden, dem ich fehle, außer ein paar Kolleginnen, die mich eventuell vermissen. Eine Freundin wie Tine hat sich irgendwie nie ergeben. Ich weiß nicht einmal, ob so etwas ab einem gewissen Alter überhaupt noch möglich ist. Ich binde mir im Gehen die Haare meines Bobs zu einem kleinen Zopf zusammen. Es ist warm an diesem Samstagmorgen oder ich habe Hitzewallungen von der Aufregung.

Angespannt schaue ich auf mein Handy. In meinem betrunkenen Kopf habe ich gestern Nacht nicht nur Tine angeschrieben, sondern auch Tobi und Nick. Mein Bruder hat daraufhin geantwortet, dass er diesem aufgeblasenen Möchtegern-Adligen am liebsten hinterherreisen und ihn zur Rede stellen würde. Ich konnte ihn zum Glück überzeugen, dass das nicht sinnvoll ist – abgesehen davon, dass ich genauso schuld am Ende der Beziehung bin, aber dieses Detail werde ich ihm später erzählen. In diesem Moment bin ich auf dem Weg zur Praxis, obwohl ich nicht genau weiß, was mich dorthin treibt. In Dads Zuhause kann ich nichts ausrichten und Tine habe ich gestern Nacht genug belästigt. Sie hat andere Sorgen. Nick hat sich auf meine beschwipsten Nachrichten gar nicht gemeldet, weshalb ich die Klause erst einmal meide. Es ist sowieso bereits alles peinlich genug.

In der Praxis hat sich seit dem letzten Mal nichts verändert. Es sieht nach wie vor aufgeräumt und schön aus. Zu schön, um wieder zu verstauben. Ich lasse mich in den Schreibtischstuhl des ehemaligen Arztzimmers von Doktor Martens sinken und ziehe noch einmal die Schublade auf, als befände sich dort ein weiterer Schatz oder zumindest ein versteckter Rat, was natürlich nicht der Fall ist. Deshalb stehe ich auf und öffne das Fenster, um wenigstens frische Luft hereinströmen zu lassen, wenn ich sonst schon nichts tun kann.

Bedächtig zieht Jannis auf der anderen Straßenseite mit einem Strauß in der Hand vorbei. Er ist aus dem Krankenhaus entlassen worden und sieht aus, als käme er direkt aus Merles Blumen- und Geschenkeladen. Ob er ein Date hat? Ich wünsche es ihm.

»Hallo, Jannis«, rufe ich und winke ihm.

Er winkt zurück, überlegt kurz und kommt dann zu mir rüber. »Ich dachte, du hast Büdnitz verlassen. Nick sagte gestern so was.« Seine Schultern reichen bis zum Fenstersims und er legt den bunten Frühlingsstrauß darauf ab. »Aber – ohne dich von mir zu verabschieden? Das konnte ich mir nicht vorstellen.« Er zwinkert mir auf diese charmante Art zu, die außer ihm nur Nick besitzt.

»Hätte ich nicht gemacht.« Ich bin froh, ihn zu sehen, und lehne mich auf meiner Seite aufs Fensterbrett. »Hast du den Skandal um Leni mitgekriegt?«

»Wer nicht?« Er beugt sich zu mir vor. »Ich habe sogar schon gehört, dass dein Freund dahinterstecken soll.«

Es wundert mich nicht, dass er das weiß. Wir sind in Büdnitz.

»Henry ist nicht mehr mein Freund.«

Jetzt ist Jannis ehrlich überrascht. Das wusste er noch nicht. »Entschuldige. Wie geht's dir denn? Soll ich reinkommen?«

Ich winke ab. Es nutzt ja nichts und ich möchte ihn nicht aufhalten oder aufregen. »Nein, geh du ruhig zu deiner Verabredung.« Niemand hätte es mehr verdient, glücklich zu sein, als Jannis. Und Dad natürlich. »Ich wünsche dir viel Spaß. Ich werde wohl sowieso noch ein wenig hier im Ort bleiben.« Ich hebe die Hände in die Luft, um anzudeuten, dass ich keine Ahnung mehr habe, wie meine Zukunft aussehen wird.

»Du hast den Ring gefunden!«, freut er sich über die Maßen und betrachtet entzückt meinen Ringfinger. Was Henry nicht aufgefallen ist, sticht Jannis sofort ins Auge. »Das ist ja verrückt!«

»Yep, in einem Ameisenhaufen«, erwähne ich beiläufig und muss lächeln, weil es trotz allem ein magischer Moment war.

»Ameisen? Was hat das Kind sich denn dabei gedacht?« Jannis schüttelt den Kopf und greift nach den Blumen. Als ihm bewusst wird, was er gerade gesagt hat, lässt er beinahe den Strauß fallen. »Ich muss weiter, bin spät dran. Resi Heuser hat Geburtstag«, rechtfertigt er sich und presst das Gebinde derart fest an seine Brust, dass die gelbe Sonnenblume kapituliert und umknickt.

»Stopp, Jannis! Wen meinst du mit ›Kind‹?«, schreie ich zu laut, weil ich ihn nur so dazu bringen kann, erneut stehen zu bleiben – wenn ich nicht aus dem Fenster springen will.

»Hallo, hallo, ihr zwei! Warum schreit ihr denn so rum?« Nick ist um die Ecke gebogen und Jannis hält umgehend inne, um nicht mit seinem Enkel zusammenzuprallen. »Opa, ich dachte, du bist bei Heusers? Du sollst dich doch schonen. Und dich hab ich gesucht, Saskia. Wegen der Nachricht von heute Nacht – ich wollte lieber persönlich mit dir sprechen, als dir zu schreiben. In der Villa warst du nicht.«

Mein Herz pocht wild. Das sind mir fast ein paar Bühlers zu viel auf einmal. Aber ich brauche sie beide.

»Jannis kennt den Ameisenhaufen«, informiere ich meinen Ex-Mann zusammenhanglos, der seinen Opa daraufhin mit gerunzelter Stirn beäugt.

»Ist das so?« Er legt einen Arm um ihn.

»Ach, Kinners«, seufzt Jannis. »Dann müssen wir uns wohl doch mal unterhalten.«

Kurz darauf sitzen wir zu dritt in der kleinen Praxisküche. Ich stelle Jannis' Blumen ins Wasser, damit sie nicht vertrocknen, und Jannis legt die Handflächen auf den Tisch. Zerknirscht beginnt er zu erzählen. »Deine Mutter hat mich gebeten, es geheim zu halten, Saskia. Aber ich trage es schon viel zu lange mit mir herum. Außerdem hat sie mir keine Anweisung gegeben, was passiert, wenn du den Ring gefunden hast«, beschwert er sich. »Ich wünschte einfach, sie wäre noch da.«

Ich stelle die Vase auf den Tisch und setze mich Jannis gegenüber. Nick tut es mir gleich. »Sie hat dir Anweisungen gegeben?«, hauche ich.

»Ich habe deine Mutter während ihrer Krankheit jeden Tag besucht. Du weißt, dass wir befreundet waren. Irgendwann hat sie mir diesen blauen Ring anvertraut und ihren Plan. Ich habe damals nicht verstanden, was sie damit bezwecken wollte. Heute schon.«

Ich schlucke schwer und lehne mich auf meinem Stuhl zurück. Nach all den Ereignissen brauche ich festen Halt.

»Als du dieses Mal für länger nach Büdnitz gekommen bist, Saskia, hatte ich das Gefühl, dass ich es tun muss. Ich habe mich zu hundert Prozent an ihre Punkte gehalten. Deine Mom hatte alles exakt geplant. Bis auf die London-Postkarte. Das war meine Idee.« Schalk blitzt in seinen Augen auf.

Er ist genau wie Mom, denke ich. Wahrscheinlich haben sie sich deshalb so gut verstanden. Man sieht ihm an, dass er gerne ein bisschen stolzer auf seine Leistung wäre, wenn er dürfte. »Sie hat mir sogar Instruktionen wie: ›Platziere eine Schachtel Pralinen im Kühlschrank!‹ aufgetragen. ›Mein Kind liebt Pralinen.‹ Hab ich gemacht. Ich hatte aber nur noch eine angebrochene.«

»Du warst das?«

»Nun, na ja, ja. Nur am Schluss brauchte ich Lenis Hilfe, um dich an den richtigen Ort zu lotsen.«

»Leni war auch beteiligt?«

»Der Ameisenhaufen.« Nicks Opa hebt die Hände.

»Diese kleine verrückte Maus hat das Kästchen dort vergraben?«, schlussfolgert Nick lachend.

»Du hattest dich bei der Ringsuche verzettelt, da mussten wir nachhelfen«, gibt Jannis mit einem Augenzwinkern preis.

»Das stimmt wohl.« Ich hatte mich in der Realität und im übertragenen Sinne in vielerlei Hinsicht verzettelt.

Nick atmet hörbar aus. »Dann ist das große Geheimnis jetzt gelüftet, Sassi.«

»Deine Mutter hat gemeint, man bräuchte manchmal auf seinem Lebensweg Hilfe. Sie befürchtete, dir diese Unterstützung nicht geben zu können, weil sie wusste, dass das Ende nahte.« Jannis erhebt sich und nimmt die Blumen aus der Vase. »Ich hätte es dir einfacher machen können, Saskia. Aber das war nicht ihr Wunsch. Kinners, ich muss los. Die Heusers warten.«

»Du lässt uns mit dieser Ausführung einfach zurück?« Nick erhebt sich ebenfalls, ich mich auch.

»Was soll ich euch noch sagen?« Jannis nimmt mich in den Arm. Die Blumen kassieren den nächsten Knick, aber das scheint für ihn unwichtig zu sein. »Du machst das schon alles gut, Kind. Du musst nur fest an dich und deine innere Stimme glauben. Ein Weg muss nicht unbedingt geradlinig verlaufen, um schön zu sein. Das tut er in der Natur ja auch nicht.«

Wie wahr.

Nachdem Jannis sich verabschiedet hat, setzt Nick uns einen Filterkaffee auf, ohne dass ich ihn darum gebeten hätte. Aber es ist eine gute Idee. Er scheint instinktiv immer noch zu wissen, was ich brauche. Aus irgendeinem Grund kommt Tine dazu, danach treffen Tobi, Dad und Leni ein, die eigentlich mit Oliver verabredet war. Nick hat sie alle per Textnachricht eingeladen und meinen Bruder damit beauftragt, Kuchen von Elkes Kaffeebude am Strand mitzubringen.

Als wir schließlich gemeinsam in der viel zu kleinen Küche sitzen und miteinander lachen und schwatzen, macht sich mit einem Mal ein Gefühl von Wärme und Vertrautheit in mir breit.

»Ich könnte das Grundstück meiner Tante verkaufen«, lasse ich meinen Gedanken freien Lauf, und alle verstummen.

Bis auf Nick. Er schenkt mir einen intensiven, aber verständnisvollen Blick. »Ich würde darauf achten, was der Investor vorhat. Ansonsten ja, dann hättest du wenigstens das Geld, um die Praxis zu modernisieren, Sassi.«

»Genau deshalb würde ich es versuchen wollen.«

»Das klingt großartig!« Dad hat aufgehört, Kuchen in sich hineinzuschaufeln, und ist nun ganz Ohr. »Bist du dir denn ganz sicher, dass du das willst, Schätzchen?«

»Schon. Auch wenn das kein Garant dafür ist, dass ich die Praxis langfristig betreiben kann«, nehme ich mich leicht zurück, weil ich nicht möchte, dass Dad enttäuscht ist, falls es nicht klappt. Man weiß ja nie, was passiert. »Es wäre ein Versuch. Und falls er schiefgeht, könnten wir immerhin die neuen Geräte wieder verkaufen.«

»Mit dem Grundstück deiner Tante kannst du doch sowieso nichts anfangen«, stimmt Tine mir zu. »Und du wärst wieder hier bei uns. Ich würde mich tierisch freuen!« Sie klatscht begeistert in die Hände.

»Irgendwie ist vielleicht doch alles für etwas gut«, sinniert Leni. »Und du bist nicht schlecht als Ärztin und als Quasi-Psychologin.« Sie grinst und tippt an die Baseballkappe auf ihrem Kopf. »Schau mal, die hat mein Vater mir per Kurier geschickt, damit ich mich vor neugierigen Blicken und den Paparazzi schützen kann. Wir wollen die Vergangenheit aufarbeiten, und es wäre toll, wenn du dabei bist.«

»Ich würde dich sehr gerne unterstützen.« Ich umarme sie spontan und bin überwältigt davon, wie sehr sich alle freuen und mir helfen wollen.

Wir planen eine Weile weiter, bis Nick zwei Paparazzi durchs Küchenfenster bemerkt. »Die sind wie die Aasgeier«, kommentiert er genervt.

»Vielleicht wäre jetzt der richtige Zeitpunkt, meine eigene Designerkollektion auf den Markt zu bringen.« Leni fährt über ihre Kappe, die ihr neues Lieblingsaccessoire werden könnte. »Mit dem richtigen Marketing«, fügt sie hinzu. Ich hätte sie nicht für so geschäftstüchtig gehalten.

»Du bist erst fünfzehn Jahre alt«, erinnert Tine sie und lässt demonstrativ den Rollladen des Fensters halb herunterfahren. Natürlich schützt sie ihre Tochter – vor allem, da niemand weiß, wo die öffentliche Aufmerksamkeit und die Verbindung zu ihrem Vater hinführen werden.

Gegen Abend verabschieden sich alle, wobei Tobi Leni und Tine wie ein Bodyguard in seiner schwarzen Limousine nach Hause fährt. Nur Nick geht nicht. Stattdessen bittet er mich, ihm einen Moment Zeit zu schenken. Wir setzen uns auf den Boden vor der Anmelde – genau an die Stelle, wo wir diese eine verhängnisvolle Nacht verbracht haben. Eine leichte Gänsehaut überzieht meine Arme. Auf dem Boden oder irgendwo anders zu sitzen, ist zwar eine normale Handlung, doch gerade in diesem Augenblick fühlt es sich irgendwie größer an. Mein Herz klopft und meine Hände werden feucht.

»Ich bin ein bisschen nervös«, gesteht Nick. Wir empfinden wohl ähnlich. Ich schlucke, weil mir wieder bewusst wird, wie es sich anfühlt, mit einem anderen Menschen im Gleichklang zu sein. Zögernd beugt Nick sich vor und greift nach meiner Hand. »Wir können nicht ändern, was unserer Ehe zugestoßen ist«, beginnt er und schüttelt dann den Kopf. »O Mann. Ich klinge wie in einem billigen Groschenroman. Sorry.« Dabei lässt er meine Hand wieder los.

»Nein, gar nicht.« Ich würde ihn am liebsten küssen, weil er offenbar nicht weiß, wie er seine Empfindungen ausdrücken soll. »Bitte, sprich weiter.«

»Ich möchte dich einfach nicht überrumpeln, Sassi, und es hört sich total verrückt an, was ich zu sagen habe.« Er streicht sich eine Strähne aus dem Gesicht.

»Tut es nicht«, ermutige ich ihn. »Wir kennen uns schon so lange, Nick. Nichts ist verrückt.«

»Wir kennen uns eine halbe Ewigkeit und trotzdem ist alles neu.« Er betrachtet den Aquamarinring an meinem Finger. »Ich glaube, die Ehe – also das, was da auf einem Blatt Papier oder in einem Kirchengebäude festgehalten wird – ist gar nicht so ein Riesending, wie immer alle tun. Zugehörigkeitsgefühl, Geborgenheit und Liebe sind viel wichtiger – ob man das alles mit dem anderen fühlt oder eben nicht.« Er setzt eine Pause. »Saskia, ich hab mich neu in dich verliebt.« Erwartungsvoll schaut er mir in die Augen.

In meinem Bauch kribbelt es, als hätte jemand eine Wunderkerze angezündet. Dieses Mal greife ich nach seinen starken Händen. Ich möchte ihn berühren. »Mir geht es genauso«, antworte ich leise, als dürfte es nicht sein.

»Du hast mich damals – am Schluss unserer Ehe – so verdammt genervt, Prinzessin.« Er lacht erleichtert. »Aber jetzt ist alles wieder da, so wie davor – bevor der Unfall meiner Großeltern passiert ist. All die Schmetterlinge, das Herzklopfen … Du bist die schönste Frau der Welt für mich, und dann erst diese eine Nacht …«

»Die war der Wahnsinn«, vollende ich seinen Satz und halte die Luft an. Henry ist gerade erst fort. Wäre es vermessen, wenn ich Nick jetzt …?

Und dann tue ich es. Ich küsse ihn.

Als hätte er seit Langem darauf gewartet, zieht er mich näher an sich und ich schließe die Augen. Es ist wie früher. Nur noch schöner und leidenschaftlicher. Vielleicht auch ein kleines bisschen erwachsener.

»Nicht aufhören«, bettele ich, als er sich kurz von mir zurückzieht. Am liebsten würde ich für immer in seinen Armen liegen. Gibt es so was wie ein »Für immer« für uns noch?

»Wir schaffen das, Saskia. Dieses Mal gibt es kein Zurück. Ich verspreche es dir. Und zwar verspreche ich es dir hier: an der Anmelde in der Praxis deiner Mutter.« Er hält eine Hand zum Schwören in die Luft.

»Kein Versprechen mehr vor einem Standesbeamten?«, frage ich und kenne seine und meine Antwort darauf.

»Nein. Und auch nicht in einer Kirche«, bestätigt er. »Nur hier, zwischen dir und mir, denn allein das zählt.« Wir küssen uns wieder, lange und intensiv.

Wenn man nicht an Wunder glaubt, können sie auch nicht geschehen. Das ist mittlerweile meine Überzeugung.

Und manchmal ist erst nach einem kleinen Regenschauer oder einem heftigen Sturm die Luft wieder rein und frei für das Wunderbare.

Epilog

Trotz des Rings von ihrer Grandma hat Saskia weiterhin einige Stürme in ihrem Leben zu meistern. Ich glaube, man kann sich nie vollends davor schützen, dass auch mal etwas schiefläuft. So ist das halt. Bei mir, bei ihr, bei allen.

Und so schräg es sich anhört, meine Geschichte hatte dennoch ihre guten Seiten: Leni und ich sind inzwischen frei. Keine Schweigepflichtvereinbarung und keine Geheimnisse mehr. Und auch Alex ist auf seine Weise befreiter geworden. Er bemüht sich um seine Tochter und arbeitet wirklich hart daran, eine Beziehung zu ihr aufzubauen. Sein Management hat ihn bis vor Kurzem noch stark beeinflusst, doch damit ist mittlerweile Schluss. Er hat die Leute trotz der langen Zusammenarbeit und der Erfolge, die er ihnen zu verdanken hat, ernsthaft und endlich gefeuert. Vielleicht weil echte Verbindungen mehr wert sind als Geld, das eigene Ego oder Ansehen. Er hat eine Therapie begonnen und auch wir sind in einige Sitzungen online involviert. Er plant sogar, uns bald besuchen zu kommen. Ich hoffe, Büdnitz wird dann nicht komplett aus dem Häuschen sein.

Hein und Saskias Vater meinen, dass Leni wahrscheinlich eine gehörige Unterhaltsnachzahlung zusteht, wenn ich das richtig verstanden habe. Damit wäre ihr Studium hoffentlich bereits heute gesichert. Außerdem könnte Alex eine Art Schmerzensgeld aufgebrummt bekommen, weil der Vertrag nichtig war und ich jahrelang mit der Bürde leben musste, meiner Tochter und meinen Freunden nichts erzählen zu dürfen. Ich kenne mich nicht sonderlich mit Gesetzen aus, aber Alex hat alles nicht nur zur Kenntnis genommen, sondern teilweise selbst forciert. Er möchte versuchen, die Dinge wenigstens im Nachhinein auf die Reihe zu bekommen, sagt er.

Ich wurde oft gefragt, warum ich die Papiere damals unterschrieben habe. Wenn man jung ist und unter Druck gerät, tut man schon mal etwas Dummes. Ich war allein, hatte keine Berater und keine Millionen in der Tasche. Ich habe mich nicht dazu in der Lage gefühlt, mich gegen ein mächtiges Management aufzulehnen. Außerdem hatte ich Angst und habe irgendwann innerlich aufgegeben, vor allem um Lenis willen. Sie ist das Wichtigste für mich.

Ich bin froh, dass sie momentan viel Unterstützung von Oliver erhält. Umgekehrt tun wir unser Bestes, auch ihm zu helfen. Aktuell ist es so, dass er die meiste Zeit bei uns wohnt. Letztens haben die beiden Teenies mich gefragt, ob ich mir vorstellen könnte, auch wieder einen Partner in meinem Leben zu haben. Puh! Ich muss sagen, dass das für mich erst mal kein Thema mehr ist. Ich brauche das einfach nicht so sehr wie beispielsweise meine Freundinnen Saskia und Belle.

Belle reist übrigens häufiger mal mit Tobias nach München. Sie behauptet zwar, sie sei noch nicht fest mit ihm zusammen, aber sie wirkt von Tag zu Tag verliebter. Vor allem, seit es mit Nick aus und vorbei ist, was sie erstaunlich gut verkraftet hat. Ehrlich gesagt hatte ich immer das Gefühl, das zwischen Tobias und Belle mehr als reine Freundschaft sein könnte. Tobias fand nämlich ziemlich offensichtlich von Anfang an nicht nur an Belles Erzählungen von Kaiserschmarrn und Oktoberfest Gefallen. Kürzlicher schwärmten sie von einem gemeinsamen Abend in Mister Changs Imbiss in Belles alter Münchner Wohngegend und dem Chicken Deluxe, das sie dort so gerne isst. Sie passen einfach gut zusammen. Ob es sie irgendwann sogar langfristig zusammen nach Bayern zieht? Man weiß es nicht.

Saskia und Nick hingegen sind ganz offiziell wieder ein Paar und wirken, als hätte es die Jahre der Trennung nicht gegeben. Manchmal bleibt die Anziehungskraft zwischen zwei Menschen wohl für immer, während sie bei anderen nach und nach verblasst. Vielleicht ist so etwas Bestimmung. Saskia ist jedenfalls bei ihm über der Kneipe eingezogen. Sie unterstützen sich gegenseitig in ihren Jobs und im Alltag. So wie es sich in einer Liebesbeziehung und Partnerschaft gehört.

Vielleicht war ihre große Liebe nie ganz weg, sondern nur zwischen Schicksalsschlägen, falschen Erwartungen und Alltagschaos verschüttet. Das perfekte Leben, in dem stets alles geradeaus läuft, gibt es nun einmal nicht. Abzweigungen, Staus und Blockaden gehören auf dem Lebensweg dazu. Im Grunde weiß niemand im Voraus, wie die eigene Reise verläuft.

Und das ist verdammt gut so.

Dads beste
Bolo der Welt

Ein leckeres Mittagessen bringt nicht nur Familien zusammen an einen Tisch. Dabei muss das Gericht nicht unbedingt besonders ausgefallen oder kostspielig sein. Hauptsache, es ist mit Liebe gemacht.

Zutaten

Öl zum Anbraten
½ Zwiebel
500 g Hackfleisch, Rind oder gemischt
Salz, Pfeffer, Paprikagewürz, Hackfleischgewürz

Italienische Kräuter
½ Knoblauchzehe
100 g geraspelte Möhren
100 g Tomatenmark
250 g Tomaten in Stückchen

Basilikum, abgezupft
Parmesan geraspelt, zum Drüberstreuen
Gewünschte Menge an Spaghetti

Zubereitung

Öl in eine Pfanne geben und Zwiebelstückchen anbraten. Anschließend Hackfleisch hinzugeben und krümelig braten. Mit Salz, Pfeffer, Paprikagewürz, Hackfleischgewürz und italienischen Kräutern würzen.

Die halbe Knoblauchzehe pressen und hinzugeben. Außerdem 100 g Tomatenmark, 250 g Tomaten in Stückchen und die geraspelten Möhren beifügen. Mindestens 20 Minuten bei geringer Hitze köcheln lassen und die Bolognese zwischendurch abschmecken, gegebenenfalls nachwürzen. Wer es schärfer mag, gerne Chiligewürz hinzufügen.

Topf mit Wasser und Salz erhitzen und die gewünschte Menge Spaghetti kochen. Kochzeit beachten.

Spaghetti abtropfen lassen, auf den Tellern verteilen. Bolognese hinzugeben und mit Basilikum und Parmesan garniert servieren.

Saskias unwiderstehlicher Zimtschneckenkuchen

Auch wenn sie eher an den Frühling erinnern, gehen Zimtschnecken eigentlich das ganze Jahr über. Gekühlte Zuckerschnecken mit einer Kugel Vanilleeis im Sommer (hier darf man die Glasur gerne mit Zitronensaft aufpeppen) oder mit Sahne und einem warmen Caramel macchiato im Winter sind stets ein Genuss. Auch die Füllung kann nach Belieben variiert werden – klassisch ist zwar Zimt und Zucker, doch es gibt auch viele Varianten, z. B. können klein gehackte Toffifees o. ä. zu der Zimt-und-Zucker-Mischung gegeben werden. Gerne selbst ausprobieren, was beliebt.

Zutaten

270 g Milch
60 g Butter
70 g Puderzucker
3/4 Würfel frische Hefe
500 g Mehl

1 Ei
1 Pkg. Vanillezucker

Füllung

100 g geschmolzene Butter
brauner Zucker nach Belieben
Zimt, gemahlen

Glasur

200 g Puderzucker
Milch

Zubereitung

Milch erwärmen, 60 g Butter in der Milch zerlassen.
Mehl, Puderzucker, Vanillezucker, Ei vermischen und die
Hefe hinzufügen. Anschließend die lauwarme Milch-Butter-
Mischung hinzugeben und kneten. Den Teig mit einem Tuch
abgedeckt in der Schüssel ca. 40 Minuten bei Zimmertemperatur
gehen lassen – idealerweise, bis der Teig sich ungefähr verdoppelt
hat.
Entweder eine Auflaufform einfetten oder mit Backpapier
auslegen. Bei der Verwendung von Backpapier überstehende
Ränder ggf. abschneiden.
Nach der Gehzeit den Teig auf einer bemehlten Fläche kneten
und zu einem Rechteck ausrollen (ca. 30 x 40 cm). Mit der
geschmolzenen Butter einstreichen. Braunen Zucker und Zimt
nach Belieben drüberstreuen.
Den Teig über die lange Seite einrollen und in gleich große
Scheiben schneiden (ca. 2 cm). Die Schneckchen dicht

nebeneinander in die Auflaufform setzen und mit einem Tuch abgedeckt weitere 20 Minuten gehen lassen. Backofen auf 170 °C Umluft vorheizen.

Nach der Gehzeit Zimtschnecken mit restlicher geschmolzener Butter einstreichen und ca. 25 Minuten (bitte je nach Ofen checken) goldbraun backen.

Für die Glasur den Puderzucker mit etwas Milch anrühren, bis eine zähe Masse entstanden ist. Den Zuckerguss dann über dem abgekühlten Zimtschneckenkuchen verteilen und trocknen lassen.

Tines Best
Berry Bellini, alkoholhaltig

Sommerzeit ist Partyzeit. Und was schmeckt da besser als ein fruchtiger Cocktail mit vielen Beeren, der leicht herzustellen ist?

Zutaten

Viele rote Beeren, frisch oder tiefgekühlt
Eiswürfel
Himbeerlikör
Sekt
Minze zum Garnieren

Zubereitung

Rand des Glases in Himbeerlikör und dann in Zucker tauchen.

Die Beeren in einem Mixbecher pürieren. Einen Löffel der Masse auf den Boden eines Sektglases platzieren. Eiswürfel und Himbeerlikör hinzufügen. Mit Sekt aufgießen und mit Minze garnieren.

Tines Erdbeer-Mojito, alkoholfreie Variante

Weil man keinen Alkohol braucht, um den Sommer zu genießen!

Zutaten

Frische Erdbeeren
Limetten
Eiswürfel
Schweppes Wild Berry
Zitronenlimonade
Erdbeersirup
Essbarer Streuglitzer und Minze zur Dekoration

Zubereitung

Rand des Glases in Erdbeersirup und dann in Zucker tauchen.

Erdbeeren und Limetten in Stücke schneiden, ins Glas geben und zerstampfen. Eiswürfel, Wild Berry, ein wenig Streuglitzer, Erdbeersirup und Zitronenlimonade nach Belieben hinzufügen. Zum Schluss mit Minzblättern und Strohhalm verzieren.

Folge der Autorin auf Amazon

Wenn dir dieses Buch gefallen hat, folge Katie Jay Adams auf Amazon. Dann erhältst du eine Benachrichtigung, wenn die Autorin ihr nächstes Buch veröffentlicht. Um der Autorin zu folgen, gehe bitte folgendermaßen vor:

Desktop:

1) Suche auf Amazon.de oder in der Amazon App nach dem Namen der Autorin.
2) Klicke auf den Namen der Autorin, um auf die Autorenseite zu gelangen.
3) Klicke auf den »Folgen«-Button.

Smartphone und Tablet:

1) Suche auf Amazon.de oder in der Amazon App nach dem Namen der Autorin.
2) Klicke auf einen Titel der Autorin.
3) Klicke auf den Namen der Autorin, um auf die Autorenseite zu gelangen.
4) Klicke auf den »Folgen«-Button.

Kindle eReader und Kindle App:

Wenn du dieses Buch auf einem Kindle eReader oder in der Kindle App liest, wird dir automatisch angeboten, der Autorin zu folgen, nachdem du die letzte Seite des Buches gelesen hast.

Zeitfracht Medien GmbH
Ferdinand-Jühlke-Straße 7
99095 Erfurt, Deutschland
produktsicherheit@kolibri360.de

Druck:
CPI Druckdienstleistungen GmbH
im Auftrag der
Zeitfracht Medien GmbH
Ein Unternehmen der Zeitfracht - Gruppe
Ferdinand-Jühlke-Str. 7
99095 Erfurt